Sonya
ソーニャ文庫

楽園の略奪者

荷鴣

JN131424

イースト・プレス

contents

序章

謁見《えっけん》の間は、黄色のステンドグラスの光が落ちて、さながら黄金作りのようだった。神代《かみよ》の彫刻がびっしり施された広間は神聖で、まるで神の世界の再現だ。

天上から降る陽《ひ》は、とりわけひとりの少女をまばゆく照らし、その見事な金色の髪も相まって、神々しさを纏《まと》わせる。少女に向かう視線は、畏敬《いけい》の念を感じさせるものだった。

『陛下。フェーヴル国、並びにカファロ国の特使はまもなく到着いたします』

宰相がうやうやしく告げている時だった。おごそかな空間に奇怪な足音がこだまする。

居並ぶ大臣たちは鹿爪《しかつめ》らしげにしていたが、耐えきれなくなったのか、あきれたように顔を見合わせた。間の抜けた足音は、回廊から聞こえてくるようだった。

『誰だ、けしからん。陛下の御前《ごぜん》で……。厳罰に処さねば』

宰相がうつむき加減でつぶやくと、すかさず『必要ない』と声が飛ぶ。

皆の目は、段上の玉座に集まった。つんとすましているのは、宝冠を頭に戴《いただ》いた少女だ。

『謁見は後にしなさい』

『……しかし陛下、特使はすでに』

宰相の言葉は、『黙りなさい』と少女ににべもなくさえぎられた。

『特使は控えの間に待たせておくか、おまえがもてなすか、国に追い返しなさい』

無茶な言葉に臣下たちは面食らい、動揺するしかなかった。そのなかで、黄金の扉が音を立てて開かれる。ひょっこりと現れたのは、息を切らした少年だ。黒い髪は乱れている。

彼の唇が『ローザンネ』と言葉をつむぐと、少女は玉座からすっくと立ち上がった。

『ユステュス、わたくしの側にきて』

その声は、これまでの冷たい声とは打って変わって、愛情豊かな甘い声だった。

もの言いたげな宰相やいかめしい大臣たちの前を、少年がおどおどとした足取りで通過する。まだ大人になりきれていない体軀《たいく》は、細くて心もとなく貧弱だ。

少年は階段にたどり着くと、一歩ずつゆっくりのぼり、玉座に近づいた。

『ずっとあなたの足音を聞いていたわ。手紙を見て来てくれたのね』

『うん、でも……。ぼ、ぼくは、ここに来て、ほんとうに……よかったのかな』

彼の吃音《きつおん》が強めに出ているのは、緊張しているからだろう。少女は彼の背中をさする。

『もちろん、いいに決まっているじゃない。わたくし、あなたを待っていたのだもの』

『ねえ、ローザンネ……。きみの、おなか』

『待って、まだ内緒よ。人払いするわ。――皆、出て行きなさい』

少女が彼を見つめたまま告げれば、臣下たちは退出するしかなくなった。

やがて、黄金にかがやく広間からは人の気配が消え失せて、ふたりきりの世界になった。

『ユステュス、もういいわよ。さあ、続きを聞かせて』

『あの……、きみの、おなかのなかに、あ、……赤ちゃんが、いるの？』

『ええ、いるわ。あなたの子よ。今朝、医師に確認させたの。十か月以内に生まれるわ』

彼はくしゃくしゃと顔を歪めて、緑の瞳をうるませた。つられて少女の瞳もにじむ。ふたりの瞳は同じ色。次第に涙が象られる。

『生まれる……。ぼ、ぼくたちの、子。どれほどぼくが、の、望んでいたかわかる？』

『わかるわ。だって、わたくしも死ぬほど望んでいたのですもの。やっと叶った』

見つめあったまま手と手を合わせ、ふたりは十指《じっし》を絡ませる。どちらからともなく唇を重ねた。特別な言葉など必要なかった。唇と、交わす視線でじゅうぶんだ。

『これで……ぼくたちは、ふ、夫婦として、みんなに、み、認めてもらえるかな？』

『当たり前じゃない。わたくしたちには子どもができたのですもの。ねえ、さわって？』

頷《うなず》く彼は、少女のおなかに手を当てて、幸せそうにはにかんだ。

『ここにいるんだね。……でも、ぺたんこで……よくわからないや』

『これからおなかのなかですくすく育って、大きくなってゆくの。この子を見守ってね』

『うん、見守るよ。……き、きみとこの子は、ぼくが守る』

こくんと頷いた少女は、いいことを思いついたとばかりにほほえんだ。

『そうだわ。ねえ、そこに座って。わたくしたちの子に、ふたりであいさつをするの』

少女が指をさすのは玉座だ。目をまるくした彼は息をのむ。

『だ、だめだよ、座るなんて……。恐れ多くて、だめ。できない。……ぎ、玉座は、か、か、神の椅子だから。神の化身の、きみだけが座れる……』

『神の椅子じゃないわ、ただの椅子。わたくしは神の化身じゃない、ただのあなたの妻』

少女は彼の黒い髪をなでつけ、額をあらわにさせた。その額にこつんと額をくっつける。

『ユステュス、あなたが座ってくれないと、わたくしたちの子にあいさつできない』

彼はためらいがちに頷いて、玉座の前で跪《ひざまず》いて手を組んだ。おそらくは、神に座る許しを乞うているのだろう。しばらく祈りを捧げると、彼はおそるおそる玉座に腰かけた。すると、前屈みになった少女は、彼の唇にねっとりとした大人のキスを施した。

『ねえ、どんな子がいい？　わたくしは、あなたによく似た子だとうれしいわ』

『ぼくは……どんな子でもいい。ぶ、無事に生まれてくれれば。はやく、会いたいな』

金色の光のなかでの行為は、現実離れしていて、異様で、たとえようもなく崇高《すうこう》だった。少なくとも少女は、いまの自分は世界でいちばん幸せなのだと感じていたし、この先の幸せを確信していた。疑いもしていなかった。

『ユステュス。いま、なにか言ったでしょう？　なあに？　もう一度わたくしに教えて』

『マ……マルレイン。……マルレインって、言った。子どもの名前を、思いついたんだ』

『すてきな名前ね、マルレイン。とても気に入ったわ。……ねえユステュス、ずっとこのまま、こうしてふたりでいたいわね。離れたくないのに、どうしてわたくしは……』

『うん。離れたくない』と首を動かす彼は、若干ずれてしまった少女の宝冠を直した。

『でもきみは女王だし、責務がある。謁見、す、するのでしょう？　宰相を呼んでくる』

『あなたが？　あなたは王配になるのだから人を使えばいいのよ』

『つ、ついでに宰相に、伝えたいことがあるんだ。この子の、婚約を勝手に決めたりしないでって。ぼくは同じ、く、苦労はさせない。マルレインは、恋をする。ぼくのように』

少女は瞳をうるませながら、『そうね、恋をするわ。わたくしのように』と微笑した。

『宰相は控えの間にいるわ。エフベルトがいるから確認してね。今日は近隣の国の特使に会うの。蝗害《こうがい》や洪水で作物の出来が悪いから、うちに援助を求めにきたのよ。わたくし、いい統治者になると決めたわ。あなたとマルレインが安心して暮らせるような国にする』

『ぼくは……そんな立派なきみを、さ、支えたい。ふさわしく、ありたい。努力する』

彼の顔はいつになく大人びて見えていた。だからだろうか。少女の胸はちくんと痛んだ。

『ユステュス、わたくしはあなたがいるからがんばれるの。だから永久《とわ》に、側にいてね』

うん、と頷いて、彼はきれいに笑った。頬に、少女の愛するえくぼが見えた。

それは、少女が彼と過ごした最後の時間だ。

『永久にいっしょだよ』とささやいて、唇に触れたもの。それが、最後の温かな接吻《せっぷん》だ。

彼の身体が離れる時に聞こえた『また後で』。それは、最後に聞いた言葉になった。

扉に向かう後ろ姿。寝癖がかわいらしかった。少女が見た、動く彼の最後の姿。

重厚な扉が、静かに閉じてゆくさまが忘れられない。

この後回廊で、ユステュスは殺された。

一章

足掻《あが》いてもがいて、その先にあるものはなんだろう。

夢を抱いたこともなければ、手に入れたいものもない。

なにが希望なのかも知らないし、絶望の定義さえもあやふやだ。

人は生まれ、日々をこなし、歳を重ねて死んでゆく。空虚《くうきょ》な生だ。

いつ、終わりがきてもかまわなかった。


〈この任務で生き残れるのは何人だろうな〉

その異国の言葉は、どんよりとした重苦しい空から落ちる雨のせいで、聞きづらかった。

森を突っ切る道は、両側から木の枝がせり出しているため、夕暮れ時のように薄暗い。おまけに霧《きり》が出ていて、視界は狭く、世界と隔てられているかのようだった。

話を切り出した男は馬に跨《また》がり、さえない色のローブを纏っている。目深《まぶか》にフードを被っているため、顔を見るのは不可能だ。同じ格好をしている馬上の者は十五人、いずれも常歩《なみあし》で進んでいる。彼らは誰も男の相手をしようとしなかった。北方の国バロシュを出てから一か月、ろくに休んでいないため、皆、くたくたに疲れ果てていたせいもある。

無視されたと思ったのか、男はふたたび〈何人ほど生き残れると思う？〉と問いかけた。

〈くそうぜえ。知るかよ、胸糞悪《むなくそわる》ぃ野郎め。とりあえずてめえが真っ先にくたばっとけ〉

〈なんだと、ぶた野郎。ひでえ言い草だ。このおれにけんか売ってんのかよ。あ？〉

男が生き残りの数を問うのは不安からであり、応じた男が拒絶するのも不安からだった。

彼らが不安にまみれているのも無理はない。刻一刻と霧は濃さを増しているし、道半《なか》ばで、仲間が五人も息絶えた。閉塞感《へいそくかん》に鬱々《うつうつ》とならざるをえないのだ。

〈おまえたちやめろ、騒《さわ》げば異端審問官《いたんしんもんかん》に気づかれかねない。そうなりゃ全滅だ。わかっているのか。やつらは異人を異端として排除する。しかもだ、この国はな、民に密告制をしいているから、敵の目や耳はいたるところにあると言っていい。死と隣あわせだ〉

一触即発《いっしょくそくはつ》の男たちに割りこみ、たしなめたのは副隊長だ。異端審問官という言葉は効果てきめんで、男たちはけんかをやめて互いの馬を遠ざけあった。

現在彼らがいるのは、大陸のおよそ半分を統《す》べるアールデルスという国だ。二千年の歴史を持つ宗教国家で、女神エスメイを崇《あが》めるヴェーメル教の総本山。民は教えを盲信し、神の化身たる女王のためであれば、命を賭《と》すこともいとわない。狂信者たちの巣窟《そうくつ》だ。

副隊長はやれやれと肩をすくめると、〈しかし、陰気な国だな〉と独《ひと》り言《ご》つ。

〈空は陰気、空気も陰気、話題も陰気、着ている服さえ陰気と、陰気づくしだ〉

そのぼやきに、〈そうだな、気が滅入る〉と同調したのは隊長だ。

〈ところでいまはどの辺りだ。先ほど地図を見ていただろう、そろそろフェーヴルか〉

副隊長は左右を確かめた。依然として辺りは木々がもっさり茂り、霧も出ていて特徴らしいものはない。遠くで猛禽《もうきん》類が鳴いており、それがより不気味さをあおる。

〈そうですね。たぶんここは――かつてカファロ国があった地だと思うのですが……いや、すでにフェーヴル国入りしているかもしれません。ちょっと地形が把握しづらいですが〉

カファロもフェーヴルも、およそ十七年前、アールデルスに支配されアールデルスによって地図から消された国の名だ。二国ともいまはアールデルスに支配されているものの、時代に置き去りにされたかのように滅びたまま荒廃している。まるで禁足地《きんそくち》であるかのように人は寄りつかない。自然のみが息づくことを許された、繁栄とは無縁の地だ。

〈両国ともしこたま人が死にましたからね。ここら一帯陰鬱です。無念がる亡霊どもがうらめしげに出てきても、俺はちっとも驚きません。ああ……心なしか寒気がする〉

相鎚のみで、空模様を気にした様子の隊長に、副隊長は続けて言った。

〈俺たちが若いころは、アールデルスなど豆つぶ並みの小さな国でしたよね？　それが次々と他国をのみこみこの十七年で世界最大の国に発展しようとは……恐ろしい。女王はどんな女なんでしょう〉

〈アールデルスは二千年以上も他国の侵略を許していない。それだけ潜在力があったのだろう。……しかし解《げ》せない。アールデルスの女王は〝神の化身〟とされている。元来、民たちの祈りの対象でしかないはずだ。そんな女がなぜ外に目を向けた？〉

隊長は自分で言っておきながら、答えに思い至ったのか、ふん、と鼻を鳴らした。

〈あのばかげた秘術を求めてのことか。女王は狂っているとしか言えないな〉

副隊長は頷いた。なぜ女王を狂者と見るのか。それは女王が〝甦《よみがえ》りの秘術〟を求めて十七年間、他国を侵略しているからだ。土着の伝説を聞きつけただけでも派兵するのだから、狙われた国はたまらない。服従か死かを突きつけられる。

一行の祖国であるバロシュ国は、現在、その毒牙にかかりつつあった。領土争いのある隣国に、『バロシュには世にも稀《まれ》なる秘術あり』といった、でたらめのうわさを流されたのは半年前のことだった。当初、そのようなうわさなど信じる者はいないだろうと誰も取り合うことはなかったが、あろうことかアールデルスに動きがあった。そのためバロシュは、侵略を阻止《そし》するべく隊を派遣したのだ。

〈甦りの秘術などあるわけがないのに、なぜ十七年も探すのでしょう。まったく、神の化身というのが事実であれば、自らが奇跡を起こし、甦らせればいいものを〉

〈しかし、なにを甦らせたいんでしょうね〉と続ける副隊長のかたわらで、辺りをうかがった隊長は、〈まずいな〉と苦々しく言った。霧はさらに濃くなっている。

〈このままでは遭難《そうなん》しかねない。これはヨナシュどのに相談するべきだな〉

〈ヨナシュどの？　あの貴族の方ですか。なぜ彼は我々の任務に同行しているんです？〉

貴族が出征以外の任務につくのは奇妙なことだった。通常彼らは危険を嫌い、安全な地で高みの見物を決めこむものだ。名誉や名声に関わることでないかぎり、彼らは動かない。

〈ヨナシュどのはアールデルスでの任務に欠かせない方だ。……しかし、彼も不本意だろう。なにもなければ、いまごろ美女と名高い、宰相ヴァイダの娘と結婚していたはずだからな〉

〈宰相ヴァイダの娘といえばルジェナさまですか。彼女に憧れている男は多いですよ。そんな女との夜をおあずけとは、それはそれは気の毒に〉

隊長は副隊長に合図を送ると手綱を操作し、彼から離れ、いちばん後ろでひっそりと馬を操る男に並んだ。背すじをすっとのばしたその姿はやたらと洗練されている。身につけるものは皆と同じでみすぼらしくても、堂々としていて品を保っていた。

〈……ヨナシュどの、こうも霧が出ていては先を行くのは危険だろう。皆を休ませたいのだが。この辺りは、かつてカファロかフェーヴルがあった地だろうか〉

隊長の言葉に反応することなく、まっすぐ前を見据《みす》える男――ヨナシュは、〈フェーヴルです〉と言い切った。

フェーヴルは侵攻をはじめたアールデルスに真っ先に滅ぼされた国である。王侯貴族は残らず虐殺されたうえ、民の被害も甚大だった。次に滅亡したカファロもしかりだ。

〈ではヨナシュどの、案内を頼めるだろうか〉

〈ぼくの記憶は昔のもので正確とは言いがたいですが、それでよければ案内します。じきに英雄の像が見えるでしょう。……ああ、崩されているかもしれませんが〉

〈そうだな、残っていないだろう。国を代表する者の像は真っ先に壊されるものだ〉

隊長の声には哀れみがこめられていた。それというのも、ヨナシュはフェーヴル国ゆかりの者だからだ。惨殺《ざんさつ》されたその国の王や王妃は彼の祖父母であり、王太子は叔父だった。

〈しかし……解《げ》せないことがある。アールデルスの十七年に及ぶ侵略のなかで、フェーヴルとカファロほどひどい仕打ちを受けた国はない。このふたつの国になにがあったのだ？　王族も貴族も根絶やしで、誰ひとり墓標《ぼひょう》すら存在しない。理由を知っているか？〉

〈さあ、知りません〉

そっけない言葉に冷淡すぎると思ったのか、隊長は即座に言った。

〈貴殿はアールデルスに……女王に恨みを抱いていないのか。フェーヴルで生きのびたのは、他国に嫁いだ貴殿の母を含む王女がたのみにかぎられる〉

〈恨み？　特には〉

人は表情や言葉の抑揚で感情が読み取れるものだが、ヨナシュは少しも読ませない。変わらず背すじをのばして馬に揺られている。隊長はひとつ咳払いをして、話題を変えた。

〈ヨナシュどのはこの任務がなければすでに結婚していたと聞いている。ルジェナさまと離れているのは貴殿にとって辛かろう。私は貴殿を守り、必ずや国へ無事に——〉

ヨナシュは隊長の言葉を、声を重ねてさえぎった。

〈あなたはロマンチシストのようですが、貴族の結婚は家と家の結びつき。跡継ぎさえ残せばどうでもよいものです。ぼくはいつ終わりがきてもかまわない。そう思っています〉

〈終わり？　死んでもかまわないと言うのか。だが、ヨナシュどの。貴殿は嫡男では〉

〈嫡男でも死ぬ権利は等しくあります。ぼくには弟がいますから、上が消えても問題ない。ですから隊長、ぼくを守らないでください。守られるのは、むしずが走る〉

それは、さも、死ぬことでしか自由を得られないような言い方だった。

〈しかし……貴殿には生きてもらわねば。アールデルスの王都では、古《いにしえ》の言語しか使えない。我が国では貴殿にしか理解できない。この任務に貴殿は欠かせないのだ〉

〈任務は果たすと約束します〉

話しながらもヨナシュは道の右側を注視し、ほどなくして、けぶる景色に目を留めた。近づけば、頭が粉砕《ふんさい》された像だとわかる。苔《こけ》むしたさまは、時の経過を感じさせた。

その道はかつては化粧石に彩られた華やかな道だった。が、いまは木の根や草がこんもり茂っている。道なき道に馬は難儀したが、ヨナシュはかまわず進ませた。十七年前に眺めた活気のある街並みは、木や蔦《つた》にからめとられ、森にのまれて、おごそかに死んでいた。

ヨナシュが下馬したのは大きな家の跡の前だった。そこに馬をつけると、隊の他の者たちも従った。朽《く》ちた館は火を放たれた跡があり、雨漏りしていてかびのにおいも充満しているが、外よりもましだった。

黒ずんだ館に入れば、白骨化した死体がいくつか目についた。慣れているせいか、誰も気にした様子はない。邪魔だと思ったのだろう、隊の男が骨を蹴《け》り転がして壁にもたれた。

〈しかし、長居は御免《ごめん》こうむりてぇな。廃墟《はいきょ》ってのは辛気くせえ。運気が落ちそうだ〉

〈ばか言え、この任務に選ばれた時点でおれたちの運ってやつは地に落ちきってるぜ〉

言えてる、と、隊のなかに乾いた笑いが起きた。それを後目《しりめ》に、ヨナシュは木の幹が張り出している窓辺に近づいた。濃霧のせいで、近くの木立すら把握できない。晴れるまでは時間がかかりそうだった。

ヨナシュがずぶ濡れのローブを脱ぐと、皆の視線が集まった。

銀色にも見える淡い金色の髪は乱れているが、隙間から覗く顔はいやおうなしに人目を引きつける。女のような澄んだ白肌に、まっすぐな鼻梁《びりょう》、薄い唇。いずれも欠点はなく、輪郭《りんかく》からして完璧だ。その長いまつげを上げれば、現れた瞳は冬空によく似た青い色。

ヨナシュは近くの男と目があい、喉仏がごくりと動くさまを見て、剣呑《けんのん》に見返した。

〈お貴族さま、あんたすげえ色気だな。それだけおきれいな顔をしてりゃ、さぞもてるだろう。女を抱いたことはあっても男はどうだ。掘ったことは？　それとも掘られたか？〉

〈それ以上話しかけないでもらえますか。殺したくなるので〉

空気が一気にひりついた。〈てめえ〉と、話しかけた男のこめかみには、ぷくりと血管が浮いている。対して、ヨナシュは相手を斬り刻むような、凍てつく目つきをしている。

沈黙を破ったのは第三者だ。

〈ズビシェクやめろ。このお貴族さまの美貌《びぼう》に騙《だま》されちゃいけねえ。この人はずっと隊の後ろにいただろう？　あれは自分を囮《おとり》に異端審問官をおびき寄せ、陰《かげ》に引きずりこんで殺すためだ。実際、むごたらしく殺していたぜ。とんでもねえものを見ちまったよ。――なあ、おれは自信を持って言える。あんたは殺しを楽しむ性分だ。違うか？〉

問われたヨナシュは答えなかったが、話を聞いていた隊長と副隊長がずいと割りこんだ。

〈ヨナシュどの、異端審問官を殺したのか。やつらは相当手練《てだ》れのはずだが〉

〈そうですね。ひとりずつでないと殺せないくらいには強かったかもしれません〉

その言葉を受けてしんと静まり返った室内に、水の音が響いた。ヨナシュがローブをしぼったからだ。それがやけに不気味に聞こえたのだろう、隊長は声を上ずらせた。

〈ヨナシュどの、異端審問官は女王直属の部下だ。知られてしまえば大変なことになる。少しも刺激はしたくないのだ。今後、不要な手出しはしないでくれないか〉

〈五人殺されていますので、数を減らされないよう先手を打ったまでですが、隊長がそう言うのであれば従います。ところで、ぼくが同行しているのは王都での通訳のためですが、任務の概要を詳しく聞いていません。いま、教えていただけますか〉

〈いいだろう。貴殿は戦地に行っていたからな。会合に一度も参加していなかった〉

隊長は、目配せで副隊長や他の隊の者たちを退《しりぞ》けた。

〈まずは女王が甦りの秘術を求めている経緯について、聞きたいことはあるだろうか〉

〈そのあたりはひと通り耳にしています〉

〈アールデルスの女王が独身なのは貴殿も知っているだろう。だが、情夫が複数いるらしい。そのひとりが稀代の色男と言われるケーレマンス将軍だ。彼には娘がいて、名はリース。相当溺愛しているようだ。我々はこのリースを拐《かどわ》かし、将軍を脅《おど》して、秘術などバロシュにはないと女王に進言させる。つまり、派兵は無意味とわからせる〉

大方、王の案だろう。ヨナシュは内心愚かな任務だと嘲《あざけ》った。そもそも歴戦の将軍を脅すなど愚の骨頂。軍人は、なにを犠牲にしても己を曲げないようにできている。

隊長は、考えこんだヨナシュの理由に気がついたのか、渋い顔であごを引く。

〈ヨナシュどの、貴殿の腕を見込んで言う。なにか、他にいい策は思い当たるだろうか〉

それは周りに聞こえぬよう、注意を払ったものだった。ヨナシュも調子を合わせる。

〈そうですね、ないと言っておきます。肥大化《ひだいか》したアールデルスにつけ入る隙はいまのところありません。滅ぼされた国の者をそのかしても、女王は属国に不利益以上の利益をもたらしているため、彼らに思うところがあったとしても反逆よりも忠誠を選ぶでしょう。瓦解《がかい》が狙えない以上、下手な政治工作ほど意味のないものはない。動けば危機を呼びこむだけです〉

話している途中で雨が小降りになってゆく。ヨナシュはおぼろげな景色を見ていた。

〈また、より信憑性の高い秘術が他国にあるとうわさを流しても、バロシュへの行軍はくつがえることはありません。女王の暗殺も万が一にも成功しようがない。圧倒的な力の差により、城に近づくことすら叶わないはずです。女王が求める以上、望みの秘術を差し出すしか手立てはないですが、言うまでもなくありもしないものを手に入れるなど不可能。もとより女王は、狙いを定めた国に対して逃げ場など用意していません。滅びか隷属《れいぞく》か。我々は、はじめからこの二択を迫られている。突きつけられた国は選ぶ他はありません〉

〈打つ手なしというわけだ〉

ヨナシュを横目で見た隊長は、猛烈に顔を歪めた。そして、低くうなり声をあげる。

〈滅びか隷属か。我らが王はどのような答えを出すのか。もう、出しているのだろうか〉

〈どうでしょう、なるようにしかならないのでは。……隊長、将軍と娘のリースについて、詳しく教えてくれませんか。いまは任務をこなすしか我々にできることはありません〉

〈そうだな。……貴殿は、この任務の行く末をどう見ている。忌憚《きたん》なく言ってほしい〉

〈おそらくは全滅でしょう。バロシュはアールデルスを見くびりすぎている〉

ヨナシュは濡れた髪を雑にかきあげた。その横顔は、国の行く末どころか自身の生死にすらまったく興味がないといった、冷めたものだった。

＊　＊　＊

変わらない毎日はゆるぎなくくり返されて、特別ななにかは起こり得ない。その少女は生まれてこのかた波風らしいものを経験したことはなかった。だからだろう、彼女は変化に憧《あこが》れていた。日々、ささやかな違いを探しては、楽しむことが好きだった。

はじまりは些細《ささい》なことだった。少女は窓辺で頬杖をつき、飛び立つ鳥を眺めていたが、吹きこむ風に雨のにおいを感じて、すんと鼻先を持ち上げた。けれど、空は青色だ。

晴れているのに、雨のにおいがどこからきたのか不思議に思い、そわそわと首を動かすが、あいにく窓から遠くを見渡すことはできずに、においのもとはたどれない。

居室には、めずらしく侍女やばあやの姿はなく、ひとりきりだった。大人しく椅子に座っているべきなのだろう。けれど、胸に湧いた好奇心は、むくむくとふくらむばかりで抑えられない。衝動に突き動かされるまま、少女は中庭を目指した。

中庭は、びっしりと小さな花々が咲いていた。少女は大きな花よりも、小さな野花が好きだった。ひとつでは貧弱でも、みんなが集まれば見事な花のじゅうたんになるからだ。息を吸いこめば、やはり雨の気配を近くに感じた。少女はひたむきに空を仰いだが、四方を高い壁に囲まれた空では雨のもとは見つからない。

心はわくわくと弾んでいた。晴れと雨の境目をこの目で確かめてみようと思った。そして、ほどなくして視界に入ったものに、少女の胸は一層どきどきと高鳴った。

いつもは鍵がかけられて、固く閉ざされている扉がかすかに開いていたのだ。物心ついた時から、開いているところを目にしたことはなかった。少女の視線は釘づけだ。これは、ささやかな変化などではない。とてつもない大きな変化だ。

近づくことさえ禁じられていたけれど、足は勝手に歩き出す。こわごわ隙間を覗けば、さらに扉が見つかった。それは精緻《せいち》な銀細工でできていて、夢を具現化したようだった。

——なんてすてきなの……。まるでおとぎの国の入り口ね。

そっと扉を開けた少女は、奥の銀細工の扉に向かう。開けば螺旋《らせん》階段に出くわして、一瞬ためらったものの下りてゆく。いつのまにか、未知を確かめるのは使命になっていた。

下りきった先は、こちらを隠しているかのように壁がそびえ立っていた。少女は幾何学模様の彫刻を指でなぞりながら出口を探す。そして、目にした光景に気圧《けお》された。

ぴかぴかに磨《みが》かれた石造りの壁と床、等間隔に配された大きな柱。巨人がいたとしても、頭がつかないような高さの天井。そのすべてが彫刻入りだった。おごそかな空気が漂い、肌がちりちりとひりついた。どこからともなく風が舞いこみ、少女の黒い髪をさらって後ろになびかせる。髪飾りがかちゃかちゃと音を立てていた。

突き当たりまで進んだ時に、少女は我を忘れて立ちつくした。先は吹き抜けになっていて、広大な景色が見渡せた。

雲間から太陽が顔を出しているのに、雨がしとしと降っていた。霧雨《きりさめ》は淡い光を帯びて、厳粛《げんしゅく》な古い石造りの神殿や女神エスメイ像を、きらきらと幻想的に光らせている。こんなにも大きな建物が近くにあるなんて、少女は少しも知らないでいた。

――きれい……。雨のにおいは、ここからやってきたのだわ。

晴れと雨の境目は見られなくても、少女ががっかりすることはなかった。光が織り成す不思議な雨が見られただけでじゅうぶんだ。大理石の段差に座り、飽きることなく眺める。

――お母さまとばあやにも、この場所を教えてあげたい。すてきだもの。絶対に喜ぶわ。

少女がこれまでの道すじを頭に描いていると、こつこつと軽やかな足音を立て、きれいな女の子が現れた。赤毛のつややかな髪が景色に鮮やかに映えている。

「……あなた、さっきからずっとお外を見ているでしょう。お天気雨が好きなの？」

「これはお天気雨と言うの？　好きよ。でも……雨は、どんな雨でも好き」

はきはきした赤毛の女の子の口調とは対照的に、ゆっくりとした、少し舌足らずな声だった。はにかみ屋の少女は話すのは得意でなかったが、目の前のおしゃまな女の子は得意なようで、ぺらぺらと雨について語りだした。

「で、ここにいるということは、当然貴族よね。あなたの家はどの派閥？　神殿派？」

「ここって？　ここは、どこなのかしら。よくわからなくて」

きょろきょろと辺りを見回せば、「やめて、冗談を言わないでよ」とくすくす笑われる。

「王城に決まっているじゃない。ここは高位の貴族しか立ち入れないの。……ねえ、貴族同士仲良くしましょう？　王城は広くて迷路みたいに複雑ね。足が痛くなっちゃった」

彼女は「異端審問官に会えますように」とぶつぶつつぶやきながら、隣に腰かけた。

「え、なあに？　いま、異端審問官って言った？」

「ええ、言ったわ。知ってる？　願いごとってね、口にすると叶うのよ。叶えたい願いだからこそ、素直に口にしたほうがいいの。だからわたくしは必ず言うようにしているわ」

めまぐるしい話題の変化に、のんびり屋の少女は置いてきぼりで、目をぱちくりさせた。

「……願いごと？　えっと、それって……」

彼女を見つめれば、その大きな瞳が見開かれた。

「あなたって……なんて目なの。とんでもなくすてきだわ。どんな宝石も敵いっこない。恐ろしくきれいですばらしい緑色。見ていると吸いこまれてしまいそう」

あまり褒められ慣れていない少女は、ぎこちなく「ありがとう」とはにかんだ。

「でも、あなたの黒い髪は残念ね。金色であれば価値はすごいのに。ほら、女神エスメイは金色の髪に緑色の瞳でしょ。わたくしの赤毛も最悪なのだけれど。こんな髪いやだわ」

不満げに赤毛をつまんだ彼女は、ぱっと笑顔を見せて付け足した。

「あなたのお名前を教えてくれる？　わたくしはリースベスよ」

「リースベス？　覚えたわ。わたしは……ミース」

ミースがにっこり笑うと、リースベスが両手を合わせてはしゃいだ。

「あなたって笑うとえくぼができるのね。いつもそうして笑っていたほうがいいわ。それにやっぱりその緑の瞳は最高にすてきよ。わたくし、あなたと親友になってあげる」

「親友？　リースベスが、なってくれるの？」

「ええ、そうよ。でもね、わたくしたちはただの親友ではないの。いちばんの親友よ」

リースベスは、ほれぼれするような美貌を持つ女の子で、将来は絶世の美女になるだろうきらびやかな容姿をしている。対し、ミースは自他ともに認めるちっぽけな女の子。つり合いが取れていないのはいやでもわかる。

うれしさと気後れでとまどっていると、リースベスの手がミースの手に重ねられた。

「ねえ、ミースのお願いごとはなに？　口にすれば叶うのだから言ってみて？」

「言っても、いいのかしら」

「いいに決まっているじゃない。わたくしたちは親友よ。聞いてあげる」

ミースはひとしきり指をもじもじといじくって、申し訳なさそうに言った。

「……絶対に叶わないけれど……わたし、旅をしてみたいの」

「旅？　すればいいのよ。アールデルスは大きな国よ。海も砂漠も森も山も、草原もあるわ。異端審問官たちが異教徒から守ってくれているから、わたくしたちは安全よ。……そうだわ、わたくしと一緒に旅に行きましょう？　まちがいなく、楽しい旅になるわ」

リースベスは得意げに鼻を突き出すと、小さな唇を笑みの形につり上げた。

「ほら、願いは口にすると叶うでしょう？　わたくしの言ったとおりね」

ミースは困ったようにはにかんだ後、「リースベスのお願いごとは？」と問いかけた。

「そうね、異端審問官の長、エフベルトさまの妻になりたいわ。女王さまの信頼も厚く、誰よりも強く、お身体も頑丈で、肩幅も広くて。そのうえ、きりりとしたすてきなお顔」

「でも……エフベルトは三十九歳だから、あなたとは少し歳が離れているかも」

思わぬ情報だったのか、瞠目《どうもく》したリースベスは、唇をわななかせた。

「うそでしょう？　エフベルトさまは三十九歳なの？　少しどころなんかじゃない、いくら年上が好きでもありえないわ。わたくし、十四歳ですもの。こんなの、不毛な恋よ」

どうやらリースベスの夫候補から、エフベルトはたちまち除外されたようだった。彼女は二番めとして、異端審問官のシモンの名を上げたが、それはミースの知らない人だった。

「わたくしね、お父さまにせがんで王城にきたの。未来の夫を探しているのよ。より良い結婚こそ貴族の娘の幸せですもの。でも……探していて気づいたことがあるの。いい男ってね、ぜんぶ既婚者。すてきな人は早くに誰かのものになってしまうものなの。早い者勝ちよ」

「より良い結婚が、貴族の娘の幸せ？　そうなの？」

気になる言葉を復唱すると、リースベスは「ええ」とお姉さん面《づら》をして頷いた。

「ミースもうかうかしていられないわよ。これだわって思った人には、もれなく妻や恋人がいるものだもの。すてきな男性は女性を探し求めたりしないわ。勝手にたくさん寄ってくるのですもの。選ぶだけよ。だからね、相手のことがいいって思ったら、すぐに気持ちを伝えることが大切よ。待っていては他の女に取られて後悔するだけ。弱肉強食なの」

「すてきな男性って……どんな人のこと？　これだわってどうすればわかるの？」

「そのあたりは経験がものをいうわ。わたくしみたいに、男を見る目を肥《こ》やしなさい」

リースベスは「それはそうとあなた」とミースの頭から足の先までじっくり眺めた。

「その衣装、すてきね。一見質素に見えるけれど、じつは違うわ。どうなっているの？」

通常、アールデルス国の娘が着るドレスは、女神エスメイの服を基調としたもので、他国のものほど華美ではない。それでも年ごとに流行があるのだが、ミースが纏うものは少しも流行を追っておらず、古典的。ドレープがすてきな模様を描くだけで、他の娘のようにレースやりぼんは使用されていなかった。

「その生地は絶対に高価なものだし、布の流れまで計算されているわ。それにこの刺繍《ししゅう》。どれほど時間がかかったのかしら？　腰ひもや頭の飾りもすごく凝ってる。でも」

リースベスは、ミースの首飾りを見て眉をひそめた。その首飾りの紐《ひも》は下手くそな編み方で、先には海辺にたくさん落ちていそうなみすぼらしいぶち模様の貝殻《かいがら》がついている。

「ねえ、なぜそんなごみみたいな首飾りをつけているの？　紐も古くてきたないわ」

指摘されたとたん、ミースはしょんぼりうつむいた。これは大切なものだからだ。それを見たリースベスは慌てて言い繕《つくろ》った。

「やだ、違うの、貝殻が好きな人も当然いるわ。ミースの価値はね、わかる人にしかわからないの。わからない者の目はふしあなで、愚かすぎよ。ねえ、それよりミース、いま時間はある？」

「あるわ。どうしたの？」

「あなたの願いを叶えるための練習をしたらどうかしらって思ったの。ほら、旅よ」

ミースは目をさまよわせ、答えに迷った。叶いっこない願いだとわかっているからだ。

「わたくし、いまお父さまを待っているの。でも、神殿派の会合はまだまだ長引きそうよ。だからその間、親友のあなたをわたくしのお屋敷に招待しようと思うの。わたくしの新しいドレスを見せてあげる。ハインケスの職人に特注したレースがすてきなドレスなの」

ハインケスがなにかわからず質問すると、九年前に従属国になった国とのことだった。

「そうだわ、わたくしたちの旅先はハインケスがいいかもしれない。ドレスや小物が洗練されていて、とってもおしゃれなの。首飾りも。続きは馬車のなかで話しましょう？」

ミースは返事をしそこねていたが、リースベスに引っ張られる手を拒まなかった。

馬の蹄《ひづめ》が石畳を弾く音がする。町がざわめく音がする。

空はなにもなかったように晴れていて、先ほど雨が降っていたのはうそのようだった。

ひざの上で握ったこぶしが震える。これはミースにとって、はじめての冒険だ。

ミースは小さなころから〝いいこ〟と言われて育った。はにかみ屋で口数が少なく、言われたことはきちんと守る、素直で従順な女の子。

そんなミースが禁を破って、外の世界に飛び出した。自分でもだめだとわかっていたけれど、リースベスの言葉に惹《ひ》かれて、いてもたってもいられなかった。彼女が言った、海や砂漠、森や山、草原などを、どうしてもひと目見たかった。

ミースの夢は旅に出ることだ。叶わないと知っていたけれど、捨てられない夢だった。

——とうとうお外だわ……。

押し寄せる不安と、それにもまして未知を知ることのできる喜びと。心はないまぜだ。

ミースは馬車の外に目を向けた。王都は古く、五百年前のまま時を止めたような街並みだ。住民たちは古の建物を修復し、王城や神殿とともに維持に努めている。

傍観者であれと教えこまれてきたミースは、大きな声をあげたりしない。馬車の外へ出てみたくてうずうずしても、石畳を歩いてみたいと思っても、口を結んでじっとしていた。ただ、緑の瞳だけは感情を隠しきれずに、らんらんと楽しげにかがやいていた。

突如、がたりと馬車が大きく揺れた。ミースは、びっくりして目をまるくしたけれど、リースベスは慣れているようで、少しも反応しなかった。

「あら、どうしたの？　車輪が段差を越えただけよ。もしかして舌を嚙んじゃった？」

ミースは話しかけられてぎくりとする。リースベスはしきりにおしゃべりをしていたが、景色に夢中でろくに聞いていなかったのだ。申し訳なくて、知らず身体が縮こまる。

「ところでミース。あなた、婚約者はいる？」

「いないわ。リースベスは？」

「それがね、ミヒルってやつがいるのよ。彼、家柄はよくても、細くて軟弱だからちっとも好みではないの。だから、十五歳までに彼以外のすてきな殿方を見つけるつもり。屈強のね」

ふたりは結婚についてふんわり語ったが、大人が聞けばさぞかし的外れなものだろう。やがて話題は旅のことへ移ったが、突如リースベスが話をやめて、おなかを抱えた。

「どうしたの？」

「……大変だわ、あれが来てしまったみたい。絶対そうよ……。ドレスが汚れちゃう」

リースベスは馬車が走っているにもかかわらず、扉を開けて御者に叫んだ。

「ティム、近くのどこか——、あ。あの宿につけなさい。早く！　緊急事態なのっ！」

馬車が言いつけどおりに宿屋に止まると、リースベスは慌てた様子で馬車から降りた。

残されたミースは、最初はおろおろと動揺していたものの、リースベスが開け放った扉をきちんと閉じて、座席に腰かけた。胸がどきどきしていたけれど、昨夜は夜更かししたものだから、次第に眠気がやってきた。

ほどなくして、黒い頭はこっくりこっくり船をこぎはじめる。

だが、次に目を覚ました時、ミースは異変を感じて混乱し、放心してしまった。

馬車は先ほどまでの優雅な動きとは打って変わって激しく揺れていた。

隣から伝わるのは、冷ややかな威圧感。おそるおそるうかがうと、座っているのはリースベスではなく、得体の知れないローブ姿の者だった。目深にフードを被っているため顔は見えないけれど、とても背が高そうだから男の人だと確信した。

ミースはわけがわからなくなり、恐慌状態に陥《おちい》った。

「リ……リ、リ……、リー……ス、ベスは、ど、……ど、どこ？」

いつもとても気をつけているのに、ひどい吃音が出てしまい、ごくんと唾《つば》をのみこんだ。もう一度聞き直そうとしたけれど、リースベスまで巻きこんでしまうと思ってやめた。

「娘、オマエノ名前ハ。言エ」

ずいぶん片言な言葉だ。ミースは目を泳がせながら「……ミース」とこわごわ名乗った。

「ミース？　オマエハ、〝ミース〟カ。確カナノカ」

男の声のたどたどしさに、緊張しきったミースのこわばりは少しだけほぐれた。その身体は自分よりも大きく圧倒されるが、発音はまるで小さな男の子みたいで、落差が激しい。

「そ、そうよ……。あなたは、とってもかわいい話し方を、す、するのね。お名前は？」

舌打ちをした男は、ミースのわからない言葉でつらつらとなにかをつぶやいたが、特に名前を言ったわけではなさそうだった。

「いま、なんて言ったの？　ぜんぜんわからなかったわ。もう一度、言ってくれる？」

その言葉は無視されて、しばらく沈黙が続いたが、ため息の後男は口を動かした。

「静カニシテイレバ、痛イ思イハサセナイ。俺ノ言葉ハ、通ジテイルカ」

理解しようと頭をひねったミースは、目をぱちぱちとまたたかせた。

「すごく聞き取りにくいけれど、通じているわ。あの……痛い思いって、どんなことをするの？」

「速ク話スナ、ユックリ話セ。聞キ取レナイ。……言イ直セ」

いまの事態は異常だ。けれど、先ほどまで感じていた恐れや震えは消えていた。そればかりか、男に対する興味がむくむく湧いていた。

「ゆっくりね、わかったわ。あなたのお名前を教えてほしいって言ったの。どう？」

「断ル。オマエニ名乗ル必要ハナイ。タダノ他人ダ」

「……でも、他人だとしても……知りあったということは、運命のひとつだと思う。人と人とのめぐりあわせに、むだな出会いなどないのですって。ばあやがそう言っていたわ」

ミースはおずおずと男のフードに手をのばすと、遠慮しきった手つきとはうらはらに、大胆にもずり下ろした。とたん、銀色のような淡い髪に、夢のようなうるわしい顔が現れて、ミースは鋭く息をのんだ。

〈このくそガキ、なにをする！　死にたいのか！〉

ものすごい剣幕でなにかを言った彼は、すぐにフードを深く被り直したが、ミースの胸の高鳴りはおさまらなかった。

今日は信じられない出会いの連続だ。リースベスはとてもきれいな女の子だったが、彼はその比ではなかった。もう一度見たくて覗きこむと、彼は顔をそむけて言った。

「動クナ。モウジキ馬車ヲ降リル。大人シクシテイロ」

彼からは、二度とフードをずり下ろさせないといった気迫を感じる。

——もう、きれいなお顔を見られないのかしら……。

ミースはうつむいた。けれど、それは杞憂《きゆう》のようだった。彼は少しだけフードを上げて景色を眺めた。険しそうな横顔しか見えないが、ミースは横顔もすてきだわ、と満足した。

「あの……いまからどこへ行くのかしら。わたし、遠くへ行ってはだめなのだけれど」

「モウ一度言ウ。静カニシテイレバ痛イ思イハサセナイ。死ニタクナケレバ黙ッテイロ」

怖いことを言われても、やはり彼の発音は小さな男の子みたいでかわいく思ってしまう。

ミースは彼を盗み見た。すると、彼は袋からさえない色の分厚い布を取り出して、ミースの頭からすっぽり被せた。それは彼と揃いのローブのようで、フードを目深に被せられれば、完全に彼のようになった。けれど、ごわごわしていてちくちくするいやな布だった。

「馬車ヲ出ル。忠告シテオク。俺カラ離レルナ。離レレバ、犯サレルト思ッテオケ」

——おかされる？　なにかしら。

「わかったわ、離れない。でも、いつ帰してもらえるか教えてくれるといいのだけれど」

彼に鼻であしらわれ、ミースの心は沈んだが、馬車を降ろされる時に奮い立つ。いつまで彼といるのかわからないが、離れないでいる以上、このまま他人行儀でいるのはさみしいし、少しでも彼と話して、いろいろ知ってみたかった。

「わたし、やっぱりあなたのお名前を、知らなければならないと思う。だって……あなたを呼ぶ時に、なんて呼べばいいのかわからないもの。それに……」

「黙レ」と鋭い声がさえぎった。ミースはぶっきらぼうな彼に目をやって、はにかもうとしたけれど、途中でやめた。もう少しミースに慣れてもらってから改めて思いを告げたほうがいいだろう。

ひとつこくんと頷いて、唇を固く結んだ。

〈あなたがたは異端審問官の動向を探ってください。ぼくはケーレマンス将軍の娘を連れていきます。——いえ、縄《なわ》は必要ないかと。拘束は目立ちますし悪手です。それから、娘はリースではなくミースという名前でした。古の言語は〝リ〟と〝ミ〟の発音が似ていますので、誤って伝わっていたのでしょう。——ええ、聞き出せることは聞き出します。ですが、十七年ぶりに使用する言語ですので、さほど結果は期待しないでください〉

彼には仲間がいるようで、数人の大柄の男たちと異国の言葉で話していた。ミースはその言葉の響きが気に入り、ひそかに耳をすました。彼の声は、深みがあっていい声だ。それが功を奏したのだろう。ミースは彼らの話を聞くにつれ、彼の名前に勘づいた。

「ねえ、もしかしてあなたのお名前は……ヨナシュ？」

彼は黙っていたが、その不快そうな態度から、ヨナシュなのだと確信した。

ヨナシュは仲間から離れると、ミースの手首をつかんで歩き出す。しかし、長身の彼の足はとても速くて追いつけない。必死にちょこちょこ歩いていると、舌打ちの音がした。

ミースは日ごろ出歩かないため、足は遅いと自覚している。だからだろう、しびれを切らした彼にひょいと荷物のように持ち上げられた。

「愚図《グズ》」とののしられてもへっちゃらだ。支えてくれる彼の腕はしっかりしていたからだ。

ミースの背丈はヨナシュの胸までしかないので、彼にとっては軽いのだろう。抱っこは長い時間に及び、いつ終わりがくるのかわからなかった。驚いたことに、ヨナシュはミースを抱えながらも、疲れを見せず、山道を登りきった。

大抵の時間、ミースはヨナシュの首に手を回し、肩にあごをのせていた。視線を感じて彼を見れば、布ごしでわからないけれど、なんとなく、睨まれているような気がした。

〈人質の分際でくつろぐとは。緊張感はどこへやった。ふてぶてしいやつめ〉

「ヨナシュ、いま、なんて言ったの？」

彼がなにも答えないので、あごを上げていたミースは、彼の肩にふたたびのせた。

――あまり息が乱れないのね。きっとヨナシュは強い人だわ。なんとなく、そう思う。

やわらかな風が吹き、木や草はかさかさと揺れていた。ミースは景色を眺めたかったが、フードの隙間の視界は狭かった。取ろうとすると、即座に彼の大きな手に阻まれる。

「被ッタママデイロ。無事デイタケレバ脱グナ」

「わかったわ。でも、ここはどこなのかしら。いつ帰れるのかわかるといいのだけれど」

その言葉にはいつまでたっても返事はなかった。ミースは彼の力強い腕を意識して、広い肩に頬をすり寄せる。彼の胸の内はわからなくても、こうしていると安心できた。

「……………おなかがすいたわ」

小さく独り言つと、長々としたため息が聞こえて、地面に下ろされた。

ヨナシュは袋を探って、りんごをふたつ取り出した。真っ赤でおいしそうなりんごだ。

彼は石を指さして、ミースに「座レ」と指示すると、自身は地面に腰を落ち着けた。

渡し方はぞんざいだけれど、ミースはうれしくて「ありがとう」とはにかんだ。ぱくりとりんごにかじりつくと、酸味が強く、好みの味が口いっぱいに広がった。

「ヨナシュはりんごが好き？　わたしは好きよ。……背が、高いのね。お歳はいくつ？」

やっぱり無視されてしまったが、彼はほどなくして、りんごの芯を投げてから言った。

「俺ハ敵ダ。知ッテドウスル」

ミースはせつなげにりんごを見つめる。どこへ連れていかれるのか、目的もなにもわからないからこそ、仲良くしていたいのだ。そうでないと不安に負けてしまいそうだった。

視界がじわじわにじみだし、りんごが見えなくなってゆく。

ミースは濡れた目をごしごしこすった。心で思うよりも身体はくじけそうになっていて、涙は次から次へと溢れてくる。洟《はな》をすすると、彼は舌打ちをして「泣クナ」と言った。

「……でも……勝手に出てきてしまうの」

彼はミースを抱き上げてふたたび歩き出したが、ミースは涙を拭いきれず、ヨナシュの肩にぐずぐずな目を押し当てた。

あまりに長い時間めそめそしていたからだろう。彼はまた深く息をつく。

〈泣くなと言っているのに面倒な。肩がびしょ濡れだ。これだからガキは。……だが、攫《さら》われたと知りながら、癇癪《かんしゃく》を起こさないのはめずらしい。それだけは褒めてやる〉

しゃくりながら、ミースはヨナシュの顔を見つめたが、フードが邪魔をして、形のいい鼻先と唇、きれいなあごしか見えない。

「あなたの国の言葉、好きよ。……もっと、聞かせてほしいわ」

彼はにべもなく「断ル」と言ったが、冷淡だとは思わなかった。

ミースは、茶色に変色したりんごをかじって噛みしめる。少し、しょっぱい味がした。

＊　＊　＊

ケーレマンス将軍の娘、ミース。

ヨナシュが知る貴族の娘というのは、高慢《こうまん》ちきでわずらわしい、厄介《やっかい》でしかない存在だ。

けれど、警戒心が欠落しているのか、ミースは素直で扱いやすい。口数が多いうえ、ローブがちくちくすると言って、フードをずり下ろしたがるのは面倒だったが、その他においては我慢できる。

廃墟の屋根裏に彼女を連れていき、水を飲ませれば、薬入りではないかと疑いもせずに従った。おかげで彼女はぐっすり眠り、頬を叩いても少しも反応しなかった。

貴族の所有と思しき馬車が宿屋に止まっていたのは僥倖《ぎょうこう》だった。御者を馬車から引きずり下ろして脅せば、男はあえぎながらケーレマンス将軍家の馬車だと打ち明けた。御者をはじめとする目撃者を始末して車内に入れれば、この娘がのんきに眠っていた。

ヨナシュはひと目で、ミースは大勢の人の手がかかった娘だとわかった。手入れの行き届いた艶のある黒い髪。衣装は質素に見えても、数人がかりで着付けられたものだろう。腰につけた飾り紐や髪を彩る髪留めは、一見わからなくても、見る者が見ればうなるほどの価値ある逸品《いっぴん》だ。かなりの資産がある家の娘といっていい。ケーレマンス将軍は、ただの将軍ではなく、おそらくだいぶ女王に近い位置にいる人物だ。

ヨナシュは眠るミースをまさぐり、武器の有無を確かめた。護身用の剣も持っていない、完全なる丸腰だ。調べ終えれば彼女をつまみ上げ、壊れた家具のなかに押しこんだ。

大股で廃墟を出た彼は思いをめぐらせる。娘を攫うまでに半数近くの仲間が犠牲になると読んでいたが、拍子抜けするほど楽だった。

しかし、狩猟小屋で隊長たちと落ち合った時、ここからが困難なのだといやでも悟った。それというのも、事態が急変したからだ。

〈ヨナシュどの、ケーレマンス将軍の娘はどうしている〉

隊長の言葉に、ヨナシュは〈眠らせています〉とだけ報告した。

〈計画では、今宵、王都にあるケーレマンス将軍の屋敷にしのびこみ、彼を脅すのでしたね。御者に吐かせましたから、屋敷の位置は把握しています〉

〈待て、当初の予定ではそうだったのだが、事態は変わった。――皆もよく聞いてくれ〉

隊長が重々しく告げると、ヨナシュを含む七人の男が注目した。

〈隠密から火急の報告があった。兵や異端審問官の動きが不穏とのことだ。アールデルスは国じゅうの町や道を封鎖する動きに出ているらしい。まるで内乱がはじまるようだと。王都の門はすでに閉じていて、我々は引き返すことはできない。つまり、任務はおろか、王都にいる副隊長、ボジェク、ダリミル、マチェイの四名は身動きできない〉

両目を片手で覆った隊長は、〈残念ながら、彼らの生は望めないだろう〉と付け足した。

ヨナシュは先ほどまでいた王都を思い出すが、特に異変は感じなかった。ミースを攫った後で起きたことだろう。

〈とにかく我々は任務を中断し、アールデルスからすみやかに出て、王の指示を仰がねばならない。……まあ、十中八九、仕切り直しで国に戻ることになるだろうが〉

大人しくしていたいかつい男が、〈よし〉とこぶしを震わせ、喜びを表した。

〈やったぜ。おれたちは生きて国に帰れるってわけだ。ついてるな、最高な気分だぜ〉

〈このばか、ここにとどまるのも出るのも異様にきびしくなったってことじゃねえか。ピ

ンチもピンチ。これからは油断したやつらではなく、警戒しきったやつらが相手だぜ〉

隊長はふたりの男を一瞥し、〈そうだ〉と言った。

〈我々はきびしい立場にある。……そこでヨナシュどの、娘の処遇は貴殿に任せたい〉

フードのなかで、ヨナシュの目は険しく細まった。

〈今後、ケーレマンス将軍との交渉は必要ですか〉

〈私からはなんとも言えん〉

〈現状、娘は殺すか、バロシュに連れ帰るか、どちらかしかないのですが〉

ヨナシュはミースに顔も名前も知られている。彼自身、貴族である以上、名前を調べられればたどられるため、任務のさなかに彼女を生きて返すことだけはありえなかった。

〈貴殿の命が優先だ。娘の代わりはいても、貴殿の代わりはいない。そもそも娘を連れての脱出はきびしいだろう。で、貴殿の意見は〉

〈生かしておいても邪魔なだけ、というのが正直な思いです〉

〈そうだな。誘拐が公になればさらに攻めこまれる理由となる。処分するしかあるまい〉

隊長はあっさりと告げ、仲間たちに深く頷いた。

〈ひとまず以前集《つど》ったフェーヴルの廃墟で落ち合うこととする。固まって動くのは避けたい。異端審問官およびアールデルスの兵が動くと思うが、各々《おのおの》生きのびてくれ。解散だ〉

ヨナシュは隊から離れながら考えた。

娘を殺すにしても、わざわざ手にかけるまでもないだろう。黙ってアールデルスを去ればいい。人里離れた廃墟に置き去りにされた娘は、なにもできずに飢えて死ぬ。人に傅《かしず》かれ慣れた娘は、ひとりでは生きていけない。

ヨナシュはフェーヴルを目指すことにした。が、十歩ほど歩いたのちに、なぜか足が止まってしまった。

二章

犬を飼ってみたかった。猫でもいい。けれど、禁じられていた。

だからミースは窓辺に毎日豆をまき、鳥の訪れをひたすら待っていた。

訪ねてくる鳥、一羽一羽に名前をつけたが、特徴的な模様はなく、ねずみ色や白や黒の単色で、彼らは見分けがつけられない。ふたたび同じ名前を呼べたことはなかった。

仲良くしたくて手を伸ばせば、鳥たちは一斉に羽音を立てて飛んでゆく。

ミースは去りゆく彼らの後ろ姿を、見えなくなるまで見送った。

――行かないで……。


ぱちんと頬を叩かれて、夢うつつだったミースは目が覚めた。これまで誰にも叩かれたことなどないから衝撃のあまり言葉が出ない。

視界いっぱいに見えるのはフードを被ったヨナシュだ。だが、悪びれる様子がまったくないので、ミースは自分がなにか悪いことをしてしまったのだと思った。

「………ごめんなさい」

瞳をうるませていると、ヨナシュの腕に抱えられ、ミースは壊れた家具から引っ張り出された。ぼろぼろの床に立たされた時、なぜ家具に入っていたのかと混乱した。

「ミース、聞ケ」

きょろきょろと落ち着きがなかったミースの動きがぴたりと止まる。彼にはじめて名前を呼ばれ、うれしくなってはにかめば、彼は不機嫌そうに言う。

「生キタイカ、死ニタイカ」

話がまったく見えず、まばたきすると、「選バセテヤル」と迫られた。

「生キルノナラ俺ト来イ。来ナイノナラ、ココデ別レダ。野垂《ノタ》レ死ネ」

そちらが攫っておきながら勝手な言い分だ。しかし、ミースは不思議と迷いはなかった。

「ヨナシュと行くわ。野垂れ死ぬのは、怖いもの」

「俺ノ命令ニ従エ。ソレガ条件ダ」

ミースはこくんと頷いた。ヨナシュによると、いまは王都への出入りはできなくなっているらしい。「どうして?」と聞いても、彼は答える気はなさそうだ。空気を読んだミースは、質問を切り替えた。

「それは……帰れないということ?」

「帰サナイ」

――帰れないじゃなくて、帰さない、なのね。

本当のところは、おなかがすいたし帰りたい。まだ眠いから眠りたい。けれど、彼と離れがたい思いもあった。せっかく出会ったのだから彼をもっと知りたい。それに、ミースはやっぱり旅がしたかった。これは一生に一度の冒険だ。逃せば二度と機会はないだろう。

期待と不安と恐れと喜びと。奮い立ったミースは唇を結んだ。

「俺ニ聞キタイコトガアルノナラ——答エテヤル。言エ」

それは思ってもみない言葉で、ミースは目をぱちくりさせた。

「……聞きたいこと？　たくさんあるわ。これからどこに行くの？」

「俺ノ生国〝バロシュ〟ニ向カウ事ニナル。アト一個、質問ニ答エル」

「バロシュ……知らない国だわ。ヨナシュは、お歳はいくつ？」

不機嫌そうな気配が漂った。絶対に無視されると思ったが、あきれた様子で「二十五」と返ってきた。そのとたん、ミースは喜びにあふれて破顔《はがん》した。

「二十五歳。……やっぱりヨナシュはわたしよりも歳上なのね。背が高いもの。あなたの国のバロシュはどんな国？　すてきな国？　草原はある？　海は？　それから……」

「黙レ、質問ハ終ワリダ。着ガエロ」

そう言って、ヨナシュはミースの胸にみすぼらしい服を押しつけた。いま身につけているものはすべてここに置いてゆくという。だが、ミースの衣装は毎日着るたびに四人がかりで縫って調整しているので、自力での着脱は不可能だった。

「……脱がなきゃだめ？　わたし……」

ヨナシュを見上げるミースは悲しげに顔を歪めた。彼の苛立ちが伝わってくるからだ。

「勝手ニシロ。野垂レ死ネ」

　彼はミースを置いて歩き出した。途方に暮れて、腰の飾り紐をいじくっていると、〈くそ〉と吐き捨てた彼が引き返してきて、ミースの衣装に刃を立てた。力任せに裂いてゆく。

「世話ガヤケル。オマエハマサカ、ナニモ出来ナイノカ？」

　ミースは、生まれた時からばあやや侍女の手を借りて生きている。靴も自分で履いたことがないし、肌着すらも自分で着ていない。それがミースの日常であり、そもそも自分でなにかをする発想がなかった。出来ることと出来ないことの違いさえもわからない。

「マルデ赤子ダナ」と、彼はミースの靴《は》を強引に脱がせて、壁にぶつけた。

　大きな音に、ミースはびく、と肩を跳ね上げて、そろそろとはだしの足を見下ろした。

　その間も彼の手は止まらず、あっというまに衣装をすべて剝《は》ぎ取られる。

　しょんぼり落ちこみながらも、ミースは裸のままで服を着せてもらうのを待っていた。湯浴みや着替えの時は侍女たちの前で裸になるので、羞恥を覚えることはない。しかし、なにもできないことは、ひどく恥ずかしいのではないかと考えた。

　ヨナシュはミースが動くのをしばらく待っているようだったが、しびれを切らしたのだろう。盛大に舌打ちをして、素朴な村娘の服を着つけてゆく。

「クソ餓鬼《ガキ》、フザケルナ。俺ハ、オマエノ召使イジャナイ」

　しかし、彼は憎々しげに言いながらもミースの世話をしてくれた。長い髪を不器用に三つ編みにして、さらに冴えなくしたのだ。ミースはどこから見ても貧相な娘になっていた。

「オマエニハ、村人ノ才能ガアル」

なにかの才能があるなどと言われたのははじめてだ。ぱあっと目をかがやかせたミースは、「本当？　この服、どうしたの？」と自分の纏う服を見下ろして、ふと、首もとがさみしいことに気がついた。

「大変！　わたしの首飾りがないわ……」

動転して緑の瞳をさまよわせると、彼が淡々と言った。

「アノ汚イ塵《ゴミ》ノコトカ」

とたん、それまで穏やかでいたミースは真っ赤な顔でヨナシュに食ってかかった。

「ごみじゃない！　どこにあるの？　大切な、首飾りなの。ご、ごみなんかじゃない！」

ヨナシュは「早ク話スナ、聞キ取レナイ」とミースの肩をわしづかみにし、揺さぶった。

「大キナ声ヲ出スナ。殺サレタイノカ」

「あ、あ、あれがないと……だめ、だもの……。……か、返して、お願い、だ、だから」

吃音が戻ってきた。ミースは顔をくしゃくしゃにして、ぼたぼたと涙を落とす。

彼は〈面倒なガキめ〉と舌打ちすると、ミースが着ていた衣装を探り、ぶち模様の小さな貝殻をつまみあげた。どうやら紐を切断してしまったようで、彼は切れ目を結び、応急処置を施した。そして、ひどく雑な手つきだったがミースの首に戻してくれる。

「あ……ありがとう……。これ……わたしの、た、宝物なの。大切な……。だから」

ぐすぐすと洟をすすったミースは、震える手でそっと貝殻を撫でた。

「オマエノ物ハ、スベテ捨テナケレバナラナイ。ソウ言ッタハズダ」

彼は言葉を切って、「ダガ、貝ダケハ許シテヤル」と話すと同時に、ミースをひょいと持ち上げた。彼の腕のなかで、ミースは小さく頷く。

「オマエハ煩《ウルサ》イ餓鬼ダ。次ニ大声ヲ出セバ殺ス。殺サレタクナケレバ、静カニシテイロ」

ミースにとって、殺されるよりも貝のほうが大切だった。失う危機を迎えてからというもの、心臓はばくばくと音を立て、胸がつまって息苦しくなっていた。はっ、はっ、と短く空気を求めると、彼はミースの背中を軽く叩いた。フードに隠された彼の顔も、その心もまったく見えないけれど、落ち着けと言われているような気がした。

「大きな声は、だ、出さないと、誓うわ。……ま、また、抱っこを……してくれるのね」

「オマエノ足ハ短スギル。コレ以上ノ我儘《ワガママ》ハ許サナイ。ワカッタカ」

我儘がなんのことかはわからないし、現状も知らないままでいる。依然として、不安は心の大きな部分を占めていた。それでもミースは、縋るように彼の首に手を回し、「わかったわ」と、今度は大きく頷いた。

聞こえるのは、鳥の鳴き声とヨナシュの足音。そして、木々のざわめきだ。

廃墟を後にしたふたりは、ひたすら森の道を行く。

彼の肩にあごをのせたミースは、最初は起きていたものの、伝わる彼のぬくもりに眠気を誘われ、目を閉じた。うつらうつらしていると、小枝を踏む音がして、まつげを上げる。

「ずいぶん木がたくさんあるわね。ヨナシュは木が好き？　わたしは好きよ。この森はいつ作ったのかしら。いちばん最初に木を植えたのは誰？　――あ、見て。すごい大木」

たびたび話しかけても、ヨナシュは取り合おうとはしない。ミースは彼に無視されるのはもはや慣れてきていて、なぜ返事をくれないのかは深く考えていなかった。目に映るものすべてが新鮮で、興味を惹かれ、気にするどころではなかったからだ。

「雲が分厚くて黒ずんでいるわ。雨のにおいもする。もうじき雨が降るわね」

目深に被ったフードをつまみつつ、空を見上げていたミースは、彼に目をやった。ヨナシュはミースのほうを滅多に見ないし、気にかけない。ずっと前を向いて歩いている。

「ずいぶん歩いたわね。もうアールデルスから出たの？　ここはどこの国なのかしら」

彼から返されたのは舌打ちだけだった。それでも反応があるのはめずらしい。

ミースの脳裏を、宿屋の前で別れたきりのリースベスがたびたびよぎっていたが、彼に彼女のことを聞いていいのか迷いがあった。ミースはヨナシュが善人ではないと理解している。それでも側にいて、居心地よく感じられるのはなぜなのか。説明できない感覚だ。

「それにしてもさっきのヨナシュは見事だったわ。熊を慌てふためかせ、一目散に逃げていかせたのですもの。熊は凶暴なのでしょう？　恐ろしい爪で人を襲って食べるって聞いたわ」

ミースは元々口数が多いほうではなかったが、ヨナシュに出会ってからは人が変わったように饒舌《じょうぜつ》になっていた。それは、彼と仲良くなりたい一心でのことだった。

「わたし、旅がしたいと思っていたの。叶ったわ。これはわたしとヨナシュのふたり旅」

ヨナシュの肩に頬をのせて告げれば、フードごしでも彼がこちらを見ているとわかった。

「この旅の終わりには、あなたともっと仲良くなれていたらいい。そう思っているの」

ミースはリースベスの言葉を思い出し、一旦言葉を切って考えた。

――〝知ってる？　願いごとってね、口にすると叶うのよ〟

「わたし、睨まれてもひどいことを言われても平気。あなたのこと、嫌いにならない自信があるわ。気に入っているし、その……けっこう好き。だから、少しだけでいいから、ヨナシュもわたしのことを好きになってね。そうすれば、ふたりの旅はもっとすてきになるから」

〈なにがふたりの旅だ。してたまるか、ばかばかしい。勝手に旅扱いするな〉

「え、なんて言ったの？　できれば、わたしにもわかるように言ってくれると」

「煩イ。俺ニ話シカケルナ」

「そう、わかったわ。……あの、これは話しかけているわけではなくて、単なる質問なのだけれど、このフードを取ってもいいかしら？　すごくちくちくするの」

「シツコイ」と、今日何度目かの舌打ちをした彼は、悪態をついたあと、仕方なくフードを脱ぐことを許してくれた。

――あれ？　意外にやさしいかも……。

それからというもの、ヨナシュと一緒に過ごすにつれて、ミースは彼の新しい一面をどんどん知った。

雑木林《ぞうきばやし》でへびを見かけて縮み上がったミースを後目に、ヨナシュは怯むことなく剣を突き立て、あざやかに退治した。彼は芦毛《あしげ》の馬に近づくと、背中にミースを座らせて、自身も後ろに跨がり、颯爽《さっそう》と駆けさせた。はじめての乗馬は最高で、ずっと続きますようにと思わず祈ったほどだった。彼が馬を巧みにあやつる姿は、万能感がにじみ出ていて、見ているだけのミースがなぜか誇らしくなったし、彼との距離が縮まった気がしてうれしかった。変わらずヨナシュの言葉は辛辣《しんらつ》でも、彼の声を聞くと陽だまりにいるような気分になった。

通り雨に降られて、木のうろで雨宿りをしている時に、ヨナシュの脚の間にミースがひざを抱えて座ると、彼は「彼方《アッチ》へ行ケ」と邪険にしても、さみしいからと動かなければ、その後拒絶されることはなかった。途中からヨナシュは袋から出した本を読んでいた。その真面目な姿に、ぜひ見習いたいとミースは思った。

ヨナシュは食事に毎回りんごを用意していたが、その夜、不思議な歯ごたえのあるお肉も食べさせてくれた。なんのお肉かと問えば、昼間倒したへびだという。仰天してお肉を飛ばしながら尻もちをついたミースを、彼は〈ばかなやつ〉と助け起こしてくれた。

食事のあとで眠りにつく時は、ミースは木に背中を預ける彼にぴったり寄り添った。側にいれば、寒さはまったく感じない。苦手な暗闇もなんのそのだ。終始強気でいられた。

そのぬくもりにぼんやりしていると、ふと疑問が湧いてきた。

「ねえヨナシュ。わたしのこと、もしかしてだけれど……子どもだと思ってる？」

問いかけた時、ヨナシュはまどろんでいたようだった。

〈くそな質問をするな。――くそちびが〉

「いま、なんて言ったの？　教えてほしいわ。わたしね、あなたみたいな大人っぽい人になりたいって思っているの。雰囲気っていうのかしら。一体どんな努力をしたの？」

〈くだらないことをうだうだと。いいかげんにしろ〉

言葉がわからないミースは破顔した。

「あなたの話す言葉はやっぱりきれいね。ずっと聞いていたくなるわ。なにか、国の歌とかある？　もしよかったら歌ってほしい」

告げたとたん、闇夜にため息が響いた。

「ミース、黙レ。早ク寝ロ」

ミースは体勢をもぞもぞと変え、彼にぎゅっと抱きついた。邪魔だと言って払いのけることもできるのに、彼は不機嫌になったとしても、これまで一度もそうしなかった。

――うん、やさしい。わかりにくいけれど、そう思う。

「ヨナシュ、おやすみなさい。明日は、今日よりもいい日になりますように」

しかし、ミースの願いは聞き届けられなかったようだ。

あくる日、目覚めたミースはひとりぼっちで取り残されて心の底から落ちこんだ。

彼がいなくて寒さを感じる。眠る前にいたはずの馬のブレフトすら近くにいなかった。まだ夜は明けきっておらず、空気は痛く感じるほどに澄んでいた。慌てて起き上がったミースは、彼の名前を小声で呼んだ。大声を出さないと約束したからだ。耳をすましても気配はなかった。静まり返った森のなか、鳥のさえずりが響くだけだ。

──ヨナシュ、置いていかないで。

懇願しながら、ちくちくして嫌いなローブを自ら纏い、陰気なフードも目深に被った。もうわがままを言わないと、ちゃんと行動で示したかった。

ミースははだしでぺたぺた歩いた。廃墟で彼に金襴《きんらん》の靴を取られてから靴はなく、移動の際は彼に抱えられていた。

森を素足で歩くなど通常誰もしないだろう。ぬるぬる滑り、木の根や葉っぱや石は時にするどい凶器に変化する。けれど、ミースはそんなことすら知らなかった。危機は事前に大人たちに遠ざけられていたからだ。たちまちやわらかな足の裏は血まみれになった。

歩けなくなったミースは、あまりの痛みにうずくまる。だが、足の痛みなどよりも、ヨナシュがいないことのほうが辛かった。ぽたぽたと、熱いしずくでひざが濡れてゆく。たった一日しか一緒にいない人なのに。自分を攫った人なのに。彼が側にいないことがこんなにも怖いだなんて。

ミースはヨナシュが結ってくれた不恰好な三つ編みを握りしめ、彼を思った。しゃくり泣きして肩を震わせていると、がさがさと草木がこすれる音がした。

「何ヲシテイル」

片言の、冷淡な声だった。けれど、ミースがいまいちばん聞きたかった声だ。涙でぐずぐずの目で見上げると、馬に乗ったヨナシュがいた。あいかわらず、フードを被った陰気な姿だったが、この上なく安心できた。

舌打ちをした彼は馬から降りると、ミースの側にしゃがんだ。

〈怪我をしているのか。このばか、なぜ歩き回った。ガキはまだ寝ている時間だろう〉

異国の言葉でまくしたてられている間に、ミースはヨナシュのローブをひっつかみ、彼が離れていかないようにした。置いていかれたくない一心だった。

「……ヨナシュ、……ど、どこに、行っていたの？　わたし……」

「麓《フモト》ノ村ダ。食料ガイル」

彼の手でミースのフードがずり下ろされた。涙に濡れた目を雑に拭われる。垂れてしまった洟もだ。冷たい表情や言葉とはうらはらな仕草に、ミースはさらに泣けてきた。

――やっぱりやさしいわ。絶対に……、たぶん、やさしい。

「泣クナ、切リガナイ」と彼にひょいと抱えられ、ミースは苔むした石の上に座らされた。朝露のせいか、おしりがひんやりしてたじろげば「動クナ」と諭《さと》される。彼はミースの足の裏を覗きこみ、懐《ふところ》から瓶《びん》を取り出すと、その中身を傷にたっぷり注いだ。とたん、猛烈にしみてミースは呻《うめ》く。

「動クナト言ッテイル。痛ミハ自業自得ダ。馬鹿メ」

彼は話しながらミースのあごを持ち上げ、今度は小さな口に瓶をあてがった。流れてきた液体を飲んだ瞬間、焼けつくほどに喉がひりひりした。咳きこまずにはいられない苦い水だった。

「裸足デ歩クナド愚カノ極ミダ。二度トスルナ」

ミースは痛くて固くまぶたを閉じていた。彼が刺さった棘《とげ》を抜いてくれている。布を巻く時も痛かった。それでも心はあたたかい。彼が側にいるだけで、先ほどの凍えるような寒さは吹き飛んでいた。

「……手当てをしてくれて、ありがとう。ヨナシュはやさしい人ね」

「ヤメロ」と鼻を鳴らした彼は、一瞥もくれずにミースを軽々と馬の背に乗せた。だがその時、ミースは馬が芦毛から青鹿毛《あおかげ》に変わっていることに気がついた。息をのんで訴える。

「ブレフトじゃないわ……。どうしたの？」

「ブレフト？　何ダ？」

彼がブレフトを知らないのは当然だ。昨日、ヨナシュが馬に名前をつけていないと言ったので、ミースがこっそりつけたのだ。なぜ馬が変わっているのかわからなかったが、ミースは新たな馬にも名前をつけることにした。リニュスだ。

「クダラナイ。勝手ニ名付ケルナ」

彼はミースの後ろに跨がると、手綱をとった。リニュスはすぐに元気に歩き出す。

ミースは彼の長い腕にすっぽり囲まれ、満足だった。足の痛みはずきずきしていてひどいけれど、ヨナシュと一緒にいられるのなら我慢ができた。

ヨナシュにりんごを渡されて、ミースはかじりながら景色を眺めた。木立が続いて昨日と代わり映えはなかったが、五感でじゅうぶん変化を楽しめる。

全身に風を浴びるのは、心地がよくてすっかり気に入った。空気を存分に吸いこむと、草木や土のにおいが胸いっぱいに広がった。きっと、これは森の香りなのだろう。

理由は定かではないが、彼は木が茂る道を選んで進んでいるようだ。ミースは次第におしりが痛くなったが、背中に感じる彼の温度をなぐさめにして、考えないようにした。

その後も特に変化はなく、ひたすら森が続いていたが、途中、うさぎが木々の隙間からひょっこり現れた。実物をはじめて見たミースが目をかがやかせ、「見て、かわいいわ」とはしゃげば、ヨナシュはすかさず小刀を投げ、さっくり仕留めてしまった。あぜんとしたミースは、夕暮れまで口を引き結んで憤慨《ふんがい》していたけれど、夜に食べたお肉はおいしくて、命についてはじめて深く考えた。

「これはとても難しい問題だわ。残酷だもの。でも、わたしはいつも平気でお肉を食べていたわ。それに、食べない選択はできそうにない。……だって、お肉が好きだもの」

ヨナシュにせがんで、すっかり定位置になった彼の脚の間に座り、短い足をぴんと伸ばしたミースは、さらに思いをめぐらせた。

〈なにをぶつぶつとばかげたことを言っている。うさぎは食料だ。早く寝ろ、くそちび〉

振り返ったミースは、消えかけた焚《た》き火の小さな灯を頼りにヨナシュを見上げた。木に背中を預けている彼は、いまだにローブを纏い、フードを被ったままでいる。気だるげだ。

「ねえヨナシュ」

「喋《シャベ》リハ終《シマ》イダ。コッチヲ見ルナ」

言われたとおりに顔を戻して静かにしていたが、しばらくしてミースは、迷った挙句《あげく》にごく小さな声で言った。

「あの……ヨナシュはお肉についてどう思う？　わたしとしてはね、生ける命は平等で」

「黙レ、面倒ナ。早ク寝ロ糞餓鬼《クソガキ》」

ミースは「ガキじゃないけれど……、わかったわ」ともごもご口を動かしながら、彼に背中をくっつけた。


翌日は、朝から重苦しい雲がはびこり、雨が絶え間なく降っていた。時折激しい光が空を割り、地響きを伴うほどの雷鳴が轟《とどろ》く。地に流れる雨は、小川のようだった。

ヨナシュは風雨を物ともせずに馬を駆っている。先を急いでいるらしい。彼の前にちょこんと座る濡れねずみのミースが「なんだか寒いわ」と訴えても返事はなかった。けれど、しばらく後に指をさし、「あ、洞窟」とつぶやいた時には、めずらしく言葉が返された。

「オマエハ目ガイイ」

ぶっきらぼうでも、褒めてもらえるのはうれしい。ミースは得意げに鼻先を持ち上げる。

「目のよさは、わたしの自慢かもしれないわ。エフベルトも褒めてくれたのだもの」

ミースが話している間に、ヨナシュは洞窟のほうへ進路を変えた。たどり着いた時には靄《もや》が出はじめ、さらに視界が悪くなりそうだった。

彼はミースをつねに抱き上げ、一度も立たせようとはしなかった。洞窟の入り口に座らせると、「動クナ」と言い置いて、ひとりで奥へ向かう。

ヨナシュの姿が見えなくなると、ミースは不安にまみれて怖くなったが、馬のリニュスが近くにいるから平気だと自分を励ました。

どうやら彼は安全を確認しに行っていたらしい。戻ってくると、ミースをリニュスに跨がらせ、手綱を引いて奥へゆく。

洞窟の内部は暗がりというわけではなかった。天井付近に穴が開いており、明かり取りの役目をしている。しかし、そこから雨水が入りこんでくるため、寒々しい光景だ。

彼が口を開いたのは、ずぶ濡れのミースを石に座らせ、いかにも面倒そうにローブを脱がせ、服を剝ぎ取っている時だ。

「〝エフベルト〟ハ、異端審問官ノ長ノ名ダ」

「そうよ、エフベルトは異端審問官の長なの。強くて頼りになるし、やさしいわ。彼は若く見られるの。侍女たちは二十代だって思いこんでいるのだけれど、じつは三十九歳よ」

話している途中、ミースは、ひんやりした空気に裸の身体を震わせた。

ヨナシュはミースの服とローブを固く絞り、近くの大きな石の上に平置きにしていた。

乾かそうとしているようだった。

「もしかして……、ヨナシュはエフベルトと知りあいなの？」

彼はそれには答えず、自身のローブと上衣を雑に脱ぎ捨てた。

薄暗いなか、あらわになった身体は均整がとれていた。細身だけれどしなやかな筋肉に覆われていて強靭《きょうじん》そうだ。肌にはかなりの傷があるものの、野蛮というわけでなく優美で気品が感じられる。いつもフードに隠されている淡い金色の髪や、整った顔も見えていた。

濡れた髪を面倒そうにかきあげた彼は、とんでもない色気を撒《ま》き散らす。ミースは息が止まる思いがして、短くあえいだ。

「ジロジロ見ルナ」

「……ど、努力するわ」

ヨナシュは自身の服を絞《しぼ》り、干し終えると、しかめ面でミースの側にやってきた。端整な顔がつねに見えているから、意識したミースはかちんこちんに固まった。彼を前にしていると、自分がひどく滑稽《こっけい》で、ぶさいくな気がして、途方もない恥ずかしさを覚える。

肩をすくめていると、彼の力強い手でひざの上にのせられた。それだけではなく、抱き寄せられたものだから、ミースは息を鋭く吸いこんだ。普段から裸を見られ慣れているといっても、素肌をくっつけあうのははじめてで、いつもどおりでいるのは難しい。

「此《コ》レデ寒クナイダロウ。風邪ヲ引クナ、面倒ダ」

実際、彼の体温でまったく寒くなかった。それどころか身体が火照って、かっかと熱い。

きっと顔は赤くなっているし胸は早鐘を打っている。

ミースはこの鼓動が彼に気づかれませんようにと、なぜ聞かれたくないのかわからないまま、ひそかに願う。その願いが叶えられたのかはわからないが、彼はミースに構わず荷物からなにかを取り出した。それは大きな葉っぱに包まれている本だった。葉っぱは防水の役目を果たしていたらしい。ミースは感心しながら、本を読みはじめた彼を見た。

彼の関心が本にしかなくても、さみしく思うことはなかった。ミースの濡れた服を干し、身体を温めてくれるのは、洞窟を見つける前の『寒い』の言葉を気にしてくれたためだとわかるからだ。

「ヨナシュはなんのご本を読んでいるの？」

彼は返事をせず不機嫌そうだった。こちらを一顧《いっこ》だにしない。ミースは彼の機嫌がいい時はあるのだろうかと考える。彼の笑顔を想像しても、まったく頭に浮かんでこなかった。一体どんな時に笑うのか……。熟考していると、ミースのひざにりんごがのせられた。

「視線ガ煩《ウルサ》イ」

すげない言葉だ。憮然《ぶぜん》としたミースは真っ赤なりんごを見下ろした。

ヨナシュは、ミースにはりんごさえ渡しておけばいいと考えているふしがある。おそらくそれで静かにさせられると思っているのだろう。けれど、いくらりんごが好きでも、七つも続けて食べれば飽きるのだ。ふてくされたミースは、それでも時間をかけてしゃくしゃくとほおばった。

彼は途中でミースを見た。すぐに本に意識を戻したが、その時の淡い色のまつげを伏せるさまがすてきで、ミースは目が離せなかった。ずっと、ずっと、見ていたいと感じた。

「オイ、イイ加減ニシロ」

「わかっているわ。視線がうるさいのよね？　ちゃんと努力するわ」

その後は大人しくしていたミースだったが、ほどなく手持ちぶさたになり、指をもじもじさせたり、首もとにある貝殻をいじくった。やがて、頭のなかを疑問がかすめて、いますぐに聞かずにはいられなくなった。

「ヨナシュは結婚しているの？」

本を中断させられて不快なのか、彼の眉がひそめられた。冷ややかな視線が突き刺さる。

「婚約は？　……あの……す、好きな人は、いるのかしら。恋人とか……いる？」

「黙レ餓鬼《ガキ》」

以降、ミースはだんまりを貫く彼を意識しながら、『ガキ』の意味について考えた。

＊　＊　＊

ヨナシュがアールデルスで過ごしている日々は、傍から見れば悲惨なものだった。いくら資産があってもアールデルスでは使えないから、けもののような生活を送るしかない。贅沢を知るにもかかわらず、それでも特段不満がないのは、生きる意志が希薄なせいだろう。不思議なことにそんな彼が、慣れないながらもミースの世話を焼いている。

ミースはいままで外に出たことがないと言ったが、それは事実のようだった。彼女は身体が弱く野宿にまったく向かないし、なにもしていなくても一丁前に疲労を蓄積させている。うんざりするほど世間知らずだ。弱いなら弱いなりに静かにしていればいいものを、向こう見ずに蜂《はち》や毒花や棘にさわってばかな怪我をしてみたり、物めずらしそうに泥に触れ、勝手に衣服を汚している。おかげでヨナシュの作業も増える。

――くそ、面倒なちびめ。

なぜ、手がかかるミースを連れているのか。なぜ、彼女に生死を選ばせたのか。ありえないことをしていると自分でも思っている。そのあたりについては考えるのをやめていた。

ヨナシュは寝息を立てるミースを本ごしに見て息をつく。のんきに夢でも見ているのだろう。ヨナシュの胸によだれを垂らし、むにゃむにゃ口を動かしている。これほどふてぶてしくくつろいでいるのは、ここが安全な場所なのだと信じて疑っていないからだ。

――ばかなやつ。

これまで数えきれないほど、人を殺めてきたのだ。安全とは対極だ。

ヨナシュはミースの額に手をやり、熱の有無を確かめた。風邪は引いてないようだ。ふたたび本を開けば、その時、彼女の黒いまつげがかすかに震え、大きな瞳があらわれた。

はじめて真っ向から捉えた瞳は、深さを感じる緑色。きれいな世界しか見ていないかのように澄み渡り、神秘的な原始の森を連想させる。じっと見据えていると、その目がすうと細まって、まるい頬にえくぼが浮かんだ。

「……寝ちゃってたわ。ヨナシュはずっと起きていたの？」

ミースはすぐによだれに気づいたようで、「ごめんなさい」と拭う。そしてヨナシュの背中に手をつけて、隙間なく身体をくっつけた。ミースは攫った初日から、物怖じせずに身体を寄せてくる。これまでのヨナシュであれば振り払っていただろう。だが、拒めばいいのに、その気が起きないのはなぜなのか。そもそもよだれなど、汚らしくて断じて許さないはずだった。単独行動を好む自分が、彼女を連れているのはなぜだ。飢えさせていないのはなぜだ。ミースという存在は、面倒で、わずらわしく、そして異例――。

――こいつを殺さずにいる理由はなんだ。意味があるのか。いっそ、殺してみるか。

ヨナシュは顔をそむけると、本を閉じて地面に置いた。

「それ、ずっと読んでいるわね。なんのご本？」

本に、ミースの小さな手が添えられる。なぜ、本に触れられても少しも苛立たないのか。

彼女は興味津々といった様子で開いたが、すぐに肩をすくめてはにかんだ。読めるはずがないのだ。

それは、アールデルスの古の言語の本だった。滅びたフェーヴル国の文字でつづられているため、解読できる者はかぎられる。

幼いころ、アールデルスに興味を持ったヨナシュに、いまは亡き祖母――当時のフェーヴルの王妃が職人に依頼し、贈ってくれたのだ。

ヨナシュは「オマエニ関係ナイ」とむっつり告げて、本を取り上げた。代わりに荷物のなかから瓶を出し、ミースの手の上に置く。首をかしげる彼女だったが、「飲メ」のひと言だけで素直に従った。薬入りの水だというのに。

〈おまえはもう少し人を疑ったほうがいい〉

ミースは言葉の意味をしきりに知りたがったが、りんごを渡してだまらせた。

もの言いたげな彼女は、しばらくりんごを眺めていたが、ひと口かじって噛みしめる。

そして、おもむろにヨナシュの前に差し出した。

続きを食べろということだろうか。舌打ちしながら、ヨナシュはりんごを遠くへ投げた。そこに待ち構えていた馬が、すぐに食いつき、咀嚼《そしゃく》をしはじめる。

「ねえヨナシュ、知ってる？　願いごとってね、口にすると叶うのよ」

ミースは必要以上にゆっくり話す。おかげで言葉は理解できるが、内容は、脈絡を無視したものが多く、相槌を打つのが億劫《おっくう》になるほどばかげた話ばかりだった。

「叶えたいお願いだからこそ口にしたほうがいいのですって。あなたのお願いごとは？」

〈くだらない〉と、彼は冷ややかにミースを射すくめた。

夢など抱いたこともなければ、手に入れたいものもない。叶えたい願いなど、あるわけがないのだ。

――薬はまだ効かないのか。

ミースを窺うと、彼女はすげなくされてもどこ吹く風で、新たな話題を作り出す。

「ヨナシュの言葉、覚えてみたいわ。よければ、教えてくれるとうれしいのだけれど」

　このめげない性格は、面倒でうざったくても、嫌うほどではなかった。

〈りんご〉

「え、〈りんご〉？　どういう意味なの？　きれいな響きね。……〈りんご〉」

　意味は教えず、五度ほど発音を正してやると、ミースはきれいに〈りんご〉と言えるようになった。忘れたくないのか、しばらくくり返していたが、指でごしごし目を擦りはじめた。ようやく眠気がきたらしい。

「ヨナシュ。わたしにもできることはないかしら？　なにか……手伝えること……」

「足手《アシデ》マトイダ。寝ロ」

　ミースは一度頷いたが、縋るようにこちらを見上げた。

「眠ってもいなくならない？　側にいてくれる？」

　傷跡だらけの胸にミースの頬がぴとりとつけられても、小さな腕が離れたくないとばかりにぎゅっと身体に巻きつけられても、ヨナシュはされるがままでいた。やはり、怒りも湧いてこなければ、拒もうとも思わなかった。

　改めて、目を閉じた彼女を覗けば、殺すことより、その状態のほうが気になった。

　出会った時はつややかだった黒髪は、いまでは汚れてあわれなものだ。清めたことがないため、においはよいとは言いがたい。このままさらに日が過ぎれば悪臭を放つようになり、嗅ぎつけたけものがわんさか集まってくるだろう。敵にも即座に気づかれかねない。

ヨナシュはミースの眠りが深くなるまで本を読みながら待っていた。時間を無駄にすることなく、古の言語を頭のなかにたたきこむ。

もともと言語を覚えるのは得意だったが、法則性が異なる古の言語だけは別だった。普段はもっともらしくミースと会話をしているものの、理解できる語彙《ごい》は少なく、文脈を読み取るのにも苦労している。長い話はできないし、聞き取ることも難しい。

ほどなくして寝息が聞こえてくると、ヨナシュは彼女の腕を外し、そのまま地面に転がした。

岩壁の穴に歩み寄り、外の様子を窺えば、雨足は強さを増していた。最悪、あと数日は足止めされそうだ。

空に雷光がひらめいて、大きな音がとどろいた。続けて二回くり返される。

ヨナシュはミースを見下ろした。雷が苦手な女は多いが、彼女ははにかみ屋でも物怖じしない。おっとりしていて楽天家。だが、貝の首飾りのことになると豹変し、異様に神経質になる。古びた紐を新たなものに変えてやろうとした時は、大泣きをしてかたくなにいやがった。

しゃがんだヨナシュは眉をひそめ、彼女のぶち模様の貝殻をつまんだ。

ミースが身につけていたものを思い返しても、貝殻だけは桁違《けたちが》いにみすぼらしい。変色した紐も手作りらしくへたくそだ。不器用な素人がこさえたものだろう。

ヨナシュは貝を爪で弾いてから、ミースの頬をつねり、眠りの深さを確かめた。相当眠りこんでいるようで、まつげすらもぴくりとしない。

さっそく彼女の足の布を外し、練ったハーブを塗りつけはじめた。処置は大人でも我慢ができないほどに染みるため、眠らせたほうが都合がいい。それを終えると、干していたローブや服を抱えて洞窟の外に向かった。

空から降りしきる雨を浴びながら、ヨナシュは一糸纏わぬ姿で自身の髪と身体を洗う。服にも石鹸《せっけん》をすべらせ、こすりあわせて汚れを落とす。その間、今後について考えた。

ヨナシュたちが潜伏しているのは、アールデルスの中心地とも言える、かの国が領土を広げる以前の旧国土。貴族をはじめ、古くからそこに住む者のみが居住を許される。女王のお膝元だけあり、民の信仰心や忠誠心はすこぶる厚く、異変があろうものなら、彼らは競うように異端審問官に密告する。この密告制のもとで民は老若男女関係なく敵だった。アールデルス国内は、異国の者にとっては戦場だ。

言葉の壁も相当厚い。旧国土では、古の言語自体が割符《わりふ》のような役目となっていて、異端者はすぐにあぶり出されるしくみになっている。また、よそ者が言語を学ぶ機会もない。教本は神殿により徹底的に管理され、国外での教育も禁じられている。ヨナシュの本は、アールデルスの王家からフェーヴルに嫁いだ祖母だからこそ、製作できた本だった。

隊の仲間と落ち合う場所は、元フェーヴル国の廃屋だ。来る時は夜中の移動でなんとかごまかせたが、帰りは無理だろう。異端審問所のある町を通らなければ、旧国土からは出られないし、切り立つ崖に阻まれているため、迂回《うかい》は不可能だ。

ヨナシュは鼻にしわを寄せ、息を鋭く吐き出した。この先、苦労しないわけがない。洗い終えた服を干し、地面にぽつんと転がるミースに近づき、覗きこむ。

彼女は貴族だ。町に出れば異端審問官に気づかれかねない。そう危惧していたが、いまのミースはどうだろう。くしゃくしゃで雑な三つ編みに、ごみのような貝殻の首飾り。それらはおよそ貴族らしくない、どこから見ても貧しい村娘。こそこそと隠れて進むのではなく、堂々と真正面に立たせたほうが却って目立たないだろう。

ヨナシュはぐったりしたミースの脇に手を入れ、荷物のように持ち上げる。鼻先を寄せ、じっくり顔をたしかめた。あどけなさの残る面ざしは子犬のようだった。高飛車《たかびしゃ》だったり、人を蔑むような雰囲気はなく、素直な性格が透けていた。

〈おまえは運がいい。少しでも貴族のそぶりを見せれば殺していた〉

ヨナシュはミースを抱え、ふたたび洞窟の外へ向かった。

雨の降るなか、大きな石に目を止めて、ミースを上に横たえる。濡れそぼった周りの景色は色が濃く、彼女の身体を白く発光しているように見せていた。

女という生き物はいまいましくて反吐《へど》が出る。女どころか、人間自体に関わりたいとも思わない。だがいま、なぜかミースを洗ってやっている。矛盾した行いだ。ヨナシュは、彼女の裸を見ても、少しも嫌悪を覚えないことにいらついていた。これまでは、女の裸を見ただけで、殺意がせり上がっていたというのに。

ヨナシュは、ミースの厄介な黒髪に取り掛かりながら、深く息を吐き出した。

にいるからこそだ。

＊　＊　＊

雨の音と風の音。うなりをあげて吹きつける音は寒々しい。まるで誰かの嘆《なげ》きのようでさみしげだ。けれどもミースは少しも寒く感じていないし、さみしくない。ヨナシュが側にいるからこそだ。

彼の胸に頬をつけたミースは、とっくに目覚めているけれど、ずっとこのままでいたいから、まだ眠っているふりをしていた。

というのも、起きた時に信じられない事態になっていたのだ。ヨナシュがひざの上にミースをのせて片腕で支えていた。満足感に胸が高鳴り、この状態が少しでも長く続きますようにと祈らずにはいられなかった。

ミースは出会った日のヨナシュより、いまの彼のほうが断然好きだった。いいところをあげればきりがないほど彼のいいところを見つけている。なにより、これまで周りにいた人と違ってミースを甘やかさないところが新鮮で、一見、冷たそうだけれど、わかりづらいやさしさをたまに見せてくれるところもお気に入りだった。意外にも世話焼きで、そっけなくても守られていると実感できる。ミースに近づいてくる百足《むかで》などの怖い虫たちも、小刀をひらめかせて、さくっと退治してくれる。

突然彼の手がミースの額につけられて、驚いたけれどなんとか耐えた。風邪を引いていないか確かめてくれているらしい。彼の手が離れていって、一抹《いちまつ》のさみしさを覚えた。

――ヨナシュはすてきだわ。

浸《ひた》っていると、一瞬、ぴかりと鋭い光が差しこんで、ミースは演技を忘れてまぶたを上げた。すぐに雷鳴が耳をつんざく。雷は苦手だけれど、揺るぎないぬくもりはミースに勇気を与えてくれる。

目を閉じ直したミースは、満足そうに呼吸した。

――ちっとも怖くないのはヨナシュのおかげね。……そういえば、リースベスは言っていたわ。すてきな人は早くに誰かのものになってしまうって。

ミースの脳裏に、リースベスの言葉がはっきりよみがえる。

『ミースもうかうかしていられないわよ。これだわって思った人には、もれなく妻や恋人がいるものだもの。すてきな男性は女性を探し求めたりしないわ。勝手にたくさん寄ってくるのですもの。選ぶだけよ。だからね、相手のことがいいって思ったら、すぐに気持ちを伝えることが大切よ。待っていては他の女に取られて後悔するだけ。弱肉強食なの』

ごくりと唾をのんだミースは、ごく薄く目を開けて、まつげの陰からヨナシュを見た。彼の姿は仄暗い洞窟のなかであっても、ミースにとって、周りがかすむほどあざやかだ。

彼は本を開いて読んでいる。銀色にも見える金の髪は、とっくにミースのお気に入りだ。そこから覗く切れ長の瞳が最高で、長いまつげを伏せた物憂げな表情がたまらない。鼻すじの通ったきれいな鼻、薄い唇も甲乙つけがたいほどいい形で見惚れてしまう。腕に浮く血管や筋ばっている部分すらも、ミースの目には格好よく見える。当然長い足も、鍛《きた》えられた身体も、のっぽと言える長身も、後ろ姿も、ちょっとしたしぐさもとてもいい。ヨナシュの容姿や性格は、ミースのなかで鮮烈に映えている。

——ついにわかったわ。すてきな人って、ヨナシュのこと。

「ミース、起キテイルダロウ」

彼の片言が聞こえて、ミースは慌ててまぶたを閉じる。息を殺して聞こえないふりを決めこんだ。しかし、次の言葉でもうごまかせないと思った。

「心臓ガ煩《ウルサ》イ」

いくら目を閉じていても、鼓動だけは自由にならない。観念したミースは目を開けた。

「ヨナシュはどうしてそんなにすてきなの？」

返ってきたのは舌打ちと、「黙レ」という、おなじみの容赦のない言葉だ。

彼はすぐさま本に意識を戻してしまう。ミースはそのさまをせつなげに見つめた。

「ねえヨナシュ、いくつか質問したいの。もし答えてくれたら、ちゃんと静かにしているわ。でも、答えてくれないのなら……、黙らず、たくさん話しかけてしまうと思う」

ヨナシュは「図々シイ奴メ」と髪をかきあげたあと、本を地面に置いて言う。

〈くそちびが、なんなんだおまえは。人質の分際で面倒にもほどがある〉

ミースは言葉の意味がわからないので、早速彼に教えてもらったバロシュの言葉を口にした。すると、雑な手つきでりんごを渡され、なぜだろうと首をかしげる。

「ミース、イイ加減ニシロ」

「おこらないで。だって……わたしは早く知らなければならないって思うの。うかうかしていたら、取られて後悔するわ。弱肉強食だから。……たぶんわたしは、弱肉だと思う」

「何ノ話ダ」

ヨナシュのひざにのったままのミースは、彼の広い肩に片手を置いて、「いまから言うから、無視しないでね。お願い」と、真っ向から青い瞳を見つめる。

「……あの……ヨナシュは、恋人はいる？　妻はいるの？」

どきどきしながら返事を待っていると、「イナイ」と返されて、ミースはほっと息をつく。すっかり安心し、りんごをかじろうとした時だ。

「婚約ハシテイル。国ニ帰レバ結婚ダ」

ころりとりんごが転がった。彼にいらつかれながら拾われたが、ミースは受け取るどころではなかった。これほど奈落《ならく》の底に突き落とされる言葉はない。

頭のなかがぐちゃぐちゃで、整理がつかない。胸がきしんで痛みが走る。

これだわと思った人には、もれなく妻や恋人がいるものだ。やっぱりミースは弱肉だ。

「何故泣ク。泣クナ」

涙と鼻水でぐずぐずになった顔を、彼の前で晒《さら》すはめになってしまった。

「……泣きたくないわ。でも……、勝手に出てくるのよ。どうして止まらないの？」

「イイ加減ニシロ、不細工《ブサイク》ガサラニ不細工ニナッテドウスル」

やさしくない手つきで拭かれている間、辛辣な言葉を浴びせられても平気だった。ミースには、彼は本気で言っているわけではないとわかるからだ。それに、〝美しい〟や〝きれい〟などのお世辞は嫌いだ。これまでお世辞のなかで生きてきたが、自惚《うぬぼ》れることのないミースはちゃんと自分を知っている。だからこそ、忖度《そんたく》しない言葉に安心する。

「ほ、……ほんとうに、国に帰れば結婚するの？」

口にしながら、ミースはバロシュ国になど行かずに済めばいいと考える。たどりつけば、ヨナシュとの別れがくるからだ。

「ヨナシュの婚約者は……どんな人？　きれい？　……わたしよりも、ずっと大人？」

話しながらも打ちひしがれて、身体はかすかに震えていた。そんなミースを彼は寒がっていると勘違いしたのだろう。背中をごしごし荒い手つきでさすられた。

「知ルカ、会ッタ事ナドナイ。貴族ハ家ノ都合デ結婚スル。……結婚ナド人生ノ墓場ダ」

あぜんとすると、彼はミースの手にりんごを握らせた。

「どうして結婚が人生の墓場なの？　出発、ではないの？」

「俺ハ女ガ嫌イダ。虫酸《ムシズ》ガ走ル。相手ハ誰デモ同ジ事。ドウデモイイ」

「どうしてヨナシュは、女性がきらいなの？」

返事がないけれど、めげずに「わたしも女だわ……。嫌い？」と問いかける。

彼はまた本を手に取って、面倒そうにミースを睨む。

「オマエハ女デハナイ」

「……え？」

思ってもみない言葉に、ミースの目はまんまるだ。

「只《タダ》ノ糞《クソ》チビダ」

続きの言葉はなかった。彼は本と相思相愛だ。ミースはちらちらと彼を窺うが、すげない態度は慣れていた。あきらめてりんごにかぶりつけば、甘ずっぱい味がして、つんと鼻を刺激する。涙があふれて止まらないのはきっとそのせいだ。

目をこすったミースは、いまさらながら三つ編みが解かれていることに気がついた。長い髪からいい香りが漂って、身体もすてきなにおいがする。しかも、ヨナシュからも同じにおいが香ってきて、それがミースの心を満たしていった。

憎まれ口をたたいていても、きびしい態度を取られても、彼は、こんなにもやさしい。

――ヨナシュに嫌われるくらいなら、くそちびのままでいい。

「ヨナシュ、ありがとう。湯浴みをさせてくれたの？」

「バロシュニ着クマデニ、俺ノ手ガ必要ナクナルホド成長シロ」

成長。それは、ヨナシュの手を離れること。――すなわち、別れ同然の言葉だ。

ミースは洟をずるずるすすり、「わかったわ」と物わかりよく答えたが、頭では、まったく別のことを考えていた。

吹きすさぶ風雨の音を聞きながら、ずっと風も雨もやまなければいいと願った。もっともっと嵐になって、荒れ狂ってしまえばいい。晴れないかぎり、ヨナシュとふたり、いつまでもいっしょにいられるのだから。

時が止まったと錯覚《さっかく》しそうになるほど、静けさがただよう朝だった。どうやら嵐は去ったらしい。洞窟内の穴から淡い陽が差していた。

内心ミースはがっかりしていた。バロシュに到着する日を極力のばしたいのに、天はミースの味方をせずに、早くヨナシュと離れればなれにさせたがっているような気がした。

「お外はすっかり晴れているみたい……」

ミースの背後で、ヨナシュが三つ編みを整えてくれている。その間、ミースは服につく腰の紐をいじくった。

——いつまでも落ちこんでいてはだめね。せめて、旅が終わるまでは禁止よ。

母もばあやも、ミースの笑顔が好きだと言ってくれている。だから笑っていたかった。

ミースは無理やりうつむき加減のあごを引き上げ、願いは口にすれば叶うのだと自分に言い聞かせた。

「わたしね、叶えたいことがあるの。ヨナシュみたいにお料理をしてみたいし、リニュスのお世話もしてみたい。お買い物も。いままでお店に行ったことがないから、なにか買ってみたいわ。市井の人たちともお話できたらすてきだと思う。馬車のなかで見たのだけれど、楽しそうだった。あとね、ヨナシュの国のお話を聞きたい。あなたを知りたいわ」

「ヤメロ、突然欲求マミレニナリヤガッテ。何ノツモリダ」

三つ編みを終えた彼は、いつも以上に大きなため息をついた。

「〝リニュス〟トハ何ダ？」

ミースは、少し離れた位置でフレーメンをしている青鹿毛の馬を、「あの子がリニュスよ」と指差した。昨日、ヨナシュがにんじんを与えている様子を見ていて、自分も与えてみたくなったのだ。それを伝えると抱っこをされて、さっそく餌を与える願いが叶った。

「リニュスのお世話ができたわ。これからは、毎日わたしがにんじんをあげたい」

「勝手ニシロ」

ローブを羽織り、フードを目深に被ると、ミースはリニュスに乗せられた。同じくローブ姿で顔を隠した彼が馬を引いて歩き出す。バロシュに行くのが億劫でも、やっぱり旅の再開はわくわくすることだった。

洞窟の外へ出たとたん、解放感を覚えたミースは、勝手にフードを取り去った。なににも妨げられずに風を感じたかったし、景色を眺めたかったのだ。

そびえ立つ大木の隙間から、光が帯状のすじとなって降っていた。深い森がおごそかに照らされるさまは神秘的で、畏敬の念を起こさせる。もしも神がいるのなら、降臨してもおかしくないとミースは思う。見入っていると、彼が後ろに飛び乗った。

「ねえヨナシュ、雨は好き？　わたしは好きなの。だって、見て？　雨あがりの景色はこんなにもすばらしい。すべてが色濃くかがやいて見えるし、空気も澄んでいるわ。なんとなく、生まれ変わった景色って感じがする。……雨といっても、嵐や雷は苦手だけれど」

「オマエハ平気デイタダロウ」

「それはヨナシュのおかげよ。あなたがいると強くなれる。勇気が湧くの」

ミースはにこにこしていたが、ふいにうなだれた。

「……ヨナシュは、神さまを信じてる？」

「信ジルワケガナイ」

遠くの暗い森を見つめたミースは、「そうなのね」とつぶやいた。

「わたしも。誰にも言えないけれど信じていないの。だって、ほんとうに神さまがいるのなら願いは叶っていると思うから。願いをあきらめた時、いないのだって納得したの」

「オマエノ国ハ〝ヴェーメル教〟ト〝女神エスメイ〟ナクシテ成リ立タナイノダロウ」

「そうよ。でも、わたしは神さまに敬愛を示さなくなって、二年になるわ」

ミースは頭上に目をやった。密集する背の高い樹木に阻まれ、小さくなった空がある。

「空のほうが神さまみたい。どんなに手を伸ばしても手が届かない……。……どうして空は青いのかしら。明るくなったり暗くなったりするのはなぜ？　雲はどこから来てどこへゆくの？　すてきな星や月は誰が空に飾ったの？　鳥だけがどうして空に近づけるの？」

背後の彼が、面倒そうに息をつく。

「オマエガ神ヲ信ジテイタ頃、何ヲ願ッテイタ」

――ヨナシュがわたしのことを聞くだなんて……。

きっと彼の気まぐれだ。話したい気分なのだろう。ミースは驚くとともにうれしくなって、ひそかにはにかんだ。

「あの時のことは、あまり思い出さないようにしているの。……だって」

頭に描くだけでも、泣けてきてしまうのだ。本当は、願いをあきらめたくなかった。

「もうこの世にいない大切な人に、ひと目だけでも会いたいって願っていたわ。ずっと毎日、一日じゅうお祈りしていたの。でも、どんなに願っても絶対に叶わないものがある」

「人ハ死ネバ終《シマ》イダ。タダ、無ニナリ、消エル。祈リナド無駄ダ」

ミースはヨナシュのぬくもりを無性に感じたくなって、彼にぴとりと背中を預けた。

彼の言葉どおりなのだろう。けれどさみしい考えだ。生まれてきたことさえ無意味に思えて、胸がきしみをあげていた。少なくとも、生きた意味だけはあってほしい。

死について思いをめぐらせると、ヨナシュや母が亡くなる時のことが自《おの》ずとよぎる。とたん、目の前の闇が増してゆく錯覚を覚えた。大切な人の死は、自分の死よりもはるかに怖く、悲しく、つらい。想像だけで心が引き裂かれそうになる。

どきどきと動悸がする胸を押さえていると、ふいにヨナシュが死を望んでいるような気がして、混乱しそうになっていた。勘違いであってほしいとひそかに願う。

「ヨナシュは、絶対に死んでしまわないでね？　そんなことになったら、わたし……」

「無理ヲ言ウナ、人ハ必ズ死ヌ。……ミース、オマエガ甦ラセタイト願ッタ相手ハ誰ダ」

「お父さま」

口にした瞬間、ヨナシュがいきなり覗いてきた。フードで顔は見えないが、めずらしく焦っている様子だ。

「父親ガ死ンデイル？　オマエノ父ハ、ケーレマンス将軍ダロウ？」

ミースはぽかんとしながら「誰？　知らない人だわ」と逆に問いかける。

〈うそだろう〉と、彼は自らフードを取って、青い瞳をあらわにした。険しい面《おも》もちだ。

「アノ時オマエハ、ケーレマンス将軍ノ馬車ニ乗ッテイタハズダ」

ただならぬ気迫に、ミースは圧倒されていた。黙っていると、より彼の顔が近づいた。

「ミース、言エ。将軍ノ娘デハナイノナラ、オマエハ誰ダ」

〃おまえは誰だ〃――その問いは、ミースにとっては悲しいものだった。

「わたしは……、それは。あの、わたしは……。……わたし、自分が誰かは知らないの」

彼は、しどろもどろのミースの瞳を凝視している。人はうそをつくと目でわかるらしい。

「ドウイウ訳ダ？　話セ」

「あの、わたしのお父さまは、小さなころから何度も命を狙われていて……でも、とうとう殺されてしまった。わたしが生まれる前の話よ。だから、わたしが生まれたのは秘密なの。存在を知られてしまえば、命を狙われるのですって。お母さまは、わたしが何者なのか教えてくれないわ。エフベルトも。……ほんとうは、殺されたっていいから、わたしはわたしを知りたいのに。いまわかるのは、ミースという名前だけ。だから、知らないの」

うつむくと、彼にあごを引き上げられる。続きをうながされた。

「ヨナシュはわたしを無知だと思う？　わたしは思うわ。なにも知らないのだもの。わたしは、お母さまのお名前さえ知らないわ。お父さまのお名前も。誰も教えてくれないし、知らないことがありすぎて、なにを知らないのかわからないくらい、たくさんなにも知らない。いつも不安よ。でも……考えても仕方がないとも思うから、なにも考えないの」

　一気に話したために、息を乱していると、彼が馬の歩を止めた。

「ねえヨナシュ。ケーレマンス将軍の娘ってリースベス？　ヨナシュは彼女を攫いたかった？　だって、あの馬車はリースベスの馬車だもの。リースベスがいればわたしはいらない？　もしいらないのなら……、リニュスから下ろしてもらえれば、ちゃんと消えるわ」

〈攫ったのがおまえでなければ即刻殺している。俺は女が嫌いだと言っただろう〉

　ゆるゆると顔を上げると、すでに彼はフードを被った後だった。見えるのは、形のいい唇だけだ。それは引き結ばれている。

「……いま、なんて言ったの？　なにを言われても平気。だから、教えてほしい」

　彼に「泣クナ」と言われて、泣いていることに気がついた。下唇をかみしめる。

　ミースがずるずると洟をすすると、彼に布を差し出された。

「オマエノ事ヲ詳シク話セ。知ッテイル事、全テダ」

　唇を結んだミースは、うん、と首を動かした。

「生まれた時からお部屋のなかで過ごしていたの。お外の世界は毎日窓から眺めていたわ。あの日、めずらしく扉が少しだけ開いていたの。いつもは鍵がかかっているのだけれど、勇気を出して出てみたわ。はじめて見た扉の向こう側は、きらきらしていてすてきだった。きれいな女の子と知り合ったの。旅のはじまりは、そのリースベスがきっかけ」

「ソレデ」と、彼が調子を合わせてきたので驚いた。なぜかヨナシュがいつもより素直だ。

続きは、洟をちんとかんでから、ゆっくり言った。

「リースベスの案内ではじめてお外に飛び出して、はじめて馬車に乗ったわ。わたし、ついうたた寝をしてしまって……、目を開けたら、隣にヨナシュがいたの。そこからはわかるでしょう？　あの日から毎日がはじめてだらけ。だんだん自分の世界が広がっているって実感しているわ。わたしの世界はなんて小さかったのって思い知ってばかりなの」

ミースは不安にまみれながらも、言葉を付け足した。

「わたしは、その……ヨナシュと旅を続けられるの？　リースベスではないけれど」

返事はなかったが、彼がかもしだしている気配は、許してくれているようだった。なによりも、馬のリニュスから下ろされてはいないのだ。

「ほんとうはね、わたしは話すのが苦手なの。でも、どうしてかしら、ヨナシュの前では平気になるの。あなたってやさしいけれど、冷たくて、無口で、口が悪くて、きびしくて、迫力があるのに、でも怖くない。気軽におしゃべりできるわ。これってどうして？」

「黙レ。悪ビレモセズ、俺ノ悪口カ。大シタ度胸ダ」

肩をすくめたミースが「ごめんなさい」と謝ると、彼がぶっきらぼうに言った。

「暫《シバラ》ク口ヲ閉ジテイロ」

言葉と同時に、止まっていた馬が脚を踏み出した。

リニュスが駆け出すころには、沈んでいた心は上向きになっていた。長く胸につかえていたものが、ヨナシュが聞いてくれたおかげで軽くなったような気がした。

ありがとう、と言いかけて、舌を噛みそうになり、あわててつぐむ。

手の甲で目をこすったミースは、これからは、あまり泣かないでおこうと思った。

三章

　洞窟を出て、四日経った朝のことだった。木の幹に座らされたミースは目をまるくした。

　いつの間にか足の痛みはすっかり消えていた。けれど、驚きは足が癒《い》えたことではなかった。ミースの視線は、傷を診るためにしゃがんでいるヨナシュに向けられていた。

　彼はフードを被っているため顔は見えないが、唇には不機嫌さが表れていた。

「おい、足は痛いかと聞いている。何度も言わせるな。さっさと答えろ」

「待って、待って」とミースは両手で彼を制して、暴れる鼓動を落ち着けようと試みた。

「これは耳の錯覚なのかしら……。ヨナシュが片言ではなくなっているような気がするわ。昨日まではたしかに片言だったのに。……どうなっているの？　なんだかなめらか」

「黙れ、おまえに俺の言葉の批評は求めていない」

　背を仰け反らせたミースは、「やっぱり」とあからさまに驚いた。

「どうしてすらすら話せているの？」

「やめろ、話が進まない。傷はどうかと聞いている」

「痛くないわ。……でもすごいわね。わたしたち、ちゃんと会話が成立しているわ」

〈このばか、いままでも成立していただろう。誰が努力したと思っている〉

彼はふん、と鼻を鳴らして、側に置いた荷物を探った。

「でも……、少し残念だわ。片言で話すあなたはかわいらしかったのに」

「黙れと言っている。二度とこのくだらない話をするな。それより足を動かしてみろ」

ミースは言われるがまま、足をぱたぱた動かした。

「問題なさそうだ。靴はどうだ？　痛ければ言え」

彼に足首をつかまれて靴を履く。若干ひびくが痛みとは言えない。

「ヨナシュのおかげで、ぜんぜん痛くないわ。走れそうよ」

「走るな、面倒な。傷が開いたらどうする。ガキは大人しくしていろ」

改めて見下ろす靴は、古びているし大きいが、昨日、人里に下りた彼が用意してくれたものだった。ミースが着ている服は、相変わらずみすぼらしくても、こちらも一新されていた。いずれもミースにとって、かけがえのない宝物だ。

ありがとうの言葉などでは、感謝が足りない。どうすれば、思いをつぶさに伝えられるだろうか。ひたむきに彼を見つめていると、片ひざをついていた彼が立ち上がる。

「じろじろ見るな、くそちび」

「あの、聞いてもいい？　ずっと気になっているのだけれど、ヨナシュはわたしをちびやガキって言うわ。ちびというのは事実だから納得しているの。でも、ガキというのは……。その、わたしをいくつだと思っているの？　わたしは、けっこうお姉さんだと思う」

「十四だろう、じゅうぶんガキだ」

ミースは目を見開いた。屈辱的な間違いだ。みるみるうちに顔は赤くなってゆく。

「……ひどいわ。そんなの、とっくの昔に過ぎていることだった。わたしは十六歳なのに」

ミースが幼く見られてしまうのは仕方のないことだった。華奢《きゃしゃ》で背が低く、舌足らず。さらに悪いことに童顔だ。十四歳のリースベスにも、同じ歳か年下だと勝手に決めつけられてお姉さん面《づら》されていたほどだ。けれど、ヨナシュと少しでもつり合いたいミースにとって、自分の歳よりも若く見られるのは言語道断だし、聞き流せないことだった。

「ちなみにわたしは十六歳でも、ただの十六というわけではないの。あと七か月と八日で十七歳。……どう？　これでもまだガキだと言える？」

「面倒な、ガキはガキだ。おまえの歳などどうでもいい。歳の話は終《しま》いだ」

ミースは、なぜヨナシュが歳を勘違いしていたのか聞きたかったが、口を開きかけてやめた。彼はリースベスだと思ってミースを攫ったのだから、間違えていて当然なのだ。

「それより、この先の予定を伝えておく。しっかり聞け」

ミースがうん、と元気よく頷いたのは、ただただうれしかったからだ。この先の予定ということは、リースベスではないミースにも、彼との未来があるのだと思えてくる。

「この先の予定って、ヨナシュの国のバロシュに向かうということ？」

「そうだ。アールデルスの旧国土から出るには、町をひとつ越えねばならない。先導し、応対するのはおまえだ。町では店に行けるし、民とも話せる。物も買えるだろう。結果、おまえが語った望みは叶えられる。異存はないな？」

ミースにとって、望みが叶うことよりも、ヨナシュが望みを覚えてくれていることのほうが重要で、うれしいことだった。にっこりと首を動かせば、彼は言葉を続けた。

「午後にオーステルゼの町に到着する。近づけばくわしく話すが、心づもりはしておけ」

彼はミースを抱え上げ、片手のみで支えた。それは彼女がすぐさま彼の首に手を巻きつけて、体勢を整えるからできることだった。ふたりはすっかり抱っこが板についていた。

「ねえヨナシュ。先導や応対はわたしにもできそうかしら。自信があるとは言えないわ」

「おまえにしかできないことだから言っている。言葉は通じるだろう。おまえの国は排他的でよそ者を毛嫌いし、排除する。俺はよそ者だ」

彼にりんごを渡され、ミースは気乗りしないまま受け取った。先ほど豆を食べたばかりだ。かじる代わりに、りんごを手でこすって皮を磨いた。

「排他的？　はじめて聞いたわ。女神エスメイのもと、皆等しく平等な地上の楽園って」

「ばかばかしい、アールデルスが地上の楽園？　民へはそういう触れこみか」

彼はりんごにかじりつく。男らしい、野性味のある食べ方だ。それがたまらなくおいしそうに見えて、ミースもぴかぴかなりんごを真似してかじった。

だが、りんごはりんごだ。飽き飽きした味が口に広がった。

「おまえを緊張させたくないが言っておく。オーステルゼの町を越えなければ話にならない。町にいる住人は皆、よそ者を見つけ次第、異端審問官に密告するようにできている。

やつらにとって、よそ者はすべて罪人だ。俺が捕らえられた時点でおまえの旅は終わる。つまり、おまえが母親のもとに戻りたければ簡単だ。俺を密告すればいい」

「そんな……、わたしが密告なんてするわけないわ。旅を終わらせたいなんて思わない」

ミースが必死に訴えると、りんごを食べきった彼が、遠くのほうへ芯を投げ捨てた。

「ヨナシュが密告されて捕まったら、異端審問官になにをされるの？」

「くわしく語るつもりはないが、生きてはいない」

「死んでしまうの？　だめよ、エフベルトにお願いするわ。彼は異端審問官の長だもの」

「やめろ。長が相手ならば、なおさら旅は終わりだ」

しょんぼりしたミースが肩を落としていると、彼は付け足した。

「旅を続けたければ、民に密告させなければいいだけだ。深刻に捉えるな。早くりんごを食べてしまえ。計画は移動しながら話してやる」

素直にりんごをほおばるミースは、馬のリニュスの背に乗せられた。

彼がミースの後ろに跨がれば、リニュスはゆっくり歩き出す。途中でりんごが変色すると、ミースはヨナシュに差し出した。

「りんごはどうして茶色くなるのかしら。……食べる？」

「ふざけるな、誰が食べるか」

彼はミースの手からりんごを奪うと、馬を止め、前方に転がした。リニュスはりんごが好きなようで、ぺろりとすぐになくなった。

「ばあやはわたしの食べかけをよく食べていたわ。わたしと食べる食事はおいしいって」

「他人の食べかけなどむしずが走る。ごみを食べるとは奇特なばばあだ」

「ばばあだなんて……。ばあやはばあやよ。大切な人なのに、ヨナシュのばか」

彼は馬を駆けさせる。根っこや蔦がはびこる場所から、平坦な地に出られたからだ。

晴れていた空は、いつの間にか雲がかかり、しとしとと静かに雨が降りだした。しかし、それには気づけないほど、ミースは真剣に彼の説明を心に留めた。

「どきどきするわ……。お店の人と話すのよね？　吃音が出ないようにしなくっちゃ」

ミースはヨナシュから手渡された袋を見下ろした。なかには金や銀、宝石類が入っていて、ミースの装身具から剥がした宝石も含まれているとのことだった。これらを少しお金に換えるのが最初の使命だ。袋を落とさないように、首から紐でぶら下げる。

「吃音など気にするな。それより、俺たちの設定について最終確認だ。言ってみろ」

ミースは言われたとおり、彼が作り出した設定を復唱する。この設定はミースを満足させるものだった。彼と夫婦役だったからだ。

「兄妹役ではなく、夫婦役なのね。あ、でも、わたしは十六歳だもの。おかしくないわ」

「俺とおまえは似ていない。兄妹は無理がある」

頬のえくぼを消したミースは、「それもそうね」と頷いた。

「他の細かい設定はおまえが決めろ。で、異端審問官に会った時の対応を言え」

異端審問官については、ミースは頼もしくてやさしい人たちという印象しか抱いていない。ヨナシュがにおわせるような、危険な姿を想像するのは難しかった。

「丁重に会釈をするわ。でも……彼らが神の御使いとして扱われているって本当？」

「やつらは、〝選ばれし使者〟とも呼ばれる。アールデルスの女王は神の化身。その直属の部下である異端審問官は御使《みつか》いというわけだ。おまえは女王を知っているか？」

「知っているけれど、お会いしたことはないわ。でも、十六歳のお誕生日に、女王からお手紙をいただいたの。それが習わしだから。お言葉は、聖典のピム記の一節だったわ」

ふいに下ろしていたフードを彼に深く被せられ、ミースは霧雨が降っていると気がついた。彼は体調を崩さないようにしてくれている。三日前、ミースが熱を出したせいもある。

「ねえヨナシュ。夫婦役をするのですもの、あなたのことを少しだけでもいいから知りたいわ。仲良くなったほうが演じやすいと思うから。それで……、あなたは、どんな十六歳だった？　できれば教えてほしい。わたしは普通がわからないと思うから」

「十六のころなど覚えていない。…………ああ、二度めの結婚が十六だったか」

目を瞠《みは》る。聞き間違いならどんなによかっただろうか。けれど、ミースは耳がいい。

あまりの衝撃に言葉を失っていると、「どうかしたか」と声をかけられる。

気が動転して、声を出すのは大変だった。その思いが声音に表れた。

「け……、け、結婚していたの？　二度めということは、……十六歳なのに？」

「貴族ならば十六で結婚していても普通だ」

ミースは余計なことを聞いてしまった自分を呪った。聞かなければこれほど打ちひしがれることはなかったのに。

「おい、泣くな。おまえの目はどうなっている。ゆるみすぎだ」

たちまちぐずぐずになった両目はフードごと彼の大きな手に包まれた。正直、彼の手が邪魔して涙を拭えないし、生地がちくちくして迷惑だ。けれど、その雑な動きも、見当違いの配慮も彼らしくて好きだと思った。

「一度めの結婚は七つの時だ。かつてカファロという国が存在した。相手は王族だったが、カファロの滅亡とともに結婚は跡形もなく消えた。十七年前のことだ」

七歳で結婚とはずいぶん若い。くわしく聞きたかったが、ミースは詮索《せんさく》はしたないと考えていて、好きではなかった。後ろ髪を引かれる思いで、当たり障《さわ》りのない話題を探す。

「わたし……、カファロという国を知らないわ」

「知らなくて当然だ。あんな取るに足らない小国」

「滅亡したということは、あの……戦争があったの？」

「ああ。カファロが滅びる前、フェーヴルという名の国も滅びている。俺の祖父は、そのフェーヴルの王だった。王族は絶やされたが、国外に嫁いだ者は生き延びた。俺の母もそのうちのひとりで、母には歳の離れた異母妹がいた。俺の二度めの結婚相手はそいつだ」

――叔母さまと結婚なの？

ミースは動揺していたが、なんとか声をしぼり出す。

「ヨナシュは……、じゃあいまは妻がいるのではないの？　その……、叔母さまが。なのにどうして婚約者がいるの？」

「二度めの相手はとっくに死んだ」

「亡くなった時、悲しかった？　つらかった？　好きだった？　……愛していた？」

短く、乾いた笑い声が響いた。嘲笑しているようだった。

「ガキの分際でロマンチシストか。やめろ。貴族の子弟は道具だ。情など抱きようがない。一度めは母の国に定められた結婚で、二度めは母の姉妹が勝手に決めた。滅びたフェーヴルの復活を目論《もくろ》んでいたらしいが、愚かの極みだ。俺はいつでも便利な種馬として扱われた。叔母は俺の子を孕《はら》むため、バロシュに来ることになったが、道すがら野盗に襲われて死んだ。ひどいありさまだったらしいが、知ったことか。せいせいした」

どうあがいても逃れられなかった結婚なのだと、疎いミースでも理解ができる。彼が女が嫌いだと言った理由がわかった気がした。強制されては、好きにならない。

――わたしは、この先も女じゃなくていい。くそちびで。

彼に声をかけたいが、言葉がなにも見つからなくて沈黙が痛かった。息が詰まり、ミースは唾をのむことしかできない。そんな自分がふがいなかった。

肩を落とすと、彼が切り出した。

「三度めの結婚は宰相の娘が相手だ。家格に箔《はく》をつけたい宰相と、人脈を欲する父の利害が一致した。……語りすぎたか。わかっただろう、これが貴族の結婚だ。好きだの愛だのくだらない。俺の話はここまでだ。次はおまえが話せ。母親はどんな女だ」

「とてもやさしいわ。大好きよ。ヨナシュみたいにすごくきれいで、少しだけあなたに似ている気がする。どこがとは言えないのだけれど、どことなく。ちなみにわたしはお父さまに似ているらしいの」

「おまえと似ているのであれば、父親はさぞかしちびな男だったのだろう」

ミースはむっと唇を尖らせる。

「そこ？　もっと言いようがあると思うわ。でも……、お父さまはたしかにちびだったと思う。だって、亡くなった時、十三歳だったから」

「十三？　若すぎる。おまえの母はいくつだ」

「お母さまはわたしを十五歳で産んだの。お父さまがいなくてずっと悲しみに打ちひしがれていたけれど、生まれたわたしが、お父さまとうりふたつだからうれしかったのですって。成長するにつれ、お父さまが甦ったみたいだって。顔も、性格も、話し方も」

「合点がいった。おそらくおまえの母は、おまえに亡き夫を重ねて娘の変化を阻んでいるのだろう。十六にもなるおまえが幼稚なのはそのせいだ。だが、いくら似ていてもおまえはおまえだ。人は成長するのが自然の摂理《せつり》。そのままでいいわけがない」

「……成長したいとは思っているわ。あなたの手を、わずらわせなくても済むように」

雨は降っているのに、木々の隙間から陽が差していた。雨粒はまるできらきらとした宝石だ。彼にも光の粒はきらめいて、あまたの光を纏う彼は、厳粛な森に選ばれたかのようだった。不安に駆られてしまうほど、貴い景色に溶けていた。

うつむくと、長い指にあごを持ち上げられる。

「下を向く癖をつけるな。人に付け入られる。泣いたとしても、あごを意識して上げていろ。背すじをのばし、胸を張れ。で、なにを落ちこんでいる」

「そうじゃない。ヨナシュは、わたしが毎日窓から見上げていた空に似ている。そう思ったの。雨が降ってほしいのに晴れにしたり、星を眺めたいのに霧を出してみたり。分厚い雲で重苦しくしておきながら、突然、雲間から驚くようなすてきな陽射しをくれたり」

「わけがわからない。おかしなやつだ」

――あなたは、どんなに背伸びをしても、手をのばしても、決して届かない空みたい。

ミースは自分の手を見つめながら、彼と一緒にいられる時間を思った。

それはいまだけしかない短い時間だ。一生で考えれば、ほんの一瞬のことだろう。けれど、その一瞬を大切にしたい。彼と遠く離れても、記憶に留め続けていたい。

バロシュに着けば旅が終わる。悲しいけれど、終わりに怯えて沈みたくはなかった。

――最後のお別れは、笑顔でいよう。大変だけれど、そうしよう。泣かないわ。絶対に。

ミースは決意をこめて、うん、と首を縦に動かした。

＊　＊　＊

オーステルゼの町は切り立つ崖に囲まれており、軍事的な視点で見れば、鉄壁の要塞《ようさい》と言っていい。頑丈な岩壁には兵が詰めかけ、以前見かけた時よりも数は数倍増していた。万一戦闘になりでもしたら、ヨナシュひとりで切り抜けるのは不可能だ。来た時よりもはるかに警固は厳重で、隠密の報告どおり内戦が迫っているのだと感じられた。

ヨナシュはミースの緊張を解くべく声をかけようと思ったが、杞憂のようだった。彼女はきょろきょろとあちらこちらを見回して、「すごいわ」と興奮した様子を見せる。宗教国家のアールデルスの建築は、王城や神殿を引き立てるためか、すべてが素朴な作りをしていて退屈だ。しかし、ミースの目には特別なものに映っているらしい。

そこでふと、自身の城を見せればどんな顔をするだろうと思いかけて、すぐに考えを打ち消した。城にまで連れてゆく理由など、みじんもないというのに。

——ばかげている。……くそ。

「見て、人がたくさんいるわ。こんなにも一度にたくさんの人を見るのははじめて」

彼女が気にしているのは、兵というより、壁に沿って並んだ長蛇《ちょうだ》の列だった。検問を待つ人々だと教えてやると、検問の意味すらわかっていないようだった。

「あの後ろにいまから並ぶ。検問を通り、町に入れれば宝石を少し売る。こいつもだ」

ヨナシュが馬に触れると、ミースが驚きに目を瞠った。

「リニュスを？　うそでしょう……」

「仕方のないことだ。旧国土から馬のたぐいを持ち出すには割符がいる。あきらめろ」

ミースは見るからに落ちこんでいたが、検問は意外なほどにうまくこなした。彼女は、黒い装束を着た異端審問官に気さくに言った。

「待って、ごめんなさい。ヨナタンにはなにも聞かないで。医師に止められているから声を出してはいけないの。その……出してはいけないというよりも、出ないのだけれど。だから、わたしが答えるわ。わたしはミープ。ヨナタンの妻よ。わたしたちは夫婦なの」

ヨナシュとミースは、はたから見れば異様な出で立ちに違いない。ヨナシュは首と、頭から左の目にかけて布を巻き、痛々しく見せていて、ミースはそんな夫の腕に抱えられている。

「あまりわたしたちの姿に驚かないでくれるといいのだけれど……。好きでこうなったわけではないのよ？　ディーレン村で間欠泉《かんけつせん》の事故があったでしょ。わたしたちは被害にあってしまったの。エイク村まで治療に行く途中よ。腕のいい医師がいるのですって。荷物はお好きに改めてね。でも、できれば夫の布を取れって言わないでほしいの。じつはすごい膿《うみ》が出ていて、においもすごいし……。あの、それでもいいなら見てみる？」

異端審問官は、「いや、見ない」と首を振る。彼はヨナシュではなく、ミースの瞳を凝視する。うそをついていないかと調べているのかもしれないが、当のミースは緊張することなく、どこ吹く風だ。

「本来ならば調べねばならないが特例だ。昨日も被害を受けた者がエイク村に向かった。それにしても気の毒に。きみの夫は、怪我を負う前はさぞかし極上の男だったのだろう」

「そうよ、ヨナタンは極上なの。怪我をしたって少しも損なわれないわ。そうでしょ？」

「ああ。しかし、きみたちは急いだほうがいい。明日の午後には町は閉じる」

思わずヨナシュの腕に力が入ると、ミースはぴんと背すじをのばした。

「あの……どうして町を閉じるの？　まだディーレン村から人が来ると思うのだけれど」

「決定したことだ。以降の者は、エイク村での療治はあきらめてもらうしかない」

ミースははにかみ屋の分際で、物怖じしないどころか演技を楽しんでいる様子だ。軽々と尋問を切り抜け、切り返す。異端審問官とヴェーメル教談義まで披露し、途中で「ヨナタン、傷はどう？　痛む？」と、妻らしくヨナシュの頬に、ちゅっ、と唇を押し当てた。

「女神エスメイがお守りくださっているのですもの。あなたの声はもとどおりになるわ。〝くる日も、くる月も、慈愛と叡智《えいち》は存在せり。空の風がやまぬかぎり、光あらん〟」

ミースが最後に告げた文言は、聖典から引用したようで、異端審問官も気遣わしげに、「〝空の風がやまぬかぎり、光あらんことを〟」と復唱する。最後は手を振って別れた。

ヨナシュは町のなかでは口を開くつもりはなかったが、ミースの耳に小さく言った。

「どうなっている？　やけにうまくいったが」

「簡単だったわ。異端審問官は信心深いからヴェーメル教への信仰をにおわせればいいの。おまけに彼らは女性を尊重してくれる。女神エスメイは女性だから、大切にしてもらえるの。怖い態度を取られなかったから、心配していた吃音もだいじょうぶだったわ」

鼻をつんと持ち上げて得意げなミースは「あ、そうだわ」とつぶやき、話を続ける。

「異端審問官は基本的に黒い装束を身につけていて、幹部は白い装束なの。わたし、今日はじめて黒い装束を見たけれど、なかなかすてきね。で、次はなにをすればいいの？」

　ミースは妻の演技をしているのだろう。ヨナシュの腕に小さな手を添えた。

「宝石を金に換え、馬を売ってこい。おそらく宝石はひとつ売ればしばらく足りる。俺の宝石もおまえの宝石も、ある程度の希少価値はあるはずだ」

　ヨナシュは辺りを見回し、近くにあった巨大な女神エスメイ像に目をやると、指をさす。

「あの像の下で落ち合う。俺がいなくても、ひとりで行けるな？」

「もちろん行けるわ、まかせて。少しだけれど、自信がついたの」

　石畳にミースを下ろせば、彼女はさも重大な使命を帯びているかのようにきびきび歩き、近くの異端審問官の袖《そで》を「ねえ、教えてほしいの」と引っ張った。換金する場所を聞き出そうというのだろう。一部始終を見守っていたヨナシュは、青い目を細くした。

　――また異端審問官と話すとは。

　彼は、ミースの話に懐疑《かいぎ》的だった。異端審問官は、女だからといって尊重しないし、容赦はしない。はっきり言ってただの輩《やから》だ。

　以前、彼らに犯されている村の女を見かけたことがある。女はひどく殴られて、抵抗できないように踏みつけられていた。それだけではなく、アールデルスの王都までの道すがら、打ち捨てられた裸の女や、首のない女も多く見た。すべてが拷問《ごうもん》の末のもの。

　異端審問官と笑顔で別れたミースは、息を切らせてヨナシュのもとに駆けてきた。

「ヨナシュ、換金できる場所を聞いたわ。わたしでもすぐにわかるみたい。だからひとりでも平気。あとね、おいしいお店も聞いたわ。お宿の場所も。わたし、役に立ってる?」

「ああ、役に立つ。だが、あまり異端審問官に顔を見せるな。早く行ってこい」

「わかったわ。ちょっとだけ、リニュスにあいさつしてから」

涙ぐむミースは、「さようならリニュス。大好きよ、元気でね」と馬の身体に抱きついて、勝手にヨナシュの荷物からにんじんを取り出し、いくつもむしゃむしゃ食べさせた。

「ミース、出会いがあれば、必ず別れがある。泣かずに送ってやれ」

ヨナシュはミースに馬を引かせて、そのしょんぼりとした後ろ姿を見送った。

適当に奪ってきた馬だが、こうも惜しまれてしまうと、なんとも言えない気分になる。こんな気持ちになったのははじめてだった。

ヨナシュは感傷を振り切るように、荷物を抱えてきびすを返す。まずはバロシュに向かうため、剣を手に入れておかねばならない。

森を出る前、計り知れない価値があっても、言語の本を灰にして、武器はすべて捨て去った。ヨナシュたちが検問で怪しまれずに済んだのは、丸腰だったせいもある。武器を持っていたらいまの結果はないだろう。とはいえ、この町で剣を調達するのは難しい。アールデルスは民に凶器を禁じているため、持つ者はかぎられる。

ヨナシュは路地裏に向かいつつある異端審問官に目を走らせて、ちょうどいいと考えた。死角は必ずあるだろう。そして、男は剣を持っている。

彼はフードを目深に被ると、黒い衣装の背中を追った。

《父上、ぼくに用でしょうか》

それは、ヨナシュが一度めの結婚をする少し前の出来事だ。父は物心ついたころから冷たく、きびしい人だったが、書斎に呼び出されたその日、理由がわかった。

《父と呼ぶな。むしずが走る。おまえなど、私の子ではない》

衝撃がなかったとは言わない。けれど言葉は妙にしっくりきた。父は中肉中背、黒い目に栗色の髪をしているが、ヨナシュは違う。これまで、父に似ても似つかぬ顔貌《がんぼう》や骨格を気にしたこともあったが、親ではないと思えば納得できた。

《おまえの父のことはソレンヌに聞け。あの女がすべてを仕組んだ》

ヨナシュはさっそくソレンヌ――母のもとへ向かった。

召し使いに髪の手入れをさせていた母は、ヨナシュが訪ねると、すぐさま人払いをした。

『美しいわたくしの子。あなたは最高傑作《けっさく》よ。側にきて頂戴《ちょうだい》。ますます似てきたわ』

母はバロシュ語ではなく、フェーヴル国の言葉で言った。

『誰にですか。母上、父上はぼくを息子ではないと言いました。ぼくの父は一体』

『あの男、とうとう言ったのね。あのような醜《みにく》いぶ男が、美しいあなたの父親であるわけがないでしょう。……ふふ。わたくしの愛するセレスタンがあなたのお父さまよ』

ヨナシュは告げられた名前に瞠目せずにはいられなかった。セレスタンは母の異母兄で、フェーヴル国の元王太子。十年前に落馬した怪我がもとで、寝たきりの生活をしていた。

『伯父上が？』とつぶやけば、母は意味深長に唇の端をつり上げた。

ヨナシュが伯父に会ったのは、カファロの姫との婚姻を一週間後に控えた時だった。

大きな寝台に横たわる伯父は、ヨナシュを見るなり憎悪をこめて睨んだ。

薄い青色の瞳に、銀に近い金色の髪。ひと目で父親なのだと理解した。

『近づくな、私はおまえを認めない。二度と姿を現すな。……汚らわしい、出て行け！』

これが、七つのヨナシュが聞いた、伯父の——父の、最初で最後の言葉だ。

なぜ、思い出したくもない過去を、いまこの時に、思い出さなくてはいけないのか。

肩を大きく動かし息をするヨナシュは、目の前に転がる黒装束の男を見下ろした。

うっすらと開いた眼は光を宿しておらず、首はあらぬ方向に曲がっている。思った以上に手練れだった男は、つい先ほどまで痙攣《けいれん》していたが事切れた。

あとわずかでも軌道《きどう》がずれていたらヨナシュのほうが死んでいた。

いつ終わりがきてもかまわない。そう思っていたのに、命の危機を感じたとたん、なぜか思考を生きるほうへと切り替えた。これまで生にしがみつくことは、くだらなくてばかばかしい、愚かな行為だと思っていた。

まちがいなく、ミースを連れていることが枷《かせ》になっている。ヨナシュが死ねば、ミースは死ぬ。そのせいで死を歓迎していても、まだ死ねないと歯止めがかかっていた。

ヨナシュは、血が滴る腕に止血を施した。他にも切られた箇所はあるものの、気にしてなどいられない。続いて男の遺骸《いがい》をまさぐって、小刀二本を抜き取ると、地面に落ちた剣を取り、足で男を隅のほうへ片付けた。

荷物を拾い上げれば、足は勝手にミースとの待ち合わせ場所へ行く。

遠目に彼女の姿は確認できず、ヨナシュは無意識に早足になっていた。

「道を空けろ！」

その時、誰かのがなり声がして、広場にいた者たちは、ちりぢりに割れてゆく。

ヨナシュは行く手を阻まれて、心のなかで毒づいた。

ほどなく二頭立ての馬車が道を駆けてゆく。車内は布で覆われ、隠されていた。

御者台には黒い装束の異端審問官がいて、その隣には、白い装束を着たいかつい男がふんぞりかえって座っている。ミースの言っていた異端審問官の幹部だろう。

馬車がヨナシュの前を通過していた時だった。車体が揺れた拍子に、布がふわりとゆらめいた。その瞬間車内が見える。そこにいたのは年端もいかない子どもだ。ひとりだけではなく、そこそこ数はいるようだったが、皆、一様に不安げな表情だった。

傍観するヨナシュの脳裏に、亡き祖母が古の言語の本を贈ってくれた時の言葉が蘇《よみがえ》る。

『ヨナシュ。かわいくて、不憫《ふびん》な子。アールデルスに興味を持つのはいいけれど、十二を超えるまであの国に近づいてはだめよ？　これだけは、わたくしに誓いを立てて頂戴』

誓いとはずいぶん重い約束だ。なぜかと問えば、祖母は言いにくそうに秘密を漏らした。

『アールデルスは神の化身が統べる国。古来より王位につくのは女性にかぎられるの。いまは若い女王が即位したばかりだから、まだ儀式は行われないと思うけれど……あの国は原始の国。生け贄《にえ》制が残っているのよ。女王だったわたくしの姉も儀式を行っていたわ』

祖母は目を伏せ、息をつく。

『女王は代々子どもの生き血をするしきたりがあるの。若さと美を保つためにね。神の化身は神に近づく義務がある。姉はわたくしよりもずいぶん年上だったけれど、若々しくて美しかったわ。あなたがあの国に近づくと思うと寒気がする。アールデルスや周辺国は、子どもの神隠しが多いの。神殿や神官が率先して集めるからよ。……他言はだめ。あなたが消されてしまうわ。わたくしは真相を知った時、あなたのお祖父さまに懇願し、フェーヴル国へ逃げたのよ。ヨナシュ、いい子ね。あなたは秘密を共有してくれるでしょう』

――あのガキどもは儀式の贄か。

おぞましいと思っても、嫌悪を抱くことはなかった。憐れみや同情を抱くほど、他人や周りに興味がないからだ。彼は何事もなかったように、馬車が通った後の道を横切った。

ほどなくして巨大な女神像にたどり着き、ヨナシュは辺りを見回した。ミースが気づきやすいようフードを下ろし、耳をすましてみるが、独特な偏平足《へんぺいそく》の足音は聞こえなかった。

頭のなかを、迷子になったミースの姿や、途方に暮れて泣きべそをかく顔がよぎって舌打ちをする。あの娘ははじめてのおつかいだ。とんでもないことをやらかしかねない。

ヨナシュは彼女を探しに行きそうになる足を無理やり石畳に縫いつける。悪手であるとわかる以上、動くつもりはなかった。じりじりと待つ間、思考は彼女で占められた。

ミースという存在は不可解だ。彼女自身、自分のことを知らない以上、それを上回る情報は得られない。しかし、会話のなかで彼女の正体への糸口はそこかしこに見えていた。

十三歳で死んだ父。十五歳で彼女を産んだ母。異端審問官の長エフベルト。そして、彼女を攫った時に纏っていた価値ある衣装。それは、女神エスメイ像の衣に似ている。

荘厳な女神像を見上げれば、いやおうなしに疑念が湧いてくる。

ただの娘が女神を模した衣装を纏えるものだろうか。アールデルスは宗教国家だ。神に近づくことは許されないのではないだろうか。

彼はせわしなく頭を働かせていたが、ローブをつんつん、と引っ張られて途中でやめた。

「ヨナシュ、おまたせ。女神エスメイの像が気になるの？」

見下ろせば、ミースがひたむきにこちらを見上げていた。深い、深い、緑の瞳だ。

ヨナシュは特殊な生い立ちから、何事にも無気力だ。しかし、なぜ、かいがいしくこのちびの世話をし、庇護してやっているのだろう。なぜ、いま彼女を見ながら安堵を覚えているのだろう。その答えは皆目見当がつかずに、靄がかかったままだった。理由を考えれば歯止めがかかり、思考が切れる。自分という存在すべてで拒絶しているかのようだ。

「もしかして、女神エスメイは理想のタイプ？　大人っぽい女性が好き？　お胸が大きいほうがいい？」

「黙れ、女は嫌いだと言ったはずだ。寒気がする」

「わたしにも寒気がする？　わたしのことも、嫌い？」

「おまえはただのくそちびだ。ちょこまかとねずみのようにどこへ行っていた」

ミースは「ねずみって……」と唇を引き結んでから、後ろめたそうに言った。

「遅くなってごめんなさい。最後にリニュスににんじんを買ってあげていたの」

「不要だろう。おまえはあの馬にたくさん食べさせたはずだ」

「あれじゃあ足りないと思ったの。それでね」

話を続ける彼女を見つめながらヨナシュは思う。

なぜ、こうもばかげたくだらない話に、真面目に耳をかたむけているのか。なぜ、顔や身体を隅々《すみずみ》まで見て、体調に異常がなさそうだと確認しているのか。

彼女に関われば、自分が根底から覆《くつがえ》されるかのようだ。やはり、ミースは不可解だ。

＊　＊　＊

「にんじんをたくさん買いすぎてしまったの。金貨一枚だけなのにすさまじい量だったわ。周りの人たちが手伝ってくれなければどうなっていたか……ねえヨナシュ、聞いてる？」

ヨナシュは額に手をあてていた。ちょうど頭や左目に巻いた布が邪魔をして、彼の顔がよく見られない。続きを伝えたくて、うずうずしながら反応を待っていると、その手に赤い色が見えてミースは目をまるくする。にんじんのことなど消し飛んだ。

「大変、血だわ……」

「騒ぐな。大したことはない。それよりなんだその袋は、見せてみろ」

ミースはずっしりとした袋を彼に渡した。金貨がじゃらじゃらと入っている。

「――大金だな。おまえ、宝石をいくつ売った？」

「ひとつだけ。わたしの飾り紐についていた小さな宝石を覚えてる？　あれがふたつあったから、ひとつ売ってみたの。あの宝石はアールデルライトと言うらしいわ。『女神の貴石』ともいうのですって。すごい名前ね。仰々しく女神だなんてつくのだもの」

話したとたん、ミースは彼に、「しばらく外すな」と分厚いフードを目深に被せられた。

「あの緑の石か。エメラルドだと思っていたが、面倒な。店主になにか聞かれたか？」

「聞かれたわ。どこで手に入れたんだって。家に代々伝わっている貴石だって答えたの」

「事故があったディーレン村は遠い。時間は稼《かせ》げる」

ミースはヨナシュに抱っこをされて、その首に手を巻きつけた。顔が近づくと、ずいぶん汗をかいていることがわかる。迷いはあったが、嫌がられませんようにと願いながら、彼のこめかみと額の汗を袖で拭った。意外にも彼は顔をしかめたり、悪態をつくこともなく、大人しくされるがままだった。その姿はミースの胸をじんわり熱くする。

「ヨナシュ、もうお宿に行かない？　休んだほうがいいと思う」

「店が先だ」

彼の求めに応じて、食事の店や衣類の店にふたりで行った。彼はミースの耳もとに指示を与えたが、よりにもよってりんごをたくさん買えと言われた時には、げんなりせずにはいられなかった。彼がミースの服やりぼんを選んでくれた時には胸が弾み、ヨナシュに似合いそうな服を指差せば、ぎろりとにらまれ、うなだれた。他には大量の布やお酒、薬、革のベルトに、小さなかばんなど、旅の必需品を購入した。リニュスがいないため、帰りはミースも荷物を抱えてとぼとぼ歩き、ヨナシュとともに宿へゆく。

彼の背中を追いかけるのは、さみしいことだった。抱っこを願う自分がいる。ミースは次第に贅沢になりすぎている自分に気がついて、危機感を覚えて青ざめた。それに、抱っこをせがむなんてまるで子どものようではないか。

ヨナシュが自分のことを子ども扱いしているのは知っている。成長していると早く思ってもらえるようにがんばらなくてはならないのに。彼に見直されるくらいに成長し、大人なミースを見せなければ。

宿に着いた後のミースの店主への対応は、お手のものになっていた。ヨナシュに言われたお湯の手配や食事の手配も、吃音が出ることなくこなしていけた。

「あの、お部屋はひとつと言ったけれど、やっぱりふたつお願いするわ。いいかしら?」

店主に訂正したとたん、ミースはヨナシュに引っ張られ、耳もとで抗議された。

「なんのつもりだ。ふたつはいらないだろう」

「ふたつのほうがいいと思う。わたしはいつもあなたに甘えてばかりで、子どもじみていたわ。反省したの。だから、今夜はひとりで眠ってひとり立ちしなければならないの」

「ばかか、設定を忘れるな。俺たちは夫婦だ。二部屋は怪しまれる。頭を使え頭を」

「それもそうね、ごめんなさい。すっかり忘れていたみたい」

ミースはいそいそと店主のもとに近づいて、「あの、やっぱりひとつで」と言った。断腸《だんちょう》の思いで部屋をわけようとしていたのだ。だからヨナシュに怒られてうれしかった。部屋に向けて歩き出した彼を、ミースは慌てて追いかけた。その背中は不機嫌そうだ。だからこそ心は晴れやかだった。不機嫌なのはきっとミースをいまだけは妻だと考えてくれているからだ。足を踏みこむたびに床がきしんだり、階段がぎいと鳴くのすら楽しくて、思わず顔がほころんだ。ヨナシュと一緒に堂々と眠れる。

「ねえヨナシュ、伝え忘れていたことがあるの。お料理とお湯なのだけれど、神殿の鐘が鳴ってからになるのですって。だから、だいたい黄昏時《たそがれどき》ね」

ミースは、扉を開けたヨナシュになかに入るようにうながされ、わくわくしながら入室した。しかし、部屋は小さく、薄暗い上に狭かった。それは、ふたりで過ごすには特別狭いというわけではないが、ミースは自分の居室しか知らないために、基準がおかしなことになっていた。背の高いヨナシュがいるからなおのこと、極狭《ごくせま》に見えるのだ。

ヨナシュはなにも感じていない様子で、買った荷物を床に置いていた。彼を目で追いかけていたミースは、この時、彼の異変に気がついた。

「……ヨナシュ？」と、寝台にどさりと腰掛けた彼の前に、ミースは立った。

心なしか顔色が悪いし、少し息が荒れている。思い出すのは、彼の手に見えた赤い血だ。

「ヨナシュが騒ぐなと言ったから聞かなかったけれど、怪我してるわよね？」

彼はそれにはなにも答えなかった。額や鼻には、玉の汗が浮いている。

「わたしはあなたの妻役だわ。味方よ。そうでしょう？　我慢しないで教えてほしい。黙っていたらわからないもの。心配するに決まってる。痛いのでしょう？」

話している途中、彼の顔がにじんで見えなくなってきた。するとうるんだ目もとを大きな手に拭われる。けれど新たな涙がこぼれ出てきて、ヨナシュの手をぽたりと濡らした。

「面倒な。泣くなくそちび。傷などおまえに見せるものではない。おまえが寝てから処置するつもりだ。早く寝ろ」

「最低」と、あくたれ口を即座に叩くと、ヨナシュがばかにしたように肩をすくめた。

「なによ、寝てからって……、わたしはぜんぜん眠くないもの。昨日たっぷり眠ったわ。血だなんて、死んじゃったらどうするの？　本当に、怪我の秘密はやめて。お願いだから。二度と、会えなくなっちゃう……」

ミースはなりふりかまわず彼の脚の間にひざをつき、その腰に手を回して抱きついた。

「お父さまは、最後の日……切り刻まれて……。く、首を切断されたのですって。お母さまは……お父さまを、……う、…………ふ」

見たことのない父を想像し、ミースはヨナシュのおなかに顔をうずめてわあわあ泣き出した。すると、彼の手が頭にのせられ、くしゃくしゃと撫でられる。せっかくの三つ編みは台無しになっていた。

「間に合わなかったって……。…………ヨナシュ、好きだから……死んではいや」

「死んでいないだろう。……おまえは、刺繍ができるか？　縫い物は？」

こんな時に刺繍だなんて、わけがわからなかった。びしょびしょに濡れた目で見上げると、彼の唇が笑って見えた。

「得意ではないけれど、したことはあるわ。もっと……がんばればうまくなる」

「夕刻までに処置を終えたい。ミース、おまえが俺の傷を縫え。針と糸がある」

驚愕したミースは、緊張で、はっ、はっ、と呼吸が浅くなる。

「ヨナシュの傷……か、身体を縫うなんて……。わたしは布しか縫ったことがないのに」

「布も皮膚も所詮同じだ。いいからやれ」

ミースが先を想像して怯えると、彼は「俺は痛くない」と付け足した。

「うそよ、痛いに決まっているわ。指に針を刺したことがあるけれど、とんでもなく痛かったもの」

「勝手に俺の痛みを代弁するな。おまえはいくじなしのちびガキで、俺は大の男だ」

彼は酒瓶を荷物から取り出し、一本、一気にあおった。口を袖で拭って、髪をかきあげながら息をつく。ローブを脱ぎ捨て、上衣にも手をかけた。その上衣は血で真っ赤に染まり、鉄のにおいが漂った。

思った以上の出血に、恐れおののくミースが口をぽっかり開けていると、酒瓶を放った彼の手が、ミースの腕をつかんだ。

「逃げ腰になるな。処置に必要なのは勢いだけだ。時間をかければかけるだけ俺が苦しむ。手早く縫え。日ごろの恨みを晴らしたければ、ちんたら縫ってもかまわないが」

「う、……恨みなんかないわ。感謝しか、していない……。本当に、縫うのね？」

情けない声に、ヨナシュは「ああ」と応えて、上衣をくつろげ、脱ぎ去った。

彼の腕には、血染めの布がきつく巻かれていたが、布が外れると、すぐさま血があふれ、現れた皮膚はざっくり切れていた。腕の傷だけではなく、おなかや胸や肩にも生々しい切り傷や打撲の跡があり、ミースが思わず眉をひそめてしまうほど痛々しい状態だった。

彼は、丸めた布をぐっと噛みしめると、傷口にどばどばとお酒をかけて、ミースに向かって頷いた。仕度ができたと知らせたいのだろう。

ミースはかたかたと針先を震わせながら、ヨナシュの患部にそれを近づけた。しかし、刺す寸前、彼は布を吐き捨てた。

「ばか、なんだそのふざけた手つきは。俺の傷をえぐる気か。それじゃあ拷問だろう」

「違うわ」と首を振る。だが彼の指摘でミースの覚悟は決まった。こうなれば、やぶれかぶれだ。

ミースは甘ったれで怖がりで泣き虫で、自分に自信がないけれど、変なところで度胸を発揮し、好奇心だけは人一倍だ。

思い切って針を刺す。彼の身体が一瞬こわばったのがわかったが、ミースは早くヨナシュの苦痛を終わらせることだけを考えた。しかし、やはり涙はこみ上げて、ひぐっ、としゃくりながら、ちくちくと手を動かした。見た目はちびでも、手つきは男前だった。結果、いままでいちばんきれいに縫い合わせることができていた。

終わった時には、ミースの顔は涙でぐしゃぐしゃになっていた。とても怖かったのだ。

「泣き虫が。洟まで垂らす体《てい》たらく。おまえの泣き顔はぶさいくだ。泣くな」

「ひどい……。でも、うまく縫えたわ」

「完璧だ」とめずらしく褒めてくれた彼は平静を装っていたが、相当無理をしていたのだろう。おびただしい量の汗が肌を伝っていた。

「なぜおまえが泣く。痛いのも耐えていたのも俺だろう。それよりミース、いまのうちに血がついた布を集めて荷物に入れておけ。適当でいい、後で俺が整える。それから、薬と布を取ってくれ。……おい、めそめそするな。いつ覗かれるかわからない。早くやれ」

ミースは指示に従い、買ったばかりの新たな布と薬をヨナシュに手渡して、急いで血の跡を片付けた。その間に彼は身体の傷に薬を塗りこみ、手際よく首や左目の布を巻き直す。処置を終えた腕にも、器用に布を施した。

ミースもヨナシュの腕に布を巻いてみたかったが、彼よりうまくできる自信はない。

「……ヨナシュはどうしてなんでもできるの？　とても器用だわ。わたしも見習いたい」

寝台に仰向けになった彼の側に寄り、ミースは座った。

「できるまでやり続けるだけだ。続ければ誰でもできる。簡単にできないと言うやつは、大抵一度しただけであきらめる。できないやつは、そうしてできないことが増えてゆく」

ミースは神妙に頷いた。たしかに、一度できなかったら不得手だと避けていた。

「その言葉は重いわ。耳が痛い。わたしは、なんでもあきらめが早かった」

「育った環境にもよる。俺は、あきらめることは許されなかった」

どうして？　と質問したかったけれど、すんでのところで取りやめた。なんとなくだが、彼は自身の過去を疎んでいるように感じられた。

「あきらめることが許されないなんて、すごく大変だわ。でも、めげずにがんばったから、いまのすてきなヨナシュがいるのね。あなたは、がんばり屋の子どもだったのだわ」

彼は鼻を鳴らして、億劫そうに「ただのくそちびだ」と吐き捨てた。

「あなたのちびには、すべて頭に〝くそ〟がつくのね。ちびは嫌い？」

ミースは彼の隣に横たわり、その引き締まったおなかに手を当てた。自分と比べてずいぶん硬い。彼は嫌そうに眉をひそめ、「なんのつもりだ」と不機嫌に言った。

「お母さまも、ばあやも、歌う時には、こうしてわたしのおなかに手を当てるの」

言い切ったあと、ミースは小さな声だけれど、勝手に子守唄を口ずさむ。ヨナシュに早く寝てよくなってほしい一心だ。

「おい、歌うな」

「エフベルトは言っていたわ。怪我や病気の時には眠るのがいちばんなのですって」

「うるさくて寝られるか。邪魔だ」

彼は、かたくなに「やめろ」と言ったが、ほどなく子守唄の効果が現れたのだろう。気がつけば、彼の長いまつげは伏せられていた。

四章

ヨナシュはいつも、まだ日の出が遠い時刻に目を覚ます。睡眠は二時間程度の短いものだった。それは夢を見ないようにするための昔からの習慣だ。ヨナシュにとって、夢は過去が蘇る、身の毛のよだつものだった。

ぴとりと貼りついたぬくもりと、小さな寝息を聞きながら身を起こし、ヨナシュは髪をかきあげる。ミースはなにかと側に寄りたがる。いまも隣ですやすや眠っている。

過去がくそなら、現在《いま》は酔狂だ。弱く、手のかかる娘を連れている。

この後、無事にバロシュにたどり着いたとしても、婚約者と結婚せねばならない。その時、ひとりで生きていけないこのちびをどうするか。

――貴族など、くそだ。

そもそもヨナシュは女を抱けないのに、結婚せねばならないのだ。ばかげているが、貴族である以上逃れられない。女に対して欲情しないどころか、想像だけで吐き気がする。色目や欲望を向けられた瞬間、憎悪がつのり、滅多刺しにして殺したくてたまらなくなるのだ。それほど女を嫌悪しているのに、家のために子を残す義務は、死なないかぎり消えたりしない。生きていること自体がばかばかしくて、嫌になる。

彼は側机のろうそくを継ぎ足して、杯に水差しをかたむける。飲みながら、壁の模様に目をやった。部屋に入った時から気づいていた。そこには小さな覗き穴が空いていて、宿の者がたびたび訪れ、監視している。

ミースをちらりと窺った。食べる夢でも見ているのだろう。口をもぐもぐさせて、休んでは、また開始する。しまいには「お母さま」とつぶやいて、ころりと寝返った。

寝台から落ちそうになった彼女を咄嗟《とっさ》につかまえる。拍子に服が引っ張られ、小さなおなかが露出した。

——寝ていても起きていても面倒くさいやつだ。

ヨナシュは、彼女が起きている間はまぶたを閉じていたが、少しも眠っていなかった。密告の目や耳がある以上、寝たふりをして、おしゃべりな口を開かせないようにしていた。

彼が寝ていると思いこんだミースの行動は、普段と変わらないものだった。つまり、こしゃくでわずらわしい。長々と子守唄を歌ったり、ヨナシュの服の紐でりぼん結びを練習し、うっかり固結びにしてしまったり、荷物からにんじんを出したかと思えば、ひとくちかじり、『まずいわ……』としばらく渋い顔をした。馬のえさなのだから当然だ。

ヨナシュは、机のにんじんを一瞥し、彼女のおなかが冷えないように毛布で包んで横たわる。

天井を眺めれば、蜘蛛《くも》の巣があり、雨漏りの跡なのか黄ばんだ染みができている。巣の中央に陣取る蜘蛛を見つめながら、蜘蛛と自身の姿とを重ねていた。

蜘蛛は群れない。それは自分もだ。孤独を好んで生きてきた。世界中の人間が滅びて絶えてもかまわない。しかしいま、身体に伝わるのはミースのぬくもりだ。そればかりか彼女を見捨てず、生かしてやろうとしている。

――どうなっている、俺は。

夢を抱いたこともなければ、手に入れたいものもない。希望も絶望も感情も、身にのしかかる感覚すらもどうでもいいものだった。自由にならない人生は、他人の人生を歩まされているのと同義だ。あるべき自分を奪われて、彼は、生きながらに死んでいた。

《これがあなたの妻になる王女、ブリジッタ王女よ。あなたよりも四つ歳上なの》

ブリジッタ――カファロ国の第一王女。王位継承権第一位。

物心ついた時に見せられた肖像画は、すらりとした大人の女が描かれていた。茶色の豊かな髪に黒い瞳だ。しかし、四つ歳上の女が大人のわけがない。想像で描かれた代物だ。

結婚前夜にはじめて会った婚約者は、肖像画と似ても似つかぬぶたのような娘で寒気がした。おぞましいことにひと目で気に入られ、唇はすぐに奪われた。

それだけでは終わらなかった。狂ったことに、大人は精通も迎えていない子どものヨナシュに、無理やり初夜を迎えさせた。王女が望んだのだという。その後ひと月の間、王女はこばむヨナシュを閉じこめて、鞭《むち》で打ち据え、力ずくで従わせた。

大人は見て見ぬふりをした。皆、王女が常軌を逸していることに気づいていても、王家の血すじは絶対だ。意見する者はなく、必然的に、すべてがヨナシュの敵となっていた。

ひと月後、ようやく助け出された時には、衰弱して歩けなくなっていた。王女はヨナシュが逃げないように、食事を与えなかったのだ。事態を重く見た大人たちはようやく重い腰を上げ、ヨナシュを離宮に隔離した。夫を奪われた王女は手をつけられないくらいに暴れたが、ヨナシュは成長するまで――精通するまで帰国を許された。

生まれた時からカファロ国の婿と定められ、どうでもいい国のためにすべての時間が学びに費やされてきた。かの国が滅びたと知った時、湧き起こったのは喜びと虚無《きょむ》感だ。

しかし、王女から解放されても安息が訪れることはなかった。母や育ての父の仕打ちは、幼い心を蝕《むしば》み、未来をわずらわしいと思わせるに至っていた。

はじめて人を殺したのは九つのころだった。ヨナシュは家から距離を置きたい一心で暗殺業を希望した。父は、偽の息子など死ねばよいと考えたのだろう。嫡男ながらにあっさり許可された。善人も悪人も、一緒くたにして葬った。重い傷を負ったこともしばしばだ。

時は過ぎ、二十になるころには、戦地で武勲《ぶくん》をたてて、城を手に入れていた。家から離れられたのはよかったが、それ以外に目的もなく、ただ、一日一日を消化するだけの日々だった。

誰が死んでもかまわないし、いつ死んでもかまわなかった。人とともにいるのはおぞましく、すべてが疎ましくて仕方がなかった。食事や息をすることさえもだ。

――反吐が出る。

起き上がったヨナシュは、過去を振り切るように首を振った。その傍らで、ミースはやはりのんきに眠りこけていた。

猫のようにのびた彼女を、引き寄せようとした時だ。壁穴からの鋭い視線に気がついた。気配も音もしなかった。宿の者が覗いているならたやすくわかるが、相手はヨナシュと同じく熟達者だろう。異端審問官だと予想をつけたが、それは確信に近かった。

ヨナシュは、クッションの下にしのばせている小刀を意識しながら考える。

眠るふりをするのがいちばん手っ取り早い。しかし、いまさら眠ればわざとらしく映るだろう。そして、継ぎ足したろうそくも不自然だ。傷を負ったディーレン村の夫を演じるしか道はない。

彼は〝妻〟に覆いかぶさり、鼻先を近づけ、ぷくりとした唇に、自身の口を押しつけた。それは、おぞましい過去を呼び起こす行為のひとつで、途方もない覚悟と勇気が必要だ。

ヨナシュは伏せていたまつげを跳ね上げる。ミースにくちづけても、女に感じる吐き気がこなかった。あたたかく、やわらかいと感じるだけだ。身体に触れてみても悪寒《おかん》が走ることはない。

監視の目を欺《あざむ》くために、ヨナシュは夫婦の営みをもっともらしく演じていた。が、いつの間にか演技を忘れて没頭していた。視線が消えたころには、息は熱く乱れていた。

――うそだろう？

ヨナシュは驚き、己の下腹を見下ろした。これまで一度も欲情したことはない。性交渉など思うだけで寒気が走る。そのはずだ。しかし、いま、身体はひどく熱かった。

黒い空は徐々に色を失い、ほのかに白に近づいてゆく。

ヨナシュは目を閉じたまま、すう、すう、とミースの寝息を聞きながら、彼女と女の違いを考えた。いまだに身体の変化が受け入れられず、己のことだというのにわからない。国もとではいつでも女が寄ってきた。甲高い声にいらつき、むんとした化粧のにおいや香水に吐き気を覚え、うっとりと微笑まれればぞっとした。たおやかに見せていても、その裏にある打算や際限ない欲望が透けて見えていた。一方、ミースの声もにおいも、はにかむ顔も、わずらわしいと思う時はあっても、殺意を抱いたことはない。

薄目でミースを窺えば、そのあどけない寝顔に、ヨナシュはあれこれ考えるのがばかばかしくなってきた。つねに彼女は裏表がなく、取り繕うこともせず、単純明快だ。

なぜ、ミースが人を疑うことを知らずに、素朴な思考でいられるのか謎だった。周囲の大人たちからなにも教わっていないのなら、疑心暗鬼になってもおかしくないはずだ。だが、ミースはどう見ても純真だ。

――無欲か。

ミースからは欲望をみじんも感じたことがない。媚びた態度とは無縁の娘だ。だからこそ、近くに置いても平気でいられるのかもしれない。

身をのりだしたヨナシュは、しばらく思いにふけっていたが、ためらいがちに、彼女の口にふたたび自身の口をつけてみた。普通にくちづけできている。唇の感触にむしずが走ることはなかったが、かといって、いまは身体が熱くなることもない。先ほどの変化は気のせいなのだろう。命の危機を迎えれば、男は本能的に種を残そうとする。おそらくは、異端審問官との死闘と怪我の影響だ。

「ミース、起きろ」

ヨナシュが彼女を揺さぶったのは、ミースが詰めたくちゃくちゃな荷物を整頓し、自身の仕度を調え終えたあとだった。しかし、彼女はむにゃむにゃとなにかを言ったあと、満を持してまた眠る。甘やかされて育ったせいなのか、彼女はさりげなく我《が》をとおすことが多々あった。ヨナシュは〈くそガキ〉と吐き捨てて、ミースの耳もとに言った。

「夜明けとともに出る。目を閉じるな。置いていかれたいのか」

本当は、異端審問官を殺した以上、昨日のうちに去りたかったが、間欠泉で怪我を負った設定のため、強行軍はできないでいた。

「いかれたくない。起きるわ。起きたいのに……なぜか、まぶたがくっつくの」

「黙れ、くそが。さっさと起きろ。おまえがちびなのは、だらだらするからだ」

ミースは、朝が得意ではないようで、無理やり身体を起こさなければ座れない。「ちゃんと起きているわ」と言いながら、こっくりこっくりする彼女に邪魔されつつも、ヨナシュは長い髪を編んでゆく。三つ編みははじめのころより上達していた。

店でりぼんを買い求め、毛先につけてやったのは、着飾れずにいる彼女への配慮だったが、思いがけず感激されて、ヨナシュはまんざらでもない気分になった。

「……どう？　大人っぽい？」

「どこがだ。ほら、てきぱき動け」

ヨナシュは水で布を湿らせ、彼女に手渡した。自分の身体の清め方は教えてあった。まず顔を拭いたミースは、もたもたしながら服を脱ぐと、手順を守り、肌を拭いてゆく。貴族の娘らしく恥じらわない。ヨナシュと同様、人に世話をされて生きてきたため、裸を見られ慣れている。終えた彼女は「はい」とヨナシュに布を渡して背中を差し出した。

彼は小さな背中を拭いてやりつつ考える。やはり寒気は感じない。

「なんだかヨナシュが今日はやさしいわ。どうしたの？　いつもは痛いくらいにごしごしするのに」

舌打ちで返せば、ミースは服を不器用に着はじめる。所々手伝いながら、彼女が紐を結ぶさまを確認してやった。油断をすれば、彼女は固結びにしてしまうのだ。

ミースが喜びをあらわにしたのは、服を着終えた彼女の肩に、小ぶりのかばんをかけてやった時だった。意味なく蓋を開けたり閉めたりしては、落ち着きがなくなる。かばんを持つこと自体がはじめてらしく、誇らしげに背すじをのばした。なかには宝石の小袋と、薬と布、そしてりんごをふたつ詰め、念のために小刀をしのばせた。

——なんだこのはしゃぎようは。

はじめてポニーにうまく乗れた子どものようだと思いつつ、ヨナシュは、おそらくミースはこれまで自立するすべを奪われてきたのだろうと予想をつける。それを不憫に思った。

「すてき……。一角《ひとかど》の大人になれた気がする」

「かばんごときで大げさな。めでたいやつ」

よほどかばんがうれしかったのか、背伸びをしたミースは、ヨナシュの服を引っ張って、彼に身をかがめさせる。面倒くさいが応えてやると、頬にちゅ、とキスをされた。

「わたし、毎日が幸せなの。朝起きると幸せだし、夜眠る時も幸せ。昨日は大変だったけれど、それでも楽しかったわ。毎日あなたを知るたびに、もっと好きになってゆくの。すてきな毎日をありがとう。これからもがんばるわ。だから、見捨てないでね」

ヨナシュは放心しかけた。ばかな娘だ。こんな言葉を真面目につむげるとは、あきれるほどに純真なのだ。だが、汚い世の中で、このような清い娘はすぐに死ぬ。

「見捨てる時は事前に言ってやる。だから余計な心配をするな」

朝もやのなか、ヨナシュは彼女にフードを深く被らせ、自身も被って関所に近づいた。

町を出るのは拍子抜けするほど簡単だった。異端審問所でも、関所でも、警戒していたこと自体がばかばかしく思えるほど難なく通された。ディーレン村の夫婦として無害だと判断されたのかもしれないが、それでもヨナシュは簡単すぎると訝《いぶか》しんだ。

アールデルスは、旧国土と新国土を明確に区切っていることもあり、オーステルゼの町を出れば、すぐに馬を売買したり、借りることができるようになっていた。ミースは白毛《しろげ》の牝馬《ひんば》を気に入ったようだが、目立つため、言葉巧みに誘導し、結局、芦毛の牡馬を選ばせた。彼女はすぐさま馬に「よろしくね、ピーテル」と勝手に名前をつけていた。

午後に町が閉じてしまうせいなのか、街道には人が多かった。ヨナシュは彼女と馬に乗り、他の者たちとは付かず離れずの距離を保った。しかし、わずらわしいことに、ミースは景色を楽しみたいらしく、たびたびフードを下ろそうと試みるため、その都度さえぎらなければならなかった。

「いいかげんにしろ。放り出すぞ」

「それは困るわ。ねえヨナシュ、どこに向かっているの？」

「目的地は俺の国だが、しばらくはエイク村の道沿いを行く。ミース、りんごを取れ」

彼女は指示どおりに、かばんからりんごを取り出し、こちらに差し出した。

「あの、気になることがあるのだけれど、聞いてもいい？」

「なんだ」とりんごをかじりながらしゃべると、ミースも真似してりんごをかじる。

「ヨナシュの国はどんな国？　ここと違う？　あとね、言葉を覚えたほうがいい気がするの。わたしは〈りんご〉――これしか知らないのですもの。もっと知りたいわ」

〈おまえはりんごでじゅうぶんだ〉

「ねえ、いまなんて言ったの？　ヨナシュの言葉がぜんぶわかるといいのに」

ヨナシュは口を動かしかけてやめた。明確に異変を感じたからだ。

前方にあるのは、二股にわかれた道だった。左に行けば、医師が集うというエイク村。

右の道は、滅亡した元フェーヴル国へ続いている。

馬に乗りはじめてから耳にかすかに届いていた蹄鉄《ていてつ》の音を気に留めていたが、それはいまのいままで続いている。ちょうど二騎ぶんの足音だ。ヨナシュと二騎との距離はオーステルゼの町を出てから変化がない。つまり、一定の距離を保たれたままだった。不自然だ。

――やはり、簡単にいきすぎたか。

「ヨナシュ、どうしたの？」

ヨナシュは首や頭に巻いていた変装用の布を捨て去ると、彼女を見下ろした。

「いまから馬を走らせる。舌を噛まないように口を閉じていろ。それから、俺がおまえを下ろしたら、わき目もふらず森へ駆けて身を隠せ」

「……なにが起きているの？」

「訓練だと思え。俺が名前を呼ぶまで出てくるな。わかったなら、しがみつけ」

「早く」と急き立て、ミースが指示に従うと同時に、馬の速度をだんだんあげてゆく。すると案の定、背後の二騎の速度も上がった。跡をつけられていたことは、疑いようがない。

ヨナシュは分岐点までたどり着くと、フェーヴルへ進路をとり、馬を潰す勢いで、力のかぎりに走らせた。

それでもふたりを乗せている以上、馬は長くは走れない。ヨナシュは来た時の記憶を掘り起こしつつ、戦いやすく、ミースが身を隠しやすい場所を考えた。

馬の限界を感じはじめたころだった。ようやくヨナシュは馬を止め、ミースを下ろし、

「行け」と背中を叩いて走らせる。森に入る姿を見届けると、腰から剣を引き抜いた。

捉えたのは、異端審問官ふたりの姿だ。彼らは話しかけてきたが、ヨナシュはなにも答えない。言葉を理解しようともしなかったし、聞いてすらもいなかった。

人に興味がないヨナシュは無駄なことは一切しない。いまは殺すことしか考えない。

相手の強さは、剣を構えた時で大概わかる。基本的に異端審問官は手練れでないとなれないらしい。おそらくは、兵より強い。目の前のふたりもれなく手練れだ。

ふたり同時に相手をするには無理がある。ひとりを即刻仕留めるべく、右の男と対峙した時だ。残るひとりが走り出し、ミースを追ってゆく。

――ミース！

舌打ちをしたヨナシュは、普段は相手の出方を窺うものの、自ら異端審問官に踏みこんで、力のままに剣を薙いだ。風を切る音がした後、かち合う金属音。刹那、彼は刃の角度を変えてすべらせ、相手を狙う。しかし、さすがに敵も巧みだ。ふたたび剣を受け止められて、片方の手に持つ小刀がヨナシュを襲う。が、後ろに飛び退きかわした。

手負いだとしても、ヨナシュは動きも敏捷《びんしょう》だ。九歳のころから命をかけて、暗殺業に携わってきたのだ。異端審問官の大振りな剣の軌道を、身をかがめてかわし、空いた手にある小刀を、敵の足にぶちこんだ。

ひるむ相手の隙を決して彼は逃さない。恐怖を抱けばそこで終いだ。相手をのみこむ圧倒的な威圧でもって一気に剣を叩きこむ。熱い血潮《ちしお》が噴き出して、ヨナシュに勢いよく降りかかった。首を断ったのだ。

絶命したことを確かめもせず、ヨナシュは駆けた。ミースのかばんに小刀が入っていても、彼女は丸腰だ。世間知らずで細腕なちびのミースが、戦えるわけがないのだ。

先ほどから、心臓が早鐘を打っていた。舌足らずな彼女の声が脳裏をめぐる。

〝毎日あなたを知るたびに、もっと好きになってゆくの。すてきな毎日をありがとう〟

――だめだ、まだ死ぬなミース。

川のせせらぎの音を聞く。草木のにおいが鼻につく。がさがさと葉がこすれあう音がした。ぎゃあぎゃあと、猛禽類の騒ぐ声が辺りにこだました。

ヨナシュはらしくもなく動揺していたが、必死に平静を装った。戦いにおいて冷静さを欠けば、勝てる戦いも負けてしまう。しかし、ミースが殺されると思うと、全身を寒気が襲う。ちりちりとこめかみが痛かった。必死に人の音を聞き分ける。

鬱蒼《うっそう》と茂る木や羊歯《シダ》や苔が邪魔で仕方がなくて、森ごと焼きつくしたくなった。

その時だ。ぼそぼそとした、独特な声を拾った。

「異端審問官なのに、どうして……？　……どうして、わたしを殺すの？」

ヨナシュは咄嗟にミースの名を呼ぼうとしたが、唇を噛みしめる。下手に彼女の注意をこちらに向けてしまえば、致命的な隙が生まれ、殺られかねない。

彼女の声は、ヨナシュの背丈の二倍ほどある崖の上から届いていた。どうしてそんなところにいるのか。

よじ登ろうとしたが、絶壁である上に、えぐれていて足場らしいものがない。助走をつけようにも、木の根や倒木、苔むす岩が張りだして邪魔をしていた。

大きなぶなの木に目をつけた時だった。刃が空気を裂く音がした。

ヨナシュは一も二もなく大木まで必死に駆けてよじ登る。最悪の事態が頭をよぎって、息が止まりそうだった。しかし、見えてきた光景は、目を疑うものだった。

フードを深く被ったミースは、胸に手を当ててちんまりと足をそろえて立っているものの、恐怖におののいているわけではなかった。いきり立つ異端審問官の剣の切っ先を、とっ、と一歩下がったり、ほんの少しだけちょんと横にずれたりしては、ぎりぎりの距離でことごとくかわしている。無駄な動きは一切ない。それは、剣の動きや軌道を完璧に読まなければできない芸当だ。相当熟達している。

相手にとっては、さぞかしばかにしきった動きだろう。か弱そうな小娘にいいようにされているのだから。案の定、異端審問官は怒りに駆られて周りが見えなくなっていた。真っ赤な顔で、ひゅんひゅんと宙を斬ることに夢中で、ヨナシュがたどり着いたことさえ気づいていない。

彼はミースを思い切り引っ張って、地面に転がすと、男の剣を剣で薙ぎ、弾き飛ばして振りかぶる。相手の肩から腰にかけて斬りこめば、とたん断末魔が森にとどろいた。

剣の向きを変えたヨナシュは、重みを加え、心臓めがけてとどめを刺す。

しばらく肩で息をしていたヨナシュは、剣が刺さったままの男を蹴り飛ばし、ミースを振り返った。

「怪我は？」

ミースは首を横に振り、フードを脱いだ。目にいっぱいの涙を溜めている。

「……ヨナシュが……。血まみれだわ。どこを、怪我したの……？　ぜんぶ縫うわ」

「縫わなくていい。これはただの返り血だ」

ヨナシュの視線は、転んだミースのスカートに移っていた。葉の汁と泥がついている。

「ひざを見せてみろ」

ミースがスカートをぺら、とめくると、両のひざがすりむけていた。

「わんぱくなひざになりやがって。後で薬を塗ってやる」

「わんぱくでいいの。助けてくれてありがとう。とても頼もしい。感謝しているわ」

ミースはちら、と異端審問官の死体を一瞥し、慌ててヨナシュに向きなおる。

「死体が気になるか。だが、死んで当然だ。こいつが死なければおまえが死んでいた」

ヨナシュはミースを抱き上げようとしたが、手を止めた。彼女が返り血で汚れてしまうと思ったからだ。代わりに異端審問官の剣を拾って自分のものにした。

「おまえは悲鳴を上げないな。死体や血は見慣れているのか」

「……見慣れていないわ。ただ……、これが現実だと、お、思えなくて、……わたし」

「頭の整理が追いつかないか。だが、そろそろ立て」と告げると、ミースはゆっくり立ち上がった。しかし、ひざがかたかた震えている。相当怖かったのだろう。

ヨナシュは「ついてこい」と、彼女にあごをしゃくって歩き出す。途中、立ち止まっては、よたよたとついてくるミースの到着を待ち、また歩く。

おそらく、ミースからはヨナシュはいつもどおりに見えるだろうが、取り繕っているだけだった。動悸は一向に治まらず、いまだに動揺もしている。無事だったとはいえ、彼女が危機にみまわれた恐怖は消えていなかった。そして、異様に抱きしめたくて仕方がない。それは、胸にこみ上げるほどの衝動だった。

——なんだ、これは。

額に手を当てて立ち止まれば、追いついたミースが「ヨナシュ、どうしたの?」と首をかしげる。その顔が、ヨナシュにはすさまじく魅力的に見えて、どうかしていると思った。

——俺は狂っているのか。

途中で小川を見つけた時には、ほっとした。まず、川に顔を突っこんで、頭を冷やそうと試みる。ローブと上衣を脱ぎ捨てて、水に浸せば、たちまち川は真っ赤になった。

「ミース。おまえ、剣すじが見えていただろう」

ばしゃばしゃと生地を洗いながら話しかけると、ミースはこくんと頷いた。

「あの異端審問官は、エフベルトよりも遅かったわ」

「また異端審問官の長か。やつから訓練を受けていたのか」

「受けていたわ。エフベルトはじょうずだって褒めてくれたから、とてもうまいみたい」

こちらに歩いてきたミースは、小さなかばんをごそごそ探り、布を取り出すと、「はいどうぞ」とヨナシュの手に握らせた。

「なぜそのような訓練を？」

「わたしのお父さまは暗殺されてしまったから、お母さまがエフベルトにわたしを鍛えさせたの。わたしのお父さまは、敵を返り討ちにしてしまいなさいって言っていたけれど……あの、エフベルトが言うには、わたしは走ることも、剣も、からきしなのですって。だから時間を稼いで生き延びる訓練をずっとしてきたの。その間に誰かが駆けつけてくれることになっているのだけれど、今日は、ヨナシュが来てくれたわ」

ヨナシュが水に濡らした布で身体を清めていると、ミースが背中に抱きついてきた。その身体は震えている。普段なら邪魔だと振り払うはずだが、邪険にしようと思わなかった。

「どうして異端審問官がわたしを襲ったのかしら。お母さまもエフベルトも言っていたわ。異端審問官がいるから、わたしは安全なのだって。でも……ちっとも安全じゃなかった」

ヨナシュは布を放って振り返ると、しょんぼりするミースを抱き上げた。とにかく震えさせたくなかった。なぜこんな気持ちにさせられるのか、答えはない。

「わからなくなってしまったの。なにがなんだか……。信じていたのに」

「あれがやつらの本性だ。安全なものか、危険に決まっている」

頭に浮かんだ続きの言葉を、ヨナシュは口にするのをためらったが、結局言った。

「おまえが信じていいのは俺だけだ」

「ヨナシュだけ？　……うん、わかった」

引き結ばれたミースの唇を見たヨナシュは、そこから目が離せなくなっていた。頭は勝手に、彼女にくちづけするさまを描き出す。ヨナシュにとって、接吻とは女に奪われてきたおぞましいものだというのに。夫婦の営みの演技のせいで、おかしくなっているらしい。

暴走する思考を持て余しながら、ヨナシュははっきりと自覚していたこともある。

ミースの気持ちは、顔に書かれているかのように筒抜けだ。当初はその好意を迷惑に感じていたが、そう思わなくなったのはいつからだろうか。定かではないが、ヨナシュの人嫌いの殻は、このこしゃくなちびの手によって、こっそりひびを入れられていたのだろう。

不本意ながらも、とっくに消えたと思っていた心を揺さぶられている。色も味もなかった世界が、色と味を、そして意味をも携えたように思えた。

いつ終わりがきてもかまわなかったが、自分が消えればミースも消える。

彼女を死なせないために生きているのも悪くない。そんなふうに思えてしまうのだ。

＊　＊　＊

ミースは口から心臓がこぼれ出そうな心地でいた。いつもどおり馬に乗せられてから、ヨナシュの態度は変わっていた。なんと、おなかに大きな手が回されて、落ちないように固定されている。まるで大切にされているかのようで、胸の高鳴りが治まらない。

――このままだと死んでしまうかもしれないわ。その……心臓の動かしすぎで。

けれど、ミースはふと、ヨナシュは合理的で無意味な行動はしないことを思い出す。普段と違うのは、なんらかの意図があるはずだ。が、それがさっぱり見当がつかない。

「ミース」

背後の彼に突然話しかけられ、ミースはびく、と必要以上に驚いた。

「なにをびくびくしている。ちびがさらにちびになってどうする」

なぜか彼の言葉に安心してしまった。いつもの辛辣なヨナシュだ。彼の調子がおかしいとミースの調子もおかしくなる。

「そういえば、おまえは願いを口にすれば叶うと言っていたが、叶ったか」

「そうね、叶っているわ。まずは旅をすることでしょ。ヨナシュと一緒に叶えているし、オーステルゼの町でも叶ったわ。馬のお世話もできたし、すべて叶って幸せだし満足よ」

幸せ、というのは語弊がある。満足はしていない。本当の望みは叶わないと知っているからだ。父には会えないし、ヨナシュともずっと一緒にいられない。

ミースはバロシュにたどり着いたら、アールデルスに帰ると決めていた。その時は、ふたり旅からひとり旅に変わる。

彼とのことを思い出に変えて、母とばあやに、本当に楽しかったと笑顔で語りたい。

彼との旅は、ミースにとって課題がたくさんある旅だ。彼と過ごした一瞬一瞬をくまなく記憶に留めておくことと、ほんの少しだけでもミースという娘がいたのだと彼の記憶に残ること。笑顔でお別れするために、泣かないと決めた旅だ。

――でも、すでにたくさん泣いてしまっているけれど。涙が涸《か》れてくれればいいのに。

「おまえの願いは、あとふたつほど叶っていないだろう。料理と、俺の国の話と」

ミースは目を見開いた。彼は、以前漏らした話を細かく覚えてくれている。愛想がなくて、冷たい態度に見えていたのに、それでも覚えてくれていた。

だんだん景色がぼやけて見えなくなってゆく。泣かずにいるのは難しかった。

やっぱり好きで、離れたくない。一日、一日、過ごすたびに別れもそのぶん近づくのがつらかった。毎日彼のいいところを見つけて、さらに好きになっている。この好きは母やばあやへの好きとは違う。うまく説明できないけれど、どきどきと胸が高鳴る好きなのだ。

旅が、永久に続けばいいのに。別れの日が一生来なければいいのに。

「なぜ泣く？　意味がわからない。おまえは泣きすぎる」

彼の手がぐずぐずの目もとに触れて、その濡れた指がすり合わされる。

「泣きたくないのだけれど……。……ヨナシュは？　前に聞いた時、なにも答えなかったけれど、叶えたい願いごとはないの？　もしあるのなら、聞いてあげる」

「願いなどない。持ったことも、持とうと思ったこともない」

ミースが鼻先を持ち上げると、続きが聞こえた。

「願いや夢とは、未来を想像できるからこそ持ちうるものだ。おまえの願いはささやかなものだが、それでもなにかを願うという行為は、満たされていなければできない」

「……つまり、ヨナシュは未来が想像できなくて、満たされていないということ？」

それについての返事はなかった。馬の蹄の音だけが聞こえてくるのがさみしい。

思い出されるのは、彼の望みではない結婚だ。彼は、貴族の子弟は道具だと言い切った。道具でいるのは、自我を持てないということだ。それはつらすぎる。

たまらなくなり、彼を仰げば、やはりフードに顔は隠され、見ることはできなかった。

「わたしが、あなたの願いを叶えるわ」

「おまえ、俺の話を聞いていないだろう。願いはないと言ったはずだ。そもそも俺にとって叶えるべきこととは、ただの目標だ。他人をあてになどしない」

それは他人を信じないと言われているような気がして、ミースの心は沈んだ。

「ヨナシュは、わたしが信じていいのはヨナシュだけだと言ったわ。だったら、あなたが信じていいのはわたしだけ。そういうことでしょう？　わたしのことは信じてほしい」

「なにを言っている。いきなり話題が飛びすぎだ。だいたい心が筒抜けのおまえを疑うこと自体が難しい。おまえは裏を持たない。貴族では希少だ」

「裏？　よくわからないけれど、ヨナシュの叶えるべきことって……、目標ってなに？」

「おまえはしつこいな。やけに食いさがる」

「だって……」

ミースはどうしても聞きたかった。未来が想像できないだなんて、不安になる。以前、彼が死を望んでいるような気がしていたが、それが事実に思えてならない。

しばらく待っても答えはなかった。ミースは、おなじみの無視なのだろうと前を向く。

馬のピーテルのたてがみをいじくっていると、ひざの上にしずくがぽたりと落ちた。

「目標というべきか、実行すると決めたことはある」

ミースがぱっと濡れたまつげを跳ね上げると、涙が飛び散った。

「一度めも二度めの結婚も、俺はまだガキで弱く、逆らうすべを持たなかった。だが、いまは二十五だ。抗い、意志を貫く力はある。俺は女という生き物が無理だ。視界に入ること自体が我慢できない。初夜などもってのほかだ。結婚できない以上、婚約は破棄する」

「破棄？　それって……簡単にできるものなの？」

「ああ。結婚とは家と家の結びつきだ。俺ではなく、弟が家を継ぎ、相手を娶《めと》ればいい。俺は生きているかぎり、婚姻の末、家を継がねばならないと思いこんでいたが、義務に従う気はなくなった。……もういいだろう。話は終いだ」

ミースは緑の目を泳がせる。突然の展開に、頭のなかがぐしゃぐしゃになっていた。けれど、喜びがせり上がる。ヨナシュは誰のものでもないのだ。

「つまり、バロシュにたどり着いても、ヨナシュとお別れしなくてもいいの？」

「おまえは別れたいのか」

慌ててぶんぶんと首を振ったミースは、洟をすすりながら彼を見た。

「別れたくないわ。ずっと一緒にいたい」

ふいに、鮮やかにリースベスの言葉が頭をよぎり、ミースは袖で目もとを拭う。

〝すてきな人は早くに誰かのものになってしまうものなの。早い者勝ちよ〟

——急がなくっちゃ。

ミースは女神エスメイに祈りを捧げるように、胸の前で手を組んだ。彼に伝える勇気がほしかった。口にすると、願いは叶う。

「ヨナシュ。あの……あなたが……その、婚約を破棄するのなら、…………あ、相手はもういないのなら……、あの、わたしと、結婚してくれる？」

「おまえと結婚？」

「いま、すぐに」

「なにを言っている」

ミースはヨナシュのローブをぎゅっとつかんだ。

「だって、わたしは弱肉だから強食たちに敵いっこない。……す、すてきな男性は女性を探し求めなくても、勝手に寄ってくるものなの。実際に、ヨナシュには婚約者がいたわ。もしヨナシュが強食たちに見つかってしまったら、絶対にみんなヨナシュを大好きになってしまう。だから、うかうかできないの。弱肉のわたしができるのは、急ぐことだけ。早い者勝ちよ。……だから、いますぐに結婚してくれる？　ヨナシュと離れたくないの」

「おまえはまだ十六だ。わかっているのか」

「そうよ、十六歳。ヨナシュは言ったわ。貴族ならば十六で結婚していても普通だって」

彼は鼻をふん、と鳴らした。

「言ったが、いますぐ結婚などと。未熟なちびガキの分際で急いでどうする」

「いまは未熟なちびガキだとしても、いつか背もぐんぐんのびるし、大人っぽくなるわ」

「俺の過去は、汚らわしく、ろくでもない。話してやる。おまえの思いは変わる」

ミースは首を横に振る。直感だけれどわかるのだ。彼は話してやると言ってもそうではない。じつのところ話したくないと思っている。過去を話すことは、過去を反芻《はんすう》するということだ。忘れたいことを掘り起こして伝える作業。それは苦しみを伴うに決まっている。

「聞きたくないわ。わたしが出会ったのは、いまのヨナシュだから。わたしは過去よりもいまのほうが大切よ。ヨナシュが話したいのなら聞くけれど。仮に、もし聞いたとしても、わたしの思いは変わりっこないわ。だって、出会ってからのあなたを好きになったから。

……もう一度、言うわ。いますぐにヨナシュと結婚したい」

ヨナシュは深々と息を吐き出した。

「そこまで言われては断れない。叶えてやる」

「それって、叶えるっていうことは……、結婚してくれるの？」

「ああ」

あまりのうれしさに現実とは思えなかった。まさか、と仰け反るミースが、鋭く息を吸うとともに、目も口も大きく開けていると、ヨナシュに目深に被ったフードを下ろされた。

あらわになった顔を覗かれ、「なんて顔だ」と彼が笑う。

「おまえが言ったんだろう。なぜそこまで驚く」

「だって、叶えてくれるとは思わなくて……。本当に、願いは口にすると叶うのね」

「俺は生涯結婚しないと決めていたが、おまえであれば話は別だ。そもそも俺が結婚するとしたらおまえ以外にありえなかった。幼いが、おまえは吐き気がしない唯一の女だ」

彼に特別だと言われている気がして、心が舞い上がる。ミースはにっこりはにかんだ。

「忘れるな。おまえが自ら俺を望んだ」

「そうよ、わたしが望んだわ。――あ、その前にお母さまに報告を……」

「無理に決まっている。だが、いま結婚するわけではない。おまえはまだ物を知らない子どもだ。どうせ結婚というものがなにか知らないのだろう」

「いま結婚するわけではないって、どういうこと？　結婚のことなら知っているわ。リースベスと馬車のなかで話し合ったの。いつでも抱きしめたり、手をつなげる関係よ」

「ガキの会話か、話にならない。おまえとはまだ結婚はしない。いまは婚約だ」

ミースは不満げに眉をひそめる。

「どうして？　婚約はいやよ。結婚がいい」

「妻になる覚悟ができるまで待ってやると言っている」

「妻になる覚悟？　覚悟は必要なものなの？　時間がかかる？」

「おまえのようなガキにはかかる。結婚とは、営まねばならない。おまえには無理だ。俺としても、男の欲望と呼べるものがあるか怪しいところだ。……りんごを食うか？」

気を落ち着けたくて頷けば、彼にりんごを渡されて、ミースはぎこちなく前を見る。

おなかは空いていないから、袖できゅっきゅとりんごを磨いた。けれど、少しも心は落ち着きそうもない。ふたたび後ろを見れば、フードを被ったヨナシュの姿がある。このヨナシュが夫でミースが妻だ。改めて思えば、居ても立っても居られずそわそわした。

「おまえはねずみか。落ち着きがなさすぎる。きょろきょろせずに早く食べろ」

「覚悟はどうやってすればいい？　あなたと結婚できるのなら、なんでもできる。やっぱり、どう考えてもいますぐ結婚したいの。婚約よりも、絶対に結婚がいい」

「なぜ結婚が絶対なんだ。婚約でいいだろう。そうしておけ」

ミースはかたくなに「いや」と首を横に振る。なぜなら、ヨナシュは相手の承諾なく、たやすく婚約を破棄したのだ。リースベスも、婚約者のミヒルが軟弱だからといって、新たな人を求めていた。ミースのなかでの婚約とは、あまりにあやふやで、信用できない脆《もろ》いものだった。もはや、独占欲がむくむく湧いて、止まらない。

「おまえ。結婚するということは性交するということだ。契らなければ結婚自体が成り立たない。おまえの国の事情は知らないが、俺の国ではそうだ。これまでの関係とは違う」

「それでも結婚がいいの。揺るぎない関係だもの。結婚すれば、別れはこないわ」

「おまえ、性交の意味をわかっているのか？」

ミースは力強く、うん、と頷いた。

「わかりもしないくせに頷きやがって。……仕方がない」

彼は手綱を操作し、道を外れて、木が生い茂るほうへと馬を進める。

「……どこに行くの？　道がないけれど」

「いますぐ結婚したいのだろう？　だが、断言しておく。おまえには絶対無理だ」

「わたしはそうは思わないわ。あきらめなければできるはずだもの。無理は無理じゃなくなる。ヨナシュも言ったわ。それに、こうも言ったでしょう？　〝バロシュニ着クマデニ、俺ノ手ガ必要ナクナルホド成長シロ〟って。これもがんばるつもり。成長してみせるわ」

彼の片言の言葉を真似すると、「おまえ」と舌打ちが聞こえた。

「あれはもういい。必要ない。おまえは、おまえらしくしていろ」

頭にずしりと重みがきた。身をかがめた彼のあごがのったのだ。

「この先に湖があるはずだ。かつてフェーヴル国の王族や貴族が鷹狩りで利用していた。廃屋が残っているかもしれない。……いや、なくても洞窟がある。そこで結婚の真似ごとをしてやる。おまえは自分がいかに無謀で無知かを思い知る。……世話の焼ける娘だ」

「無謀ではないもの。ヨナシュはどんな人が好き？　理想の妻は？　がんばるわ」

「やめろ。おまえが気負うとろくなことにならない」

「でも、あなたの理想に少しでも近づきたいの。これを、乙女心というのだと思うわ」

「余計なことはするな。それよりも事前に聞きたいことがあるならいまのうちだ。言え」

聞きたいことはたくさんあった。ミースは、真っ先に浮かんだ疑問を口にした。

「じゃあ……あの、心臓をどきどきと速く動かしすぎると、死んでしまったりする？　たとえば、一生のうちに心臓は動く回数が決まっていて、速く打ちすぎるとよくないとか」

「答える気にもならない。くそガキ、それはいま聞くことじゃないだろう」

「じゃあ、どんなことを聞けばいいの？」

舌打ちが聞こえて、「おまえの質問は打ち切りだ。黙っていろ」と彼は言う。

道なき道を進んでいると、視界をなにかが横切った。よく見ればそれはうさぎだった。声を上げようとしたけれど、ミースは以前のことが頭をよぎり黙っておいた。が、次の瞬間、ヨナシュが、しゅっと小刀を投げていて、またもや仕留めてしまった。

あぜんとしたミースが振り向くと、馬を止めた彼が地面に下りた。

「おまえは以前、料理を作りたいと言っていたが」

ミースは彼の言葉をさえぎり、「作りたいけれどいまはいや」と必死に首を振りたくる。

「わがままな娘だ。ここで待っていろ。ついでに道を確かめる」

ミースは馬のピーテルとともに取り残されたが、少しもさみしくなかった。

背中を見せて歩く彼は、ひときわ背が高く見えていた。脚が長く、軽々と石を跨いだり、登っている。陰気なローブ姿でも、ミースにはこの世でいちばんすてきに見えた。

——わたし、ヨナシュと結婚するのね。……夢ならどうか、覚めないで。

戻ってきたヨナシュは、なにも言わずに馬に跨がった。そしてさらに奥へと進む。

ミースは腕まくりした彼の腕を見つめていた。女性と違い、すじ張っていて、力強くて、硬い。傷痕も散っている。指で血管をぷにぷにとなぞっていると、彼が言った。

「おまえ、まだりんごを食べていないのか。ずいぶん磨いたな」

ミースは、ひざの上でぴかぴか光るりんごを手に取った。

「ヨナシュと一緒に食べたいと思ったの。アールデルスでは結婚の時に花嫁と花婿はりんごを半分こするのよ。りんごは〝無限〟。そして〝永久〟。女神エスメイの果物なの」

「なぜ無限であり永久と言う」

「それは、りんごを上から覗けばわかるわ。へたが出ているくぼみがあるでしょう？じっと模様を見つめていると、なかに吸いこまれそうって思わない？」

ヨナシュはすげなく、「別に思わないが」と言った。

「とにかく吸いこまれそうなの。ヴェーメル教では、りんごは神秘的で不思議な食べ物だとされているわ。外側がへこみから内側に徐々に吸いこまれて、なかに入ってゆくらしいの。つまり、この赤い皮は外側に見えるけれど、りんごの内側。無限で永久を表しているわ。結婚は、永久の誓いよ。お父さまとお母さまは、りんごに誓ったのですって」

ミースはしゃくしゃくとりんごを半分食べて、ヨナシュに「はい」と手渡した。

じつのところ心配だった。ヨナシュは、他人の食べかけなどごみ以下だと言っていたから、いくら結婚の誓いだとしても、嫌がって食べてくれないだろう。けれど、かじる音が頭上に響く。ミースは感極まって頬をぽたぽた濡らした。

やがて彼の言ったとおりに、木立の隙間に湖面がちらついてきた。迫りくる森にぽつんとある湖は、空が溶けているのか真っ青だ。あまりの美しさに、現実離れして見えた。

廃屋もあったが、床は腐り果て、喜び勇んでなかに飛びこんだミースは足を踏み外し、黒い泥に落っこちた。だが、どろどろのミースを、彼は汚れるのも構わず抱き上げた。

「ヨナシュまでどろどろになってしまうわ。それに、くさいし、ぬるぬるだし……」

「湖で洗えば済む。おまえというやつはすぐに汚れるな。後先考えずに飛びこむからだ」

「まぬけめ」と彼は服を着たまま、ざぶざぶと湖のなかへ入ってゆく。彼の腰ほどまで水位がきた時、ミースは彼の顔に鼻先を近づけた。

ミースが彼のフードを下ろせば、淡い色の髪は、陽を受けてきらめいた。光に透けて銀色だ。色気を放つ彼の顔と、ミースを映すその青い瞳に惹きつけられる。

ミースはぞくぞくと背中を震わせた。

「……ヨナシュ。いま、わたしがどれほどうれしくて幸せか、わかる？」

「おまえの思いは、顔に表れすぎてまるわかりだ。泥がついている。息を吸って止めろ」

指示に従えば、ヨナシュはミースを抱えたままで水にもぐった。頬と鼻と口をこすられたのは、そこが汚れているからだろう。

水面から顔を出し、息を吸いこんだ時には、唇がやわらかな熱に包まれた。全身の血がざあっとざわめき、ミースの肌を、りんごのように染めてゆく。心臓も早鐘を打っていた。胸の奥が甘くうずいて、どうしようもなくせつなくて苦しい。

「……おまえ、赤すぎだろう。好物の色になりやがって」

「せ、接吻……。……したわ。あなたと………」

「結婚するんだろう、当然だ」

かふ、と口から吐息が漏れる。くちづけは次第に変化をしてゆき、唇の形が変わるほどの激しいものになってゆく。その間、彼は湖の奥へと突き進んだ。

隙間なく彼に口を塞がれて息ができない。それでもミースは幸せだったが、時間が経つにつれて苦しくなる。空気を求めてばたつくと解放されて、ぷはっ、と息を吸いこんだ。

「ミース、息は鼻でしろ。覚えなければ窒息するぞ」

「は、……鼻で息ね。わかったわ」

熱が口から離れたのはわずかな時間だけだった。すぐにぴたりと塞がれて、ミースは教えられたとおりに鼻で息を吸いこんだ。慣れるまでは呼吸するのに忙しかったが、慣れてからは彼の唇に夢中になった。あの美しい口と合わさっているなんて現実だとは思えない。

熱に浮かされたように、「ヨナシュ」と名前をつぶやけば、彼の瞳が細まった。

水は、彼の肩の位置にまで達していた。ミースも浸かりきっている。くちづけをしているせいなのか、それとも濡れているせいなのか、身体がいつも以上に密着している気がする。火照っているのか寒さは感じない。ずっと、彼とのキスに思考は流されていた。

やがて、身体にうずきを感じて、ミースはもぞもぞと足を動かした。

「……ヨナシュ、身体が、むずむずするの。どうしてなのかわからないのだけれど」

「おそらく性欲だ。俺もよく知らないが。結婚し、初夜を完遂するには必要なものだ」

湖のふちまで行き着いて、彼のひざの上に座らされる。ミースは三つ編みをほどかれて、彼の手で服を剝がされた。心なしかていねいに扱われ、これまで裸になることに抵抗がなかったミースは、はじめて恥ずかしいと思った。

胸がふくれているのが恥ずかしい。色づいた乳首が恥ずかしい。おへそも、おなかも、そして薄く毛が生えている脚の間も恥ずかしい。肩も手も、恥ずかしくてたまらない。

「あ……、そんな」

ヨナシュは普段、ミースの身体にみだりに触れることはなかったが、ミースが恥ずかしいと考えている箇所をあますところなく撫で回す。細部まで確認しているかのようだった。ミースは高鳴る鼓動を感じつつ、身体をすべる大きな手を意識していた。

「夫は妻の身体に触れるものだが……怖いか？　やめておくか？」

「……やめないで。ぜんぜん怖くないわ。だって、ヨナシュだもの。大好きよ」

両脇に彼の手が差しこまれ、小柄な身体はやすやすと水から持ち上げられた。胸が、彼の目線の高さに近づいて、様子を窺うミースは目を瞠る。彼の唇が薄く開いて、覗いた舌が、薄桃色の乳首を舐めはじめたからだ。

舐められるなどまったく想定していなかったミースは混乱し、はっ、はっ、と浅く息をくり返す。その間も、彼の舌は胸の先をいじくった。

突然吸われて、じく、と刺激が貫いた。彼がもてあそぶのは胸なのに、腰の奥がうずくのはなぜなのか。生々しい感覚に、ミースはぎゅっと目をつむる。乱れる呼吸に苦心した。

「ミース、性交はこんなものではない。焦ることはない。おまえが結婚の意味を知った上で、納得してからするべきだ」

「やめたくない……。だって、ヨナシュといつまで一緒にいられるか、誰にもわからない

のだもの。だからわたし……」

　恐々と目を開ければ、胸の先が彼の口に隠された。むさぼられ、なにかが背すじを駆けてゆく。肌がじっとり汗ばんだ。もたらされる官能にミースは甘く息をはく。熱い吐息の合間に声が漏れていた。

　はじめて襲いくる感覚になすすべもなく流される。吸われてねぶられ甘噛みされて、なにも考えられなかったが、信じられないほど気持ちがよくて、知らず彼に胸を押しつけた。彼は、ゆっくりミースの身体を下ろしながら舌を這わせると、鎖骨へ移り、首を舐め上げ、最後に唇にむしゃぶりついた。

　今度はさらに深い接吻だ。彼の舌に唇を割られ、肉厚のそれがなかにしのびこみ、歯に触れて、舌に合わさり、口蓋をちろりと舐める。まさか舌が口のなかに来るものだとは思わずに、ミースは目をぱちくりさせたが、様子をうかがうような、慣らしてゆくような、教えこむような彼の動作に、混乱することはなかった。

　くちづけに翻弄されていると、大きな手が身体をすべり、足の間に向かっていった。ミースがびくっと跳ねたのは、彼の長い指が秘部をかきまぜ、だしぬけに、小さな穴に入りこんだからだった。

「あ。痛い……。ヨナシュ、そこは違うわ。早く抜いたほうがいいと思う」

　やめてほしくてすがるように見つめれば、ヨナシュの指が抜けてゆく。

「狭すぎる。やはりおまえにはまだ性交は無理だ」

「そんな……」

「指一本でこれでは、性器が入るわけがない」

「性器……？　それって、どのくらいの大きさなの？」

彼は無言でミースをその場に立たせると、自身も立ち上がり、下衣をくつろげた。それをみとめた瞬間、ミースは目も口も大きく開けずにはいられなかった。

「………お化けみたい」

「おまえ、化け物など見たことがないくせによく言う」

鼻で笑ったヨナシュは衣服を正し、〈無知なガキめ〉と口にして、ふたたび石に座った。

「これでわかっただろう。いまは婚約で我慢しろ」

まるで突き放されたように感じ、ミースはいたたまれなくなった。しかも彼はミースを放ってひとりで座っているのだ。そればかりか脚まで組んでいる。これでは上に座れない。

「ヨナシュ……。婚約でも、心変わりしない？」

「俺が意志を変えたことがあるか」

「ないと思うけれど……、でも、約束がほしい」

「とにかく、おまえが心の仕度を終えるまでは結婚しない」

「わたしの仕度？　がんばるから。なにをすればいい？」

「おまえができることはない」

緑の瞳をうるませたミースが唇をわななかせていると、彼の唇が、そっと重なった。

五章

　その女は、誰もがうるわしいとため息をつくほどの、神々しい容姿をしていた。つややかな黄金の髪に純白の肌。ほっそりとしているが、まるみを帯びた妖艶な身体つき。完璧をそのまま具現化したような顔だちは、人を近くに寄せつけない高潔さがにじみ出ている。その神秘的な緑の瞳は、長い時を見透《みとお》してきたかのように研ぎ澄まされていた。

　人は、女が神の化身であると唐突に告げられたとしても、たやすく信じてしまうだろう。目にしたとたん惹きつけられ、緊張をしいられ萎縮《いしゅく》する。生まれながらの王者の風格だ。

　女は広い回廊を足音を立てることなく歩いている。まるで重力がないかのようになめらかだ。細部にわたるまでおよそ人らしくない立ち振る舞いは崇拝の対象だ。そんな貴い女に、衣ずれの音を立てながら近づいてくる者がいた。白い装束を纏った男だ。背が高く、肩幅も広くて力強い印象だ。端整だが、老いているのか若いのか推測するのは難しい。

「陛下、ご覧いただきたいものがあります」

　女は男を一瞥することもなく前を向いたままでいた。だがその歩みはしなやかに止まる。跪いた男は、女の手を掲げ持ち、うやうやしくくちづけた。忠誠を示す接吻だ。

「まずはこちらを」と、男は懐から布を取り出し、なかのものを開いて見せた。そこに現れたのは小さな緑色の宝石だ。光を受けてきらめくと、布に落ちた影は琥珀《こはく》色に変化した。

「極上のアールデルライトです。琥珀色に変化する貴石は、民が手に入れられる品ではありません。ですが、先日、オーステルゼの町で小さな娘によって換金されました。その者はディーレン村の出身で、家宝だと述べたそうですが、調べたところめぼしい者はいませんでした。異端審問所では、背の高い男とともに夫婦を名乗っていたそうです」

女は、石をつまんで陽にかざす。眺めたその瞳は細まった。

「星がある。マルレインの石だ。――エフベルト、追いなさい。あの子の跡をたどり、無能者には制裁を、町は跡形なく浄化なさい。夫を名乗る男には、生を後悔するほどの死を。見つけるまでは、わたくしにその姿を見せるな」

命を受けたエフベルトの姿が消えると、女は空を見上げた。

あの日と同じ、雲ひとつない空だった。

＊　＊　＊

起きぬけに仰いだ空は、うっすらと白みかけているけれど、まだまだ暗い。木々や横たわる馬やヨナシュの影は確認できても、細やかな部分は見えないでいた。

朝露だろうか、上部にある木からしずくが垂れて、黒い頭にぽたりと落ちた。

ミースは「ひゃ」と短く言って、下で寝そべるヨナシュに抱きついた。その胸に耳をあてれば、規則正しい鼓動の音と寝息が聞こえる。

ミースは微笑まずにいられない。彼のすべてが好きなのだ。

世界がひっそり眠るなか、起きているのはミースだけ。それは、背徳感を抱かせた。

ミースは、はじめは婚約者という立場に不満を抱いていたけれど、それは一時のことだった。婚約してからというもの、ヨナシュは人が変わったかのようにやさしくなった。

なによりもうれしいのは、ヨナシュのフードを勝手に下ろしても、睨まれたり舌打ちされなくなったことだ。好きな時に彼の顔を見つめられるのは、なんて贅沢なことだろう。

ミースは自ら進んで彼にくちづけるが、彼もキスを返してくれる。それも幸せだ。

――婚約だけでも最高なのに、これが結婚となったなら、どうなってしまうのかしら。

うっとりしながら、眠る彼の唇にくちづけようとした時だ。馬のピーテルが立ち上がる。

ミースは手探りで荷物を漁《あさ》り、にんじんを見つけて「おはよう」と馬に食べさせた。

続いてヨナシュにも「おはよう」と声をかけ、ふたたび彼の顔に口を寄せる。その時、ふと気がついた。闇に目が慣れたからかもしれない。彼がすごく汗をかいている。顔は苦しげに歪められ、〈近寄るな〉となにかを口走る姿に、ミースは呼吸を忘れた。

その激痛に耐えているかのような表情は、宿で見た処置中の彼よりはるかにつらそうだ。いつもは滅多に顔を変えたりしないのに。

「……お、起きてヨナシュ、好き。大好きよ。ねえ……、起きて」

ミースは、「大好き」とくり返しながら、ヨナシュの身体に抱きついた。

「――……は」

彼が、大きく息を吐いた。まるで溺れていた人がようやく息ができたかのようだった。

ミースはとても心配したけれど、どう声をかけていいのかわからなかった。目を覚ました彼の横顔があまりにも深刻そうだからだ。悩んだ末に、必死に演技をした。

「ごめんなさい。あなたが大好きすぎて、つい抱きついてしまったの。起こしちゃった」

はにかみながら伝えると、ヨナシュの腕が背中に回る。ミースを包む腕まで汗だくだ。

「ねえヨナシュ。きっとわたしはまっぷたつに割られてしまったら、なかからたくさんのヨナシュが出てくるわ」

「ばかばかしい。なんだそれは」

「だって、いつも……どんな時でもあなたのことばかり考えているのですもの」

ヨナシュは額に手を当てて、髪をかきあげると、あきれたように鼻を鳴らした。

「相変わらずだな、おまえは」

「そうよ、わたしは相変わらずなの。あなたのおかげね」

ミースは彼に頬ずりしたけれど、ぴたりと止まる。一見、淡い色すぎてわからないが、ざらざらしている。よく見れば、きれいな肌に似つかわしくないものを見つけた。

「おひげがあるわ……」

「当たり前だ。剃《そ》るからどけ」

ヨナシュはひげを剃る姿もさまになっていた。気だるげに顔に刃を当てているだけだが、すてきに見えた。「どうしておひげがあるの?」と問えば、舌打ちが返される。やさしくなったと思ったけれど、やっぱり根は変わってないようだ。

彼が仕度をする傍らで、ミースもいそいそとローブを纏い、かばんを整える。髪を三つ編みに結ってもらえば完璧だ。そのまま馬の背に乗せられて、所定の位置に納まった。目深に被ったフードの隙間から確認した三つ編みのりぼんは青色だ。昨日は緑色。彼は、日替わりで色を変えてくれている。それがミースの、唯一のおしゃれとなっていた。

馬に揺られながら、彼は言う。

「今日はバロシュの者と落ち合うことになっている。だが、口を閉じていろ。やつらはごろつきだ。敵国において、男は強姦も略奪も当然の権利と考える。相手の命を奪うことすらいとわない。つまり、おまえはやつらにとって、憎いアールデルスとみなされる」

「前にも言っていたわね。〝俺カラ離レルナ。離レレバ、犯サレルト思ッテオケ〟って」

以前の彼の片言を忠実に再現すると、「生意気なちびめ」と舌打ちされた。

「おまえは見るからに貧弱なちびで、弱者の代表のようなやつだ。敵はおまえが泣いたり怯えると、さらにいたぶりたくなる習性を持っている。けものと同じだ。忘れるな」

続く話題は、ふたりが目指すバロシュ国のことだった。ヨナシュは以前ミースが話した願いごとのひとつを覚えていて、叶えるために時折語ってくれている。

彼はやさしい。けれどなぜそのやさしさが罪であるかのように、ぶっきらぼうな言動のなかに隠すのか。ミースは、いつか知ることができたらいいのにと思う。

「そうなの？　バロシュへは、ひと月以上もかかるのね」

「ああ、おまえがいるからには強行軍はしない。時間はさらにかかるかもしれないが」

ミースはまだ見ぬ国を想像し、心の底にしまっていた憂いを打ち明ける。

「バロシュに着いたら、わたしはどうなるの？　……このまま、婚約者でいてもいい？」

「当たり前だ。その質問はなんのつもりだ」

彼が不機嫌になったとたん、喜びがあふれて、顔にえくぼが刻まれる。

「なんのつもりでもないわ。ヨナシュ、わたしがどれほどうれしくて幸せか、わかる？」

「どこかで聞いた台詞だな。おまえの顔を見ればまるわかりだ。何度言わせる」

「でも、本当にバロシュの婚約者は問題ないの？」

「おまえが気にする必要はない。そもそも家には二度と戻らない。向かう先は俺の城だ」

「ヨナシュのお城？」

「ああ。俺の城で今後を決めればいい。城にいたければいて、旅に出たければ出る。とにかく、おまえは生涯飢えることはない。ドレスがほしければ買ってやる。靴や、宝石も」

「わたしはあなたがくれたこの服とりぼんでじゅうぶんよ。とても気に入っているの」

彼の手が、ミースのおなかに回される。

「バロシュは北と南で気候が違う。北は一年の大半を雪に覆われるが、南は北に比べて温暖だ。俺の城は、北寄りにあるから寒いと思え」

「雪？　聞いたことはあるけれど、見たことがないわ。どんな感じなの？」

「バロシュでは、〝神の頭垢《ふけ》〟と呼ばれている。積もれば辺り一帯が白くなる」

「……なんだか不潔な感じがするわ。あまり想像したくないし、見たくない」

渋い顔をしていると、頭の上に彼のあごがのせられる。

「味気ない城だと思っていたが、おまえがいれば変わるだろう。うるさく、わずらわしい城になる。だが退屈知らずだ」

「早くヨナシュのお城に行きたいわ」

それからは言葉を交わすことは少なくなった。もともとが夢想家のミースは、幸せで胸がいっぱいになり、夢の世界に浸りきっていたからだ。

「もうじき着く。いいか、やつらの前ではひと言も話すな。自分は石像だと思え」

彼の言葉に、「石像ね、なりきるわ」と振り返ろうとした時に、ミースは顔をひきつらせた。身体に違和感を覚えたのだ。

「ヨナシュ、どうしよう」と、不安にまみれて切り出せば、「どうした？」と彼が身をのりだした。

「たぶんわたし………月の障りになってしまったみたい。どこかで手当てしないと」

ヨナシュが馬を止めたのは、荒廃した道を曲がった時だ。彼に抱え上げられて、木に侵食された廃墟のなかに立ち入った。

月の障りになった時には、ばあやが作ってくれたハーブを入れた布を利用している。それがないいま、ミースはどうしていいのかわからなくて、おろおろしていた。

ヨナシュから離れて壁際により、スカートをこっそりめくって覗いていると、いつの間にか近づいていた彼にも覗かれていた。

「出血している」

「だめよ、見ないで。男の人には見せてはならないって」

「なにを言っている。おまえは俺を夫にしたいのだろう？　隠す必要はない。痛むか？」

「……痛みはないわ。おなかが、少しだけ」

「診てやる。座れ」

言われるがまま座っていると、どうやらヨナシュは怪我のたぐいだと思っているらしい、足や秘部を布で拭きながら患部を探しているようで、ミースは真っ赤になっていた。しどろもどろに月の障りを説明すると、ヨナシュが息をつく。

「理解できた気もするが、おまえは論理的ではなくあやふやだ。ばあやとやらに頼りきっていたのだろう。しかし、これで痛みがないとは疑わしい。本当に傷ではないのか」

ミースは、彼に厄介者だと思われてしまったらどうしようと不安になっていた。月の障りはいまだけではなく、ひと月に一度やってくる。月の障りを不浄で不吉と捉える人も多いと聞いている。終わるまで閉じこめられる女性もいるらしいのだ。

ヨナシュの顔を窺えば、深く被ったフードで隠れて、思いは測れない。

「血が止まらないな。どこから出ている？　失いすぎては身体に毒だろう」

「血はずっと止まらないの。だから、わたしは隠れているわ。そのほうがいい気がする」

ミースはヨナシュの負担になりたくない一心で、物分かりよく提案したが、彼は離れることに難色を示した。しかし、妥当だとも思ったようだ。

「おまえを置いていくのは気が進まないが、この状態でバロシュの者どもに会うのは確かに危険だ。静かにして、待っていられるか」

「うん、待っていられる」

ほどなくして、ミースが隠されたのは、先ほどよりも広い廃墟のなかだった。暗くて黒ずんでいて、じめじめしていて、冷たく陰気。ミースは家具のなかに入れられる。少し離れた場所には、つぶらな瞳のピーテルがいて、耳をふるりと動かした。

「早めに戻る。馬がいればさみしくないだろう？　腹が減ればりんごを食べろ」

けれど、ヨナシュがきびすを返したとたん、さみしさがこみ上げた。彼の姿が見えなくなると、ミースは自分が放った言葉を後悔しはじめた。離れていたくないのだ。ヨナシュが側にいることが、すっかり当たり前になっている。

ミースは彼がいないことを意識した。すると、耳の感覚が研ぎ澄まされたのか、部屋のあちらこちらからみしみしと音が聞こえて、すくみ上がった。黒ずむ床、硝子のない窓、よく見れば壁は焦げているし、折り重なる蜘蛛の巣が不気味さをさらに強調していた。

その上、唐突に異端審問官の死体が脳裏に蘇り、ミースの肌は粟立《あわだ》った。部屋に差しこむ光すら闇に見えてしまうほどだった。頭上にあるステンドグラスは、かつてはきれいだったのだろうが、いまはにごり、鈍い光は埃の粒を鮮明に見せ、恐怖を助長する。

すっかり縮こまったミースは、家具から出て、ヨナシュが残した荷物を探り、にんじんを取り出した。馬がおいしく平らげるのを見ていても、鼻面をなでていても、少しも心が休まらなかった。

ミースは馬の近くに座り、りんごをしゃくしゃくほおばった。食べ終えると芯をぽいっと放って、ひざを抱える。おなかが張って痛かった。血がどくどくと出る感覚がする。

やがて、声を震わせ、ミースは歌いはじめた。それは、母とばあやのヴェルマがよく歌ってくれた子守唄だ。気を紛らわせていたかった。そうでないと、怖いのだ。

首もとの貝殻を握りしめる。そんな時だった。乱暴な足音が廃墟に響いた。

＊　＊　＊

フェーヴル国の廃墟にふたたび集ったバロシュ国の者たちは、七人中、ヨナシュを含めて三人だけだった。皆、フードは下ろしているものの、武器は外さず、くつろごうとはしていない。警戒を解こうと思えないほど、たどり着くまでが過酷だったのだ。

ヨナシュは、隊長ともうひとりの男を一瞥した。再会したからといって、感慨めいたものはない。他人に興味がなく、そのため仲間の名前すら覚えていない。

〈生き延びた者は、ここにいる者のみですか〉

ヨナシュが切り出したのは数を把握しておきたいからだ。彼らはミースの敵になりうる。

〈いや、我々だけではなく、生きている者はいるだろう。いずれも腕に覚えがある強者だ。だが、知ってのとおりオーステルゼの脱出は困難を極めた。大方、町で足止めされているのだろう。しかし、残念ながらリボルは異端審問官に殺された。民の密告にあったのだ〉

答えたのは隊長だ。彼は仲間の最期をあらかた語り、異端審問官や民の手口を披露した。

任務についた者たちは助けあうことはない。敵に発見されたり、連行される者は見捨てるのが基本だ。己の身は己で守り、守れなければ野垂れ死ぬ。そうして全滅を避けている。

〈ここで一夜か二夜明かし、後続の者と合流を図ろうと思っている〉

隊長の言葉を、ヨナシュは〈無駄です〉とすげなく否定した。

〈三日前に異端審問所を通過できていない者は絶望的です。オーステルゼの町はすでに閉じられている。ですから、あの町を出るのはもはや不可能。残る者は身動きできません〉

〈ヨナシュどの、確かなのか。——いや、貴殿がでたらめを言うはずがない〉

渋い顔をした隊長は低くうめき、隣に立つ男を見た。

〈ホンザ、おまえはどうだ。仲間を見たか〉

ホンザは黒ずむ爪をいじっていたが、毛むくじゃらのあごを上げて〈ああ〉と言った。

〈ズビシェクの野郎は生きているぜ。道行く親子を襲い、親を殺して泣きわめく娘を犯してやがった。あの野郎は悪魔だ。やつは生き延びるためにヴァスィルをはめやがった。憐れなヴァスィルは異端審問所でおっ死んだ。ズビシェクは、汚ねえくず野郎だぜ〉

〈ズビシェクはたしかに汚いやつだが、誰も咎めることはできない。おまえが目撃していても、糾弾する資格がない以上、罪を証明できないのだ。ヴァスィルには気の毒だが〉

〈隊長、おれは咎めようとは思っちゃいねえ。正直、ズビシェクがヴァスィルを囮に使わなければ、おれは通過できたかわからねえ。感謝たぁ違うが……まあ、胸糞悪ぃけどよ〉

ヨナシュは話を聞かずに去ろうとした。が、隊長に呼ばれて渋々止まる。

情報交換をしたいらしいが、無意味なことに思えた。実際、彼らがもたらす情報は、話が長いだけで有用とは言えないものだ。おまけに地図を広げて、地形の説明を求められる始末だ。時間を取られて苛立ちを覚えていると、隊長が切り出した。

〈以前、アールデルスの内乱の可能性を話しただろう。しかし、隠密の調べによれば、どうも様子が違うらしい。やつらは血眼になって人を捜しているようなのだ。おそらくは要人だと思うのだが。そこでヨナシュどの、思い出すのが、貴殿が攫ったケーレマンス将軍の娘リース、いや、ミースといったか。彼女の存在だ。だが、いくらアールデルスでも、娘ひとりを大掛かりで捜すとは思えない。貴殿は、すでに娘を処理したのだろう？〉

〈そうですね。もう、発ってもいいでしょうか〉

口にしながらフードを深く被ったヨナシュに、隊長は慌てたように〈待て〉と言った。

〈発つとは……貴殿は単独で動くつもりか。旧国土では民と異端審問官に悩まされたが、新国土では、そこにごろつきが加わる。危険だ。我らはズビシェクを待つつもりだ〉

〈はあ!?　隊長、冗談きついぜ。あの裏切り野郎を待つだあ？〉と、露骨に嫌がるホンザを後目に、ヨナシュは頷いた。

〈ええ、単独で動きます。ぼくは群れるのを好まない。では、ご武運を〉

隊長にふたたび引き止められたが、ヨナシュはすでに背を向け、歩き出していた。

道すがら、ミースのことを考えた。はじめて直面した月の障りの惨状が脳裏をめぐる。彼女は痛みはないと言ったがうそだろう。こしゃくなちびは、身体が弱いくせにすぐ無茶をする。顔は青白いし、心なしかくまが刻まれていた。無理をしていたはずなのだ。

これまで人のために尽力したことはなかった。しかし、ミースについては別だった。あれこれと思いをめぐらせるのも悪くない作業だ。だがその思考は、馬のけたたましいいななきに破られた。ヨナシュは即座に駆け出した。

咄嗟に頭をよぎったのは、ズビシェクという名の男だ。悪い予感は的中し、廃屋の前には、見慣れぬ茶色の馬がいた。ズビシェクが乗っていた馬だろう。ヨナシュはつないである紐をぶった切り、馬を叩いて遠くへ走らせた。

そしてすぐさま廃屋に入る。その時見た光景に頭の血管がすべてぶち切れるかと思った。ミースは服をずたずたに裂かれ、裸同然になっていた。胸には噛み跡と吸った傷。脚の間は血にまみれ、男は彼女の三つ編みをひっつかみ、赤黒い性器を無理やり小さな口に入れようとしていた。

あまりの怒りに、全身の血がたぎる。ヨナシュは知らずこぶしで壁を打っていた。

壁には穴が開き、崩れてゆく。驚いた顔をしていた男は、やがて卑猥《ひわい》な笑みを浮かべた。

〈なんだ？　……ああ、お貴族さまか。これ、あんたが攫った将軍の娘だろ？〉

なにも言わずに睨みつけると、男の笑みが深まった。

〈なあ、借りていいだろ？　おれたちはこいつを攫うために苦労しまくったんだ。当然おれにも楽しむ権利はある。娘をひとりじめ？　よくねえぜ。こいつはおれたちで共有だ〉

ミースは殴られたのだろう、顔が腫《は》れ、鼻血が出ている。「ミース」と声をしぼり出せば、彼女は塞《ふさ》がったまぶたから、必死に緑の瞳を覗かせた。頬に涙が滴っている。

「いますぐその汚い虫を駆除し、助ける。待っていろ」

ミースは、〝ヨナシュ、来てくれた〟と、声には出さず、切れた唇をゆっくり動かした。

〈お貴族さま、おれにもわかるように言ってくんねえと、なに言ってんのかわかんねえ〉

広い肩をすくめた男に、ヨナシュは言葉を吐き捨てる。

〈以前おまえに言ったはずだ。それ以上話しかければ殺すと〉

男は大口を開けて笑いながら、〈まだ根に持ってんのかよ。しつけえな〉と言った。

〈しかし、汚ねえってなんの、こいつ月の障りになってやがる。おれのナニが汚れっからよ、仕方がねえから、上の口を使おうってんだ。それともお貴族さま、あんたがおれの相手をしてくれっか？　あんたのことは、見た瞬間から狙ってたんだ。なあ、服、脱げよ〉

ヨナシュは男の側に寄り、次の瞬間、剣を抜いた。太い腕をひねり上げ、首にひたりと刃を当てる。ヨナシュの目に感情は見えないが、凍てつくような気迫があった。

〈表へ出ろ〉

〈なにすんだ、てめえ……！　仲間だろ！〉

だが、剣も手もゆるめない。男は首から血が流れた時に、観念してヨナシュに従った。

彼が事に及んだのは、男を廃墟から出し、物陰に引きこんでからだった。予告もなしに、突如、男を斬りつける。とどめらしいとどめは刺さず、むごたらしいやり方で。決して生きられず、しかし、すぐに死ぬこともなく、死んだほうがましだと思える苦痛を与え続けて、死に近づける。しかも、気を失わない程度に加減していた。

辺りには、悲鳴が何度もとどろいた。鳥の群れが一斉に、何千羽も飛び立った。

隊長やホンザも、騒ぎに気づいて駆けつけた。彼らが目撃したのは、目をそむけたくなるほどの凄惨な光景だ。血や肉は飛び散り、血溜まりとなり、そのなかで、返り血を浴びた真っ赤なヨナシュが立っていた。

〈ヨナシュどの……。これは一体。ズビシェクはなにをしたのだ〉

〈……た……助けてくれ……〉と、斬られた男は隊長たちに震える手をのばすが、男は生きることとは不可能なほどの重傷だ。ヨナシュは、表情なく男の足にさくりと剣を刺す。

〈この男を助けたいのなら、どうぞ。相手になります。ふたり同時にかかってきても構いません。ぼくはいま、人を斬りたくて仕方がない〉

淡い髪の隙間に見える瞳には、影が差していた。青色にもかかわらず、黒々とした穴のようにも見える。隊長もホンザも一歩も動かない。否、彼らは動けないのだ。

ヨナシュは剣をぴゅっと振り、付着した血を飛ばす。

ヨナシュはこれまでの人生で、ここまで感情を揺さぶられたことはなかった。隊長とホンザを、気晴らしのために殺したいと思うほどだった。が、歩み寄ってきた隊長が、血まみれな男にすかさずとどめを刺した時、意志とは裏腹に力が抜けた。

〈ホンザ。ズビシェクの死体を向こうへやってくれ。ヨナシュどのから遠ざけろ〉

〈はあ？　隊長勘弁してくれや。触れたくねえよ。こんなずたずたな死体、気味が悪ぃ〉

〈いいからやれ。ヨナシュどのを侮《あなど》るな。この方はあの〝ヤーヒム〟だ。切り口を見ろ〉

ヤーヒムとは、バロシュ国で残忍な手口で知られている暗殺者の名前だ。近年では消えた名前だが、それはホンザを震え上がらせるには十分で、彼はてきぱきと動きはじめた。

隊長は、すぐに武器を足もとに捨てて見せ、戦意がないことを表した。

〈ヨナシュどの。なぜこのような事態になったのか聞かせてほしい〉

ヨナシュは答えることなく、きびすを返した。男が絶命し、死体が視界から消えたとたん、周りの世界に興味が失せたのだ。振り向きもせず、大股でミースのもとへ向かう。目を開けても閉じても、焼きついているのは彼女の泣き顔だ。斬っても、斬っても、斬りつくしても、憎さは消えないままでいた。いまも、斬り刻み足りていない。

ただ、救いがあるとすれば、ミースが犯されていないことだった。彼は、力でねじ伏せられる行為がどれほど残酷で恐ろしいかを知っている。

廃屋で、ミースは馬の下で縮こまっていた。ヨナシュを見ると、はらはらと涙をこぼす。時が経ったせいだろう。彼女の顔は、先ほどよりも腫れて見られたものではなかったし、言ってしまえば、とんでもなくぶさいくになっていた。彼はそれでも構わないと思った。一生このままの顔だとしても、思いは変わらない。生きていれば、それでいい。

ミースはこちらに来ようとして這いだした。もがいたせいか、指先には血がこびりつき、爪は憐れに傷んでいる。ヨナシュに攫われなければ、ぬくぬくと安全でいられただろうに。だが、攫ったことを後悔していないどころか、心底攫ってよかったと思うのだ。

外は危険な上、ミースは弱い。長く生かしてやれないかもしれない。それでも、ともにいなければ。彼女がいなければ、生きている意味がないと思うのだ。

――死ぬ時はともに死んでやる。

ヨナシュはミースを抱き上げた。自身の汚れは気にしない。いま、それよりも大事なことがあるからだ。

何度も殴られたであろう顔に、彼はそっと口を押し当てて、最後に唇にくちづけた。

「婚約ではだめだ。きっとおまえを守り切れない。生涯、おまえが男を怖れて性交ができないとしても、俺は、おまえを妻にする」

背中にミースの手が弱々しく回ったのを感じ、ヨナシュはより強く彼女を抱きしめる。

「気がすむまで泣け。おまえはそれほどのことをされた。だが、思い切り泣いたあとは忘れろ。覚えておく価値はないくそな出来事だ。ミース、留めるべきなのは、辛い過去ではない。幸せの記憶だ。俺が、幸せにしてやる。だから、いまは泣いて忘れてしまえ」

ミースはヨナシュの肩に顔をうずめて、声を大きく上げて泣き出した。

六章

〝神童〟――母と、母方の祖父は、ヨナシュに優秀であることを義務づけた。

学問も剣も乗馬もなにもかも、人よりできて当然とされ、不可能はないと思われて生きるのは過酷な日々だ。実際は、人間なのだから得手も不得手もあるのだ。しかし、ヨナシュには許されていなかった。

物心つくころから自分を偽って生きていた。もはや生まれ持った性格はあやふやで、ヨナシュでさえも、自分自身がどんな人間であるか把握できていない。前もってすべてを誰かに決められていて、他人の生を歩んでいるとしか思えなかった。

幼いヨナシュの頭のなかは、つねに疑問が詰まっていた。なぜ異国のカファロのために学ばされているのか。なぜカファロの王女との結婚が生まれた時から定められているのか。

たとえ母が、カファロと同盟関係にあるフェーヴル国の王女だったとしても、奇妙なことだった。ヨナシュの父はバロシュの王族の傍系で、本来ならば、嫡男として生まれたヨナシュはバロシュに留まるものだろう。

だが、父はヨナシュに無関心で、母はヨナシュに関心がありすぎた。

『いい子ねヨナシュ。あなたは世界でもっとも賢く美しい、わたくしの自慢の息子よ』

なぜ母は息子に語りかける時、バロシュ語ではなくフェーヴル語を使うのか。

家にはフェーヴル国から派遣された教師がふたりいた。きびしい教師で、彼らに見張られていたヨナシュは、子どもでありながら子どもらしくいることを禁じられていた。

カファロの王女との結婚のためだけに生かされる。むなしくならないわけがない。

《ぼくはカファロに行きたくありません。結婚もしたくない。なんとかなりませんか》

母に訴えたことがある。父に訴えようとしても取り合ってもらえないどころか、面会すらも叶わなかった。父は、自身によく似た弟にしか興味を持たない。

《なぜぼくは嫡男なのに父上の跡を継げないのですか？　カファロへは弟が行けばいい》

大きな姿見に裸身を映していた母は、祖父ゆずりの灰色の瞳を細めた。

『あの男の跡など、ばかでも継げます。凡人にもできるようなことは、醜い弟に任せておきなさい。いいことヨナシュ、カファロの王女との結婚は、あなたにとって最高の条件なの。七つになればあなたは結婚するけれど、結婚してもわたくしの側にいられるわ。たしかに十歳になればカファロに移住しなくてはならない。けれど、ごく短い期間だけよ』

母は相変わらずフェーヴル国の言葉で話す。

『時期が来れば、わたくしとあなたはフェーヴルに帰れるの。こんな国うんざりよ』

母はヨナシュだけを連れてたびたびフェーヴルへ赴いた。行くのは面倒で嫌だったが、教師たちの視線を前にしては、そんなことは表情にも声にも出せなかった。

フェーヴルに訪問するたび、祖父はヨナシュを満足そうに眺めて、神童であることを確認した。睡眠時間を削ってまで日々励んでいたヨナシュは、祖父の期待に応えられていたが、もし失望されたらどうなっていたかはわからない。祖父は一見穏やかでも、気性が荒い面がある。

無口なヨナシュがもっとも会話をした相手は、アールデルスの元王女である祖母だった。通常、アールデルスの王女は国外へ嫁ぐことを禁じられているが、当時未婚だった祖母は、祖父——フェーヴル王と一夜を共にしたため、異端の烙印が押され、追放された。そのため、二度と故国へは戻れない。祖母は、歴史上アールデルスの外へ出た唯一の王女だ。

『ヨナシュ。かわいくて不憫な子。あなたはなぜアールデルスの言語を学びたいの？』

『お祖母さまの影響でしょう。あなたの話を聞き、興味を持ちました。古の言語を発音するためには、ヴェーメル教の聖典と聖歌が必須だそうですね。民は毎日の祈りのなかで発音を覚えるのだとか。なぜ彼らはこれほど手のかかる言語を使い続けるのでしょうか。実際に学べたら、少しは理解できるのではないかと思いました』

二千年以上続くというアールデルスの国自体、おとぎ話に出てくる国のようだった。祖母によるかの国の話は、そのころのヨナシュにとって唯一の娯楽だったのだ。それに、祖母のもとにいる時だけは、教師の干渉を避けられた。

『それはね、アールデルスの言葉自体が女王を守るためのものだからよ。難解な発音は異端をあぶり出すためにあるの。言語を使い続けているのも異端を王城に近づけないために、太古の昔から続けられている掟《おきて》。女王は生涯そうして敵から守られ続けるの』

『異端以外に敵はいないという前提なのですね。身内は敵にはならないのですか』

実のところ、ヨナシュのアールデルスへの興味を数値で表すならば、十のうちの一だけだ。だが、何事にも興味のない彼にとっては、一だとしてもめずらしいことだった。

『ええ、王位の簒奪は起こり得ないわ。信仰を持つ者は神の化身である女王に手を出すことはないの。あなたにわかりやすく言えば〝洗脳〟かしら。アールデルスの民は、生まれて死ぬまで洗脳され続けるの。わたくしも例外ではないわ。異端とされたいまでも、心のどこかで女神や女王への敬愛は捨てられない。つねに祝福をいただけることを望んでいるの。わたくしには、許されないことだけれど』

祖母は、『それでもまだアールデルスに興味があるのかしら』と品よく首をかしげる。

『お祖母さまは、ぼくに興味を持ってほしくなさそうですね』

『ええ、勧められないわ。けれど、少しでもあなたの救いとなるのであれば、言語の本を贈りましょう。ただし、深くは関わらないでいて。原始の国ということを忘れないで』

フェーヴルにいる間のヨナシュは、祖父と祖母、王太子である叔父とその妻や娘を見かけたとしても、母を見かけることはなかった。母はバロシュにいる間は必ずヨナシュの近くにいるが、フェーヴルでは毎回帰国の日まで姿を消している。

一体どこにいるのか。その居場所をつきとめたのは、それから約一年後のカファロの王女との結婚を間近に控えた七歳のころだった。

それはヨナシュが母の異母兄——伯父のセレスタンこそ実の父と知り、会って冷たくあしらわれた日のことだ。どうしても伯父と話をしたくて、ふたたび彼を訪ね、両開きの扉をくぐり、入室した。

その時見てしまったのだ。伯父の股間に顔をうずめる全裸の母の姿を。母は動けずにいる伯父をあざ笑うかのように、彼の上に跨がっていた。母が奇妙に身体をうごめかせると、ぎい、ぎい、と寝台が音を出す。

《なにをしているのですか。やめてください、母上》

母は、ヨナシュの声を気に留めることなく、腰を動かしながら、恍惚《こうこつ》とした笑みを浮かべた。ヨナシュがことさら驚愕したのは、寝台の側に教師のふたりが控えていたことだ。

『あらヨナシュ。こちらにいらっしゃい。あなたのお父さまにごあいさつをして』

教師がいては従う道しか残されない。抗ったところで強要されてしまうからだ。

その時の伯父の顔が、ヨナシュの脳裏に深く刻まれた。衝撃が大きすぎて受け止めきれなかった。なにも語れず、立ちつくしていただけだった。

『もういいわ。いい子だから、お父さまとお母さまの邪魔をしてはだめよ。ね？』

母はヨナシュという存在を、〝愛の結晶〟だと言ったが、そんな代物であっていいはずがなかった。伯父にとっては凌辱の証であり、父にとっては不貞の証だ。

うつむくヨナシュは駆け出した。熱くもないのに汗が出た。叫んでしまいたかったけれど、叫べなかった。母が気持ち悪くて、自分が汚らわしくて仕方がなかった。

刹那、どん、となにかにぶつかって、ヨナシュは弾き飛ばされた。回廊で尻もちをつき、顔を上げると、こちらを見下ろす視線と目があった。

緑の瞳が見開かれている。母の弟で、フェーヴルの王太子である叔父のエクトルだ。

『やあ、ヨナシュ。走っては危ないよ。あちらから出てきたということは……。おいで』

動転しきっていたヨナシュは、叔父に連れられ、ただ足を動かした。やがて回廊を逸れ、中庭にたどり着いた時も、ろくに頭は動かなかった。

『世のなかは狂っている。なにもかもが泡沫《うたかた》にすぎないというのに。そうだろう？』

突然切り出した叔父は、ヨナシュに四阿《あずまや》の椅子を勧めた。

『ヨナシュ、きみは知っているね。父親が誰であるかを』

叔父は、『知った時はさぞ驚いただろう』と、ヨナシュを見て頷いた。

『きみは、なぜカファロの王女と結婚しなければならないのか疑問を持っていると聞いている。いいかい、きみは意図的に作られた子どもだ。平たく言えばカファロの王女と結婚するために誕生させられた。つまり、きみは生きているかぎり結婚するしか道はない』

ヨナシュはまつげを跳ね上げた。聞きたいことはたくさんあるが、まったく言葉にならなかった。

『きみはフェーヴルとアールデルスの王族の血を引いているが、カファロの王族の血も引いている。きみの祖父、フェーヴル王は、きみの祖母と結婚する前、アリアンナというカファロの王女と結婚していた。彼女は息子をひとり産んでいて、その息子は私の異母兄の元王太子セレスタン。きみの本当の父親だ。きみは、先代カファロ王のひ孫にあたる』

叔父は、『この美しい庭を見てごらん』と両手を広げた。木はきれいに刈りこまれ、辺り一面に淡くやわらかな色調の花が咲き乱れている。感嘆する者が多いであろう光景だ。

『この庭は、フェーヴル王が妃のアリアンナのために作ったんだ。カファロ国の様式でね。残念ながら、彼女はきみの父親を産んだ直後に十七歳の若さで亡くなってしまった』

叔父は深く息を吐いて続ける。

『亡きアリアンナの父、先代カファロ王には子がふたりいた。王太子とアリアンナだ。しかし、カファロの王太子は妹が我が国に嫁いだ後すぐに亡くなった。彼に子はいなかった。続いてアリアンナも儚くなり、失意の先代カファロ王が病で崩御したあとは、王家の傍系にあたるサンドロが即位した。そのサンドロの娘がブリジッタで、きみの妻になる人だ。わかるだろうか。サンドロやブリジッタよりも、先代カファロ王のひ孫のきみのほうが、カファロの正当な血を引いているのだ』

一気に語った叔父は首をかたむける。

『これが、きみがカファロの王女と結婚する理由だよ。……きみの祖父とアリアンナは王族としてはめずらしく恋愛結婚だった。その後、きみの祖母を娶り、きみの母を含む娘が三人と、この私が生まれたが、当然愛で結ばれていたわけではない。利害の一致だ。現に、きみの祖父は愛妾を持つようになった』

叔父は、『王はとにかくきみの父親の母、アリアンナを愛していたんだ』と付け足した。

『きみの父親——つまりぼくにとって異母兄だが、彼はアリアンナに似ているらしい。王は異母兄を殊《こと》の外《ほか》かわいがった。私も姉たちも、物心がついた時から彼に憧れ、慕っていたよ。優秀な上、美しい人だからね。幼少のころより神童と呼ばれ、人の羨望と期待を集めていた。誰もが優秀な次代のフェーヴル王になると信じて疑わなかった。やがて王に命じられ、ヒットルフの王女、ジェセニアを娶った』

ジェセニアという名にヨナシュは反応し、あごを持ち上げる。それは叔父の正妻の名前だったからだ。指摘をすると、叔父は気難しそうな顔で『そうだよ』と認めた。

『ジェセニアは、いまは私の妃だ。異母兄は二十二歳の時の落馬で負った怪我がもとで動くのもままならなくなった。結果、王は彼を廃太子し、私を立太子させたんだ。当時の私はまだ十四歳でね、油断していた。まさか異母兄との婚姻が無効になったジェセニアが、私の寝台に裸でしのんでくるとは思わなかった。彼女は私の妃におさまった。異母兄は私を恨んでいるだろう。結果的に、王太子の座も妃も私に奪われたのだから』

そわそわと落ち着きがなくなった叔父は、ヨナシュの隣に腰掛けた。

『当時、私には婚約者がいてね。私の初恋だ。しかし、あの子はもういない。暴漢に襲われ、滅多刺しにされた。私に想いを断ち切らせるため、無惨に殺されたのだ』

叔父は、苦しげに髪をかき上げる。

『王太子になどなりたくなかった。異母兄が怪我などしなければよかったのだといまでも思う。無事でいれば、私は婚約者と結ばれたのだと思ってしまう。だから私は……異母兄の身に起きていたことから目を背けていた。きみを見ていると、胸が苦しい』

うなだれた叔父は、ヨナシュの華奢な肩に手を置いた。

『王が……、きみの祖父が、異母兄とジェセニアの婚姻を無効としたのは、怪我が理由なのではなく、ジェセニアが婚姻中の五年間身ごもらなかったからだ。王は狂っている。あいつは異母兄の婚姻を無効としたその日から、動けない彼の部屋に女を向かわせた。だが、女たちは誰ひとりとして孕まなかった。やがて王は、じつの娘まで彼の部屋に向かわせるようになった。私の姉たちや妹、異母妹は進んで通っていたよ。彼女たちは異母兄を愛しているからね。しかも全員結婚している身だから身ごもっても体面的には問題ない。姉妹のなかでもとりわけ彼を愛しているのが、きみの母のソレンヌだ。そして、彼の血を引く子はいまだにきみしか生まれていない。……知っているかい？　王はきみを産んだソレンヌに感心し、内々では彼女を異母兄の妻として扱っている』

めまいがした。椅子に座っていなければ、ヨナシュはその場で倒れていただろう。

『ぞっとする。……ぼくは、生まれてはいけない子どもだ』

『否定はできない。だが、私が言いたいのは、きみの存在についてではなく、異母兄に続いている強姦のほうだ。あれがどれほど人の心を殺すのか、私は知っている』

叔父の手が震えている。経験があるのだ。それは考えるまでもなく妃のジェセニアからだろう。叔父には娘がひとりいて、ジェセニアはいま孕んでいるのだと祖母は言っていた。

『解せないことがあります。あなたは言いました。ぼくが意図的に作られた子どもだと。

ですが、カファロの王女の夫以外に目的があるのでは』

　生まれてきたくなかった。その思いはずっと、物心ついた時から横たわる。何度死のうと思ったかわからない。けれど、死ねない。まるで禁忌のように歯止めがかかる。以前、伯父にはじめて会い、拒絶を受けた際、たまらなくなり死のうと思った。その時、死に損なって母に言われたのだ。

〝あなたは死ねない。自死しないように守られているのよ〟

　思い当たるのは教師ふたりの存在だ。おそらくは、死ねないように長年洗脳されている。これまで死ねない身体を持て余し、生きながらに死んでいた。そうまでしてヨナシュを生かしておきたい理由がなにかしらあるはずだ。

『きみは七歳か。しっかりしているね。話し方といい、在りし日の異母兄の姿と重なる。……きみの祖父は、アリアンナの孫であるきみをカファロの王にしたいんだ。それというのもアリアンナの父と兄——先代カファロ王と当時のカファロの王太子は、いまのカファロ王サンドロに殺された。遠い血すじの卑しいやつが、カファロの王位を乗っ取った』

　ヨナシュが口を開こうとすると、叔父は言葉を被せた。

『いまから話すことは、異母兄がまだフェーヴルの王太子のころに打ち明けてくれたことだ。私たちは歳の離れた友でもあった。……異母兄はカファロを滅ぼせと父に——きみの祖父に言われていたらしい。それが亡き母アリアンナの悲願なのだと聞かされていたそうだ。異母兄はずっとカファロを滅ぼすつもりでいた。つまり、きみの祖父はアリアンナの意志を継いでいる。きみを教育する教師たちはかつて異母兄を教えていた。彼らは武人だ。きみは剣を習っているだろう？　あれはただの稽古《けいこ》ではなく、人を殺すための稽古だ。きみの祖父は、最愛の息子の血を引くきみが生まれたことで、カファロ国に狙いをさだめた。あちらはきみの出自を知る以上、現カファロ王とブリジッタ王女が消えれば、きみを王に据えるしかなくなる。……ヨナシュ、きみは復讐するために誕生したんだ』

叔父はそれまでうつろなまなざしで雲がかかる空を見上げていたが、うつむいた。

『力のない私は傍観者でいるしか道はない。これから先も死ぬまでそうあり続けてゆくのだろう。……だが、見ていたからこそわかることがある。きみの祖父の思惑に気がついたのは、きみに異母兄の教育係がつけられた時だった。きみが生まれた知らせを受けて、きみの祖父は真っ先に彼らをバロシュに派遣した。かつて異母兄は〝私は神童ではない。傀儡だ〟……そんなことを言っていた。きみは、異母兄がたどった道をそのまま歩まされている』

深々とため息をついた叔父の視線が、ヨナシュに向けられた。

『きみは、疑問を感じたことはないかい？　理不尽を感じたことは？　異母兄のように、遊びを知らずに抑圧されて生きてきたのではないか？　きみが感じている思いは、そのまま異母兄も感じていたことだろう。……きみの祖父が、まだ七歳の幼いきみをブリジッタ王女に早々と婿入りさせるのは、いまのカファロ王のサンドロの油断を誘うためだ。きみは十歳であちらに移住することになっているが、おそらくその時、きみの祖父から真意を聞かされるのだろう。私の予想が正しければ、その時が開戦だ』

『……伯父上の生涯はむなしすぎる。生まれてから、地獄しかない』

小さなひざにあるヨナシュの手に、叔父の大きな手がのった。

『それはきみもだ。きみは地獄を知るからこそ、きみの父親の地獄がわかる。複雑な思いがするよ。私はきみの気持ちも異母兄の気持ちも、きみの母親の気持ちもわかってしまう。父の思いさえもわかる。ただわかるだけでなにもできない。私はひたすら己の無力を感じ、噛みしめているだけだ。ふがいないことにね』

ヨナシュは叔父の緑の瞳を見つめた。祖母の瞳と同じ色だと気がついた。

『きみは、異母兄が叶えられなかったことを成し遂げるために誕生させられた。過酷な生だ。私はきみの幸せを願いたいが願えない。味方でいたいが敵でもある。足掻いても、もがいても、どうにもできないことがある。夢を抱けばむなしくなるだけだ。手に入れたいものを作ってはならない。希望はあっさり手折《たお》られる。抱いた望みは叶わない。だったらはじめからなにも求めなければいい。はなから期待しなければいい。きみができるのは、流れに身をまかせ、静かに終わりを待つことだけだ。……私はいつ終わりが来てもいいと思っている。どうせ抗えないのだから抗わない。誰かを救おうなどとは思わない。救えなくて絶望するのはもうたくさんだ。大切な人を作ってはいけない。その分枷が増えてゆくだけだ。感情など、あれば苦しめられる。だったらそんなもの、ないほうがいい』

立ち上がった叔父が、何事もなかったようにその場を離れてゆく。

ヨナシュはいつも誰かの生を歩んでいるような気がしていた。自由になったことはない。この先も自分のための人生などないだろう。生きているかぎり空虚な道は果てなく続く。それでもヨナシュがくずおれずにその場に立っていられたのは、父に対する罪悪感。ただ、それだけだった。

＊　＊　＊

「ヨナシュ、起きて。……あ。おはよう？　今日もいいお天気ね」

ミースの舌足らずな声で目を覚ませば、まだ夜明け前で辺りは暗く、天気を気にするどころではなかった。指摘をすると、「でも、雨は降っていないでしょ」とばかな答えが返り、呆れてしまう。

夢見はとんでもなく悪かった。だからだろう、ミースが額に布をあててくる。彼女の手を押しのけて、自身の額に手をあてれば、じっとり汗が浮いていた。間違いなく、うなされていたのだ。それをミースは、何事もなかったように誤魔化した。

ミースが気づかないふりでいるのは知っていた。彼女はヨナシュがされたくないことを察知して、避けているふしがある。気になっているくせに気になっていないとばかりに、つん、とすましてみせるのだ。うそが下手なミースの思いは、言葉にしなくても筒抜けだ。

「なぜ俺を起こした」

哀れみや同情などされたくない。気遣いなど面倒くさくてわずらわしい。

けれど、ミースはそれをたやすく覆す。彼女の答えを期待している自分がいる。

——今日は、どんなくだらない理由をつけるつもりだ。

ヨナシュは、理由をひねりだそうと目を泳がせているミースを観察していた。

昨日はりんごをかじらされたし、その前は馬で散歩をさせられた。またそれ以前は、彼女が採取してきたきのこの仕分けを、『お願い』と急かされて、毒きのこをうんざりするほど見せつけられた。うなされた日は、毎回しょうもない理由で彼女に起こされている。

「あの……いまの三つ編みがすごく気に入らないから、結び直してほしいの」

「なんだと、ふざけるな。そんなくそな理由で起こしたのか」

うん、と頷くミースに呆れたが、不思議と彼女に腹は立たない。「おまえは」と言いかけて、言葉をのみこんだ。ミースは背中を向けて結い直されるのを待っている。

ヨナシュはうんざりしながら、「面倒な、夜が明けてからだ」とはき捨てた。

「おまえは早く起きすぎだ。寝ろ」

肩をすくめてはにかむミースは、至近距離まで近づくと、ぎゅっとしがみついてくる。とたん、身体の奥が熱を持つけれど、気づかぬふりで、そのまま地面に転がった。白みかけた空を仰いで、息をつく。

このところ、なにをするにしてもミースが魅力的に思える時間が増して、持て余すようになっていた。移動以外は、自分からは極力彼女に触れないようにしている。

彼女が廃屋で襲われたその日から、男の欲望を見せないように努めていた。怖がってほしくないからだ。そんなふうに思うようになった自分に驚いている。

ミースを攫ってから、ひと月が経とうとしていた。顔の腫れは引き、彼女は元気を取り戻したようだった。笑顔を見せるし、震えなくなった。旅も慣れてきたのか、虫を怖がらなくなり、体調もあまり崩さない。ひとりで衣服の着脱が可能になり、髪も身体も自分で拭ける。髪を結うのは無理でも、紐は結べるようになっていた。

馬はピーテルからスタースへ、そしてぶち毛のアダムに変わった。逃亡の旅であるため、馬は酷使するしかなく、ヨナシュは過労で弱る前に新たな馬を手に入れる。不思議なもので、ミースが馬に名前をつけはじめてから、自分もほんの少しだけ愛着が持てるようになっていた。

「ねえ、ヨナシュ。聞きたいことがあるの」

胸に頬をつけていたミースがあごを持ち上げる。「なんだ」と問えば、彼女は言った。

「わたしたちは結婚したわ。ヨナシュが夫で、わたしが妻。……そう思ってもいい？」

「そういうことになるな」

「あのね、ずっと考えていたのだけれど、結婚すれば妻は子を産むものでしょう？　わたしはいつ生むの？　ヴェーメル教では、女神エスメイが誕生の日取りを定めて受胎させるの。でも、信仰がない場合はどうなるの？」

どうやら徹底的に性教育をされていないらしい。ヨナシュは鬱陶しくなった。

「答える気にもならないが、どうせおまえは答えるまでしつこく聞いてくるだろう。仕方がないから教えてやる。宗教などくそだ。神が日取りを決めるわけがないだろう。子は性交してつくるに決まっている。性交とは、男が女に子を産ませるための行為だ。だからおまえが産めるわけがない。そもそも俺は、おまえに産ませる気はないが」

ミースは虚《きょ》をつかれたように、「それはどうして」と目をまるくする。

「産みたいのか」

ミースの肩が落ち、沈んでいるようなので、ヨナシュは彼女の背中をさする。

「家同士の婚姻であれば子をつくる義務があるが、おまえは関係ない。ならば不要だ」

ミースはますますしょげかえる。どうやら言葉の選択を間違えたようだった。ヨナシュは人とろくに関わってこなかったため会話が不得手で、やさしくすることもできない。顔をしかめて舌打ちをする。

「おまえは知らないだろうが出産は命がけだ。命を失う者が大勢いる。そんな危険を負ってまで産む必要はないだろう」

ヨナシュは、バロシュの叔母ふたりが産褥熱《さんじょくねつ》で夭折《ようせつ》しているので、出産は危険なものだとわかっていた。

それ以外にも産ませたくない理由はあった。ヨナシュは、以前はミースが大人になることを望んでいたが、いまは真逆の考えだ。大人になるということは、様々な知識を蓄えていく分、本来あった純粋さが削ぎ落とされていくということだ。汚い世界で、あらゆる悪意や偽善にもみくちゃにされ、人格までも変えられる。彼女独自の透明感や素直な心、純真さは、ヨナシュにとってはかけがえのないものになっていた。いまこの瞬間のミースを失ってしまうのは惜しいのだ。

彼女に求める立場は母親ではない。母親は大人の象徴だ。彼女を変えてしまう最たるものだ。

「そろそろ寝ろ。おまえは体力もなければ、丈夫でもない。身体を壊せば面倒だ」

「でも……、ヨナシュ、お母さまはわたしよりも小さい時にわたしを産んだのよ。だからわたしも産めると思う。それに、誰かのお母さまになりたい気がするし」

まだ話題が続いていることに、ヨナシュは「しつこいやつだ」と舌を鳴らした。

「おまえは自分を知らなすぎる。そもそも極めてちびだという事実を忘れるな。子が俺に似てみろ、おまえの腹が持つわけがない。猫がねずみを孕ませると考えろ。猫を孕んだねずみの腹はどうなる？」

「……破裂する」

ヨナシュは「この話題は終いだ」と打ち切った。

ふたりは仰向けに寝そべり、陽が昇るのを待っていた。途中、ミースが眠ったが、それでもヨナシュは空を見ていた。やがて光が差しこむと、彼女を起こして座らせて、寝ぼけまなこのミースがぼんやりしている間に、てきぱきと三つ編みを編んでゆく。黄色のりぼんをつけてやれば完成だ。それを見た彼女に満面の笑みが咲く。

「ありがとう。今日は黄色のりぼんなのね。とってもすてきな三つ編みになったと思う」

身体をぴとりと寄せてきた彼女は、ヨナシュの頬に、ちゅ、と口を押しあてる。

ヨナシュはそっぽを向いたが、視線を感じてミースを見れば、ひたむきにこちらを見つめる瞳と目があった。

邪念のない、澄みきった深い緑色。魅入られていると、突如、どく、と心臓が脈打った。

なぜか脳裏に、死んだ祖母の気高い顔がよぎった。祖母の瞳は緑色だ。

ヨナシュは息が詰まりそうになった。ミースの瞳は祖母のそれより濃いが、色の系統は同じだ。さながら陽に透かしたエメラルドのよう。……否、彼女が身につけていた宝石に似ている。

――アールデルライト。〝女神の貴石〟といったか。

そんな、大層な名を持つ宝石を、ミースは無造作に身につけていた。

頭がせわしなく動きはじめるが、まずいと思った。これは考えてはいけないことだ。けれど思考は止まらない。ずっと抑えていたが、抑えがきかなくなっていた。疑問は感じていたのだ。蓋をしていただけだった。

十三歳で死んだミースの父親。十五歳で彼女を産んだ母親。異端審問官の長エフベルト。異端審問官は女王直属の部下だ。その長の名をミースは軽々しく何度も口にしている。

そして、緑の瞳のヨナシュの祖母は、アールデルスの王族だ。

確実に身分の高いミースが、これほどまでに無知で親の名前すら知らないのは常識的におかしなことだ。周りが徹底して彼女への情報を遮断しないと不可能だ。

これ以上考えをめぐらせたくなくて、疑念を消そうにも、ミースの言葉が勝手によぎる。

『わたしは十六歳でも、ただの十六というわけではないの。あと七か月と八日で十七歳』

子は、十か月を経て生まれてくるという。つまり、ミースが母親の腹に宿ったのは十七年前になる。それは、アールデルスが版図《はんと》を広げだした年だった。そして彼女が生まれた月は、真っ先に攻め入られた国、フェーヴルが滅亡した月と合致する。

――ばかばかしい、ただの妄想だ。

しかし、振り払おうとしても、頭は勝手に続きを考える。

ミースは父親に似ているという。そして、彼女の母親は、娘を子どものままで留めておきたいふしがある。

ミースは、亡き父親にひと目会いたいと願っていた。そして、アールデルスの女王は、〝甦りの秘術〟を狂ったように探し続けている。

――考えるな、女王は独身のはずだ。ミースの母親であるわけがない。こいつは……。

「ヨナシュ、どうしたの？　すごい汗よ」

ヨナシュはミースの緑の瞳を凝視した。純粋なその目に自分の顔が映りこむ。

至近距離にいるのに、彼女を失うことばかりを考える。

首を振り、思考を払ったヨナシュは、ミースがどこへもいかないように抱き上げた。

それは、ささいなことだった。

ミースを馬の背に座らせようとしていると、彼女が身を乗り出して、ヨナシュの唇にキスしようと顔を近づけた。その時彼は、身体が反応するのを感じ、そっぽを向いた。それがくちづけを避けたような形になって、ミースが泣いたのだ。

ヨナシュは、馬に跨がろうとせずに、地に立ったままだった。

「……もしかしてだけれど、ヨナシュはわたしのこと、嫌いなの？」

落ちこんだ彼女の声に、ヨナシュは眉をひそめる。

「なんだいきなり、面倒な。なぜそうなる」

「ヨナシュは……わたしのことを嫌がっているわ。わかるの。だって……、前は接吻していたのにしなくなったし、わたしからしないとしてくれないわ。それに、婚約していた時と結婚しているいまでは、あなたの態度はずいぶん違う。うまく言えないけれど、……距離が遠いの」

ミースは顔をくしゃくしゃにして、さらに涙を落とした。

「悪いところはぜんぶ直すから、もっとがんばるから、だから、仲良くしてほしい。できれば……、婚約していたあの時みたいに、なりたい。もっと側にいたい」

「待て」

ヨナシュは自身の髪をかき上げたあと、額に手をあてた。舌打ちしたのは自分に対してだったが、どうやらミースは勘違いをしたらしい。ひぐっ、としゃくった後、たらたらと頬を濡らした。

「俺の態度か。そうじゃない」

言いながら、彼は布でミースの目を拭い、頬も拭く。

「嫌っていない。泣くな。だいたい嫌いなやつと結婚するわけがないだろう。距離が遠くなったというのは、俺がおまえに触れないようにしているからだ」

「……触れないように？　それは、どうして？」

「おまえは男に襲われただろう。俺も男だ。だから怖がらせる気はない。それに、おまえに近づきすぎれば俺はなにをするかわからない。おまえを傷つけないようにしていた」

「わたしはヨナシュのこと、ちっとも怖くないわ。近づきすぎれば、なにをするかわからなくても、一緒にいたい。なにをしてもいいから」

思いを伝えることは、ヨナシュにとっては難しい。傷つけたくないならなおさらだ。

「なにをしてもいいなどと軽々しく言うな」

「……どうしてヨナシュは接吻してくれなくなったの？　あの、湖の時みたいに」

「おまえ……。接吻しないのは、それだけで終われなくなるからだ。俺は以前の俺じゃない、変わった。ただの男だ。具体的に言ってやる。最近、欲を感じるようになってきた。ようは、いくらちびでも、たまらなくおまえを抱きたくなる時がある。つまり、性交を望んでいる。男に襲われたおまえにこんな思いを持つこと自体が罪だ。わかったなら、これ以上焚きつけるな。話は終いだ」

　ミースはなにも言わず、じっとこちらを見ている。ヨナシュはしばらく目をあわせていたが、目深にフードを被った瞬間、唇にやわらかな熱がくっついた。

　ヨナシュにしがみついてきたミースが、ぴたりと口を重ねたのだ。慌てて剝がそうとしたけれど、首に手を巻きつけられていて離れない。小さな舌が、ヨナシュの唇をけんめいに割ろうとするから、ヨナシュの身体に抑えていた火が灯る。

　そうなってしまえば自制は消えた。ヨナシュは夢中でミースの唇をむさぼったが、気づいた時には、彼女の顔はのぼせたように真っ赤になっていた。

　彼は、唾液で濡れた口もとを拭い、ミースの唇もきれいにした。

「このばか、焚きつけるな。接吻だけで済んだからいいものの、おまえ、襲うぞ」

「襲ってもいいわ。だってわたし、ヨナシュと結婚したいもの」

「とっくに結婚しているだろう」

「でも、まだ偽物の妻で、本当の妻ではないから」

　ヨナシュはため息をついたあと、ミースを馬に座り直させ、自身も背後に跨がった。

「ヨナシュはわたしと本当の結婚をしてくれないの？　ずっと偽物のまま？」

「その話は後回しだ。それより黙れ。いつ異端審問官や民に会うともかぎらない」

　言ったとたん、ミースは従い、大人しくなっていた。

　ふたりを乗せた馬はゆく。険しい道のため、とぼとぼと常歩だ。

これまで森同然の景色ばかりだったが、いまはそれに加えて、切り立つ山々が視界に入るようになっていた。旅は順調と言えたが、景色が変化したせいで、馬上のミースはねずみのようにきょろきょろと落ち着きがなくなった。下手をすれば落馬しそうだ。

ヨナシュは支えているのが面倒になり、ミースを紐でぐるぐると自分の身体に固定した。するど、彼女は不満を訴えるどころか、ごきげんになっていた。

「わたしたちが出会ってから、ずいぶん遠くまで来たわ。ここはもう異国なの？」

「違う。ハインケスで、アールデルスの属国だ」

「あ。わたし、ハインケスは聞いたことがあるわ。リースベスが言っていたの。とても腕のいい職人がいて、ドレスや小物が洗練されていて、とてもおしゃれなのですって」

ヨナシュは鼻で笑った。ハインケスは、洗練という言葉からはほど遠く、派手なだけだ。

「ハインケスなどレースや宝石で過剰に装飾すれば満足なぶたどもの巣窟だ。アールデルスから出さえすれば店などいくらでも行ってやる。ハインケスを抜け、ヒンデミット、ルセック、ベルディフを越えればバロシュだ。おまえのものはバロシュかルセックがいい」

覗きこんだ時のミースの顔は、満足できるものだった。にっこりと笑みを浮かべている。

「いま挙げた国は、バロシュまでのただの通り道にすぎない。まだ国は数多《あまた》ある。おまえの願いは旅をすることだろう？　一生旅をしても、見切れないほど世界は広い」

「すてき。あなたとなら、どこへでも行けるわね」

きらきらと瞳をかがやかせるミースを見ていると、互いに離れられないよう、身に刻みつけておきたくなってくる。彼女には早いとわかっていても、動くべきなのだと急き立てられる。後悔などしたくはないし、ありえない。ヨナシュは、思いをめぐらせながら口にした。

「おまえは本当に結婚を形にしたいのか」

「もちろんよ。でも……ヨナシュの心の仕度ができていないのなら、わたしは待つわ」

「なにが待つわだ。心の仕度ができていないのはおまえのほうだろう」

「なにを言うの、わたしの心の仕度は完璧よ。うじうじとわけを作って逃げているのはヨナシュのほうだわ」

「おまえ」

さらに会話を続けようとした時だ。彼は前方に物々しい影を認めた。

豪奢な羽つき帽子にど派手なマントがひらひら揺れている。ハインケスの貴族の一行だ。貴族は道楽好きで、属国になろうと自粛はしない。大方、呑気《のんき》に狩りにでも来たのだろう。しかし、彼らの信仰心は薄いとはいえ、密告しないともかぎらない。

ヨナシュは、ミースと自分をつなぐ紐を手早く解き、彼女を馬上に残して地に下りた。

「ミース、フードを深く被れ。俺がいいと言うまでうつむいていろ。なにも話すな」

頷いたミースは、フードを鼻先まで引っ張り下ろし、肩をすくめて小さくなった。ヨナシュもまた、背の高さが目立たぬように、うつむき加減で馬を引く。

一行はハインケス語で話していたが、声が大きく、理解ができた。近づくと、従者を連れた貴族が七人いるとわかった。でっぷり太った男が多く、いずれも弱そうだ。

「やれやれ、アールデルスの支配は今後も長く続きそうだな。明日は我が城で接待だ」

ぶたが隣のぶた《ぶた》に言う。しかし、反応したのは斜め後ろのぶただった。七人のうち、太っていない男は三人だけだ。従者も太った男が多かった。国が豊かな証だ。

「支配が続いてもいいじゃないか。異端審問官が幅を利かせて久しいが、改宗者には寛容だ。彼らに従ってから税収も増えている」

「うまいものが増え、体重も増えたがな」と誰かが言って、がははと笑う。

「そりゃあ税収も増えるさ。アールデルスの一部になった我々は外敵におびやかされることがなくなった。作物は盗まれず、安定して採ることができる。鉱山も無事だ。しかし、面倒なのが礼拝の長さだよ。彼らはよほどの暇人なのか」

「よせよ、たしかに呆れるほどに長いが、文句を垂れれば異端審問官に密告だぞ？」

貴族たちは「怖い怖い」と大声で笑いながら盛り上がり、まだ会話を続ける。

「密告すれば格が上がり、手厚い褒美つきときた。誰もが密告したくなる仕組みだな」

「褒美はわかるが、格？　格とはなんだ？　上がるとどうなる」

「格が上がれば死後に楽園に行ける。ヴェーメル教徒ってやつは皆、女神エスメイが治める楽園を目指して現世を生きているらしい。神の化身である女王ローザンネ＝サスキアが現世を、そして、女神エスメイは常世の国を治めていると彼らは信じきっている」

「楽園、また夢見がちな。死後を楽しみに過ごすなど、人生の無駄づかいだ」

「おやおや、これはまたずいぶんな発言だな？　明日にはその首とおさらばだぞ？」

ヨナシュは香水臭い彼らの横を素通りしようとしたが、ふと視界に入ったすらりとした男を見て瞠目した。その男に向けてフードを持ち上げ、顔をあらわにしてみせる。

相手の男もまた、ヨナシュを認めて目を瞠った。

「……悪いな諸君、気が変わった。私は帰る。きみたちだけで狩りを楽しんでくれ」

「なんだって？　ロルフどの、またお得意の気まぐれを発症したのか」

ロルフと呼ばれた赤い上衣を纏った男は、気さくに片目をつむった。

「みだりに気まぐれを起こす男、それが私さ。いまの私の気分をひと言で表せば、平和《ピース》でね、こんな気分じゃ、狩りなどできない。動物たちの殺傷などごめんだね」

ロルフは、「四つ葉のクローバーを探しながら帰るとするさ」と付け足した。

「それはまたピースだな。愛らしい妻のためかい？　先日、晩餐会で貴公の妻に会った」

貴族の一行がまた会おうと口々に告げ、笑いながら去るのを見送ると、ロルフは白毛の馬に向きを変えさせた。そして、蹄鉄の音を鳴らしてヨナシュを追ってくる。

「まさか。ヨナシュ……どういうわけだ？　幻かと思った。なぜきみがここにいる？　それに、なんて格好だ。物乞いでもはじめたのか。みすぼらしいにもほどがある」

ハインケス語でまくしたてるロルフを無視していると、彼は話題を変える。

「バロシュ国の貴族は九年前からハインケスには来られないはずだぞ。自殺行為だ」

ロルフは、母の姉の息子でヨナシュのいとこにあたる。ハインケスがアールデルスの属国になるまでは、たびたびバロシュに来ていた。

ヨナシュは近況を尋ねられたが、自身のことを語るつもりはなかった。アールデルスの情報を得るためにロルフに顔を見せたが、いまのところごみのような情報だけだった。だが、九年ぶりに会った彼が、どれほどアールデルスに関わっているかわかるまでは、話を聞くつもりでいた。

「しかし、まさかきみにまた会えるとは。九年前も美しかったが、いまはさらにだ。最後に会ったのはきみの二度目の結婚の時か。……彼女は気の毒だったな」

「あんな女は死んでよかった。死ななければぼくが殺していたところだ」

「それもそうだな。ところで、このまぬけそうなぶち馬に乗っているおちびちゃんは？」

ミースをじろじろと見るロルフに、ヨナシュは「ぼくの妻だ」と不機嫌に言った。

「は？　妻？　きみは正気か、妻にまで物乞いじみた揃いの格好をさせるとは。とてもじゃないが貴族の行動とは思えない。……まあそれはいい。きみの妻を紹介してくれ」

だが、ヨナシュが答える気がないとわかったのだろう、ロルフはすぐに話を切り替えた。

「うちで休んでいくといい。といっても恋人の家なのだが。悪いが、私の屋敷には招待できない。妻がきみたちを密告しかねないからね。その点、私の恋人の家なら安全だ」

「断る」

「まあそう言うな。いとこのよしみで協力してやると言っているんだ。私の馬車でならハインケス内の異端審問官の目を誤魔化し、国境を越えられる」

ヨナシュが表情を変えることなく彼を見ていると、ロルフは口の端をつり上げた。

「きみは昔から警戒心が強かった。だが私はきみを買っているし、気に入っている。だからこそ、信用してもらうためにも私が不利な情報を渡しておくよ。聞いてくれ」

ロルフはその続きを、失われたフェーヴル国の言語で紡いだ。

「私はいずれクーデターを起こす。といっても発起人ではなく賛同者だが。アールデルスの支配が気に食わなくてね。これも私の愛する恋人レオニーの影響なのだが」

話の中身に興味を持てないヨナシュが、面倒がって舌打ちすると、ロルフは「きみは変わらないな」と苦笑した。

「不敵で不遜《ふそん》、不敬がすぎるよ。これでも私はハインケスの王弟の息子なのだが」

「ぼくはハインケスの人間ではない。で、不利な情報とはそれか。ごみに等しいな」

ロルフは「言ってくれるね」と愉快そうに派手な帽子を外し、茶色の髪をかき上げる。

「もちろんこれだけではないさ。きみは必ず私の力が必要になる。その代わり、私の力にもなってくれ。神童と誉れ高いきみは戦略家で、同時に暗殺者でもある。百人力だ」

「力を貸すつもりも借りるつもりもない。面倒な政変に巻きこむな」

「いや、私と協力しあうべきだ。現在、アールデルスは厳戒態勢で、そこかしこに異端審問所ができたんだ。私の力なくして、きみは無事でいられない。で、先に言っておく。レオニーの家に行くわけだが密告だけはよしてくれ。まあ、きみはしないだろうが」

ロルフは、懐かしむような、痛みを感じているような顔をした。

「私のレオニーは、アールデルスで異端の烙印を押された元貴族でね、本来の名はイフォンネ。彼女の父親は処刑され、レオニーは母親と命からがらハインケスまで逃げてきた」

ヨナシュは無駄を嫌う性格だ。通常、このたぐいの話はすぐにさえぎるが、止めずにいるのは、アールデルスの者の話だからだ。しばらく聞いていてもいいと思った。

「私は母娘を四年匿った。当時の私は放蕩《ほうとう》者でね、レオニーを口説いて抱いた。同意のもとだと思っていたが違った。彼女は家を提供する私に恩を感じて、断れなかっただけだった。真意に気づいた時には彼女は身ごもっていたし、私は彼女を愛していた」

ロルフは、「格好悪い話だろう?」と自嘲した。

「それからもレオニーのもとへ通い続けて、やがて熱意に折れ、恋人になってくれた。私としては彼女を妻にしたかったが、私には婚約者がいて無理だった」

ヨナシュは冷ややかに言った。

「王族が没落貴族を娶るのは無理だ。婚約者は関係ないだろう」

「ああ、関係ない。ハインケスの王弟である父に、婚約者と結婚するならレオニーたちの身を保証してやると言われた。異端審問官から守るには王家の後ろ盾が必要だ。だから父に従い結婚した。レオニーを妻にできなかったが幸せだった。だが、終わりは前触れもなく訪れるものだ。レオニーは一年前、異端審問官に殺された。密告したのは私の妻だった」

「クーデターに賛同したのはその恨みからか」

「きみは言っていたね。死ねば終わりだと。同感だが、割り切れるものでもない。このまま終わってたまるか。高尚な志など持っていない私が、それでもクーデターに賛同するのは、異端審問官を根絶やしにしたいからだ。先ほどのぶたどもは、アールデルスに媚びへつらう者どもだ。おかげで異端審問官の動向が知れ、いままでやつらを十一人葬った」

「暗殺か。異端審問官は手強かっただろう」

「手強いさ。私はきみのように万能ではないからね。だが、地位と金はある。いまの私はレオニーとの間にできた息子のため、そして異端審問官への恨み、妻への恨み、母への恨みだけで生きている」

「なぜ、そこで母親が出てくる」

「レオニーを密告したのは妻だと言ったね。妻はレオニーを追い出したくて、逐一私の母に相談していた。そして密告をけしかけたのは、あろうことか母だった。母は、祖国《フェーヴル》を滅ぼしたアールデルスを憎悪している。私のレオニーは憎しみの犠牲になったんだ」

　ロルフは、馬に座るミースをちらりと見た。ミースはいまだに縮こまり、フードを深く被ってヨナシュの言いつけをきっちり守っている。

「話が長くなってしまったね。きみの妻は退屈しているんじゃないかな。紹介してくれ」

　ヨナシュは気乗りはしないが紹介することにした。妻だと話した以上、ロルフはミースを危険にさらすことはないだろう。それに、なにかあれば自分が対処すればいい。

「ミース、この男は怪しい者ではない。俺のいとこで、ロルフという。会釈《えしゃく》してやれ」

　ヨナシュがミースに語りかけた言葉に、ロルフは顔をしかめてみせた。

「うまく聞き取れないが、それは古の言語だろう？　きみの妻はアールデルス国の娘か」

男ふたりが会話をするなか、ミースはおずおずとフードを下ろす。ヨナシュは彼女の顔を見せるつもりはなかったが、その姿に、ロルフは前のめりになった。

「はじめまして。わたしは……ミース。あの、ヨナシュの妻なの。よろしくね」

「無駄だ、こいつにおまえの言葉は通じない。フードを被っていろ」

ヨナシュに向けて頷くミースは、いそいそと従った。

「ずいぶん若そうだがいくつだ？　その……なんというか、意外な趣味だな」

ロルフの言葉に、ヨナシュは鼻を鳴らした。

「歳は十六だ。ロルフ、家に案内してくれ。ミースに湯浴みをさせたい」

馬に跨がったヨナシュは、湯浴みができることをミースに言う。はしゃぐ彼女の相手をしているヨナシュを、ロルフは驚愕の表情を浮かべて見ている。

「……きみは変わったね。私の知るきみは、決して人を寄せつけることのない、切れ味の鋭い剣のようだった。そんなきみに、気遣うような人ができるとは感慨深い」

以降も続きそうな言葉を、ヨナシュは「やめろ」と、睨んでさえぎった。

ロルフに案内された場所は、一見、林のようだった。外からは容易に内部を覗けないようになっており、道を進んだ先にある屋敷は厳重に兵に守られていた。ロルフは恋人の家だと言ったが、実際は彼の別邸だ。恋人の家だとするのは、存在を忘れたくないのだろう。

門をくぐったロルフは、兵に鷹揚に頷いてみせ、フェーヴルの言葉で切り出した。

「物々しいだろう？　レオニーとの息子のマリウスを守るためなんだ。まあ、この家が襲われることはないと断言しておこう。きみもミースも、ゆっくりと羽を伸ばすといい」

ヨナシュは馬から下りて、ミースを片手で抱えた。するとロルフはしみじみ言った。

「きみたちはまるで親子だな。よし、ミースに召し使いをつけてやろう。まずはその子どもじみた三つ編みをどうにかして、ドレスはレオニーのものがあるし、多少は……」

「余計な世話を焼こうとするな。湯浴みの仕度をしてくれ」

ふたりの会話が聞き取れないミースは、自分のことが話題になっているとはつゆ知らず、ヨナシュの広い肩に頬をのせ、くつろいでみせている。そのさまにロルフは苦笑する。

「この子はきみに全幅の信頼を置いているんだな。見ろ、満足そうな顔だ。ところで提案なんだが、ミースをレオニーの母親に預けてみてはどうかな。彼女は古の言語に飢えているからきっと喜ぶし、ミースは大人の所作を教わることができる。ウィンウィンだ」

「いらない提案だ。ミースは湯浴みのあとで寝かしつけると決めている」

「呆れた過保護だな、それほど大切か。……まあ、湯の手配はするが、私はきみとふたりで話したい。きみも話があるからここへ来たのだろう？　何について聞きたいんだ？　無駄が嫌いなきみには、必ず目的があるはずだ」

ヨナシュは大股で歩くロルフのあとに続きながら言う。

「アールデルスについて聞きたい。知っていることはすべて話してくれ。女王のことも」

「女王？　奇遇だな。レオニーの母親は女王に仕える侍女頭だった。彼女が詳しいから聞くといい。アールデルスから逃亡したのも、彼女が知ってはいけないことを知ったためだ。自分が原因で夫も娘も殺されたのだから、彼女の辛さは想像を絶するものがある」

逃亡するとはよほどのことだ。ヨナシュはかつての祖母を思った。祖母も逃亡したのだ。

「知ってはいけないこととは、子どもの生き血をすするというあれか」

どうやらそのとおりだったらしく、ロルフは足をぴたりと止めて、こちらを見た。

「……知っていたのか。なぜ？　内部の人間しか知り得ないはずだ」

「昔祖母から聞いた。レオニーの母親に話を聞きたいのだが、先に確認しておきたい。アールデルスの女王は……ローザンネ＝サスキアといったか。彼女は独身か」

「いや、表向きはそうだが、実際にはかなり若いころに結婚している。子もひとりいる」

ヨナシュは、顔にも声にも出しはしないが、内心動揺していた。

「女王の夫の名はユステュスという。だが、王配の儀式以前に殺されたため、公にされていない。娘の名はマルレイン＝ユステュス。ちなみに、アールデルスは女しか王にはならない。王族はほぼ絶えているが、一応立派な世継ぎはいるというわけだ」

ヨナシュは、剣の切っ先を喉もとに宛てがわれているような気分でいた。

「女王が甦りの秘術を求める理由は、殺されたユステュスのためか」

「ああ。レオニーの母親はそう言っていた。彼女は女王の侍女頭だったが、娘のマルレインの侍女でもあった。理知的だった女王は夫が殺されてから人が変わったように残酷になったらしい。フェーヴルが滅ぼされただろう？　あれだ、世の無常を感じるな」

　ヨナシュはため息を落とした後、肩にもたれるミースに顔を上げさせて、その緑の瞳を見つめた。すると、「どうしたの？　ヨナシュ」とはにかむ顔に、えくぼが浮かぶ。

「ロルフとのお話はもう終わった？　できれば、どうして山が剣みたいな形なのか聞いてほしいの。あとね、さっきの身体が大きなぶち模様の動物はなに？　座っていたわ」

　人の気も知らないで、ミースは相変わらず呑気だ。おかげで見えない未来に不安を抱くことなく、地に足をつけていられる。張り詰めていた気持ちがゆるんでいった。

「この俺がそんなばかげた質問をするわけがないだろう。あのでぶなら牛だ」

　ヨナシュはロルフを見た。視線を感じたからだ。

「古の言語は難解で私には難しいが、きみたちが仲がいいことだけは伝わってくる」

「ロルフ、ミースが寝ている間に、レオニーの母親に会う手筈を整えてくれ。まずはぼくが会う。ミースは平民だ。平民を嫌う貴族は多い。会わせるのは、身分差別をしない女かどうか確かめてからだ」

「それは一理ある。私も確かだとは言えないところだ。しかし、きみとミースを見ていると、不思議と私まで抱っこをしてみたくなってくる。どれ、彼女を貸してくれないか？」

　無言のまま、汚物を見るかのようにロルフを睨むと「冗談だよ」と彼は肩をすくめた。

＊　＊　＊

浴槽に湯が入れられたさまを見て、ミースは思わずはしゃいでしまった。湯浴みは城で過ごしていた時以来で、懐かしく感じられた。アールデルスでは花を浮かべるが、ハインケスは香水を入れているようで、文化の違いに楽しくなる。

「すごいわ。文化と文化の境目はどこにあるのかしら。なにをもってわかれてゆくの？」

「どうでもいいことをぐだぐだと。文化は文化だ。それよりミース、どうする？」

ヨナシュの問いは、結婚に関するものだとすぐにわかった。

「もちろんするわ。ヨナシュがよければだけれど」

「だったら来い」

ミースが近づくと、彼に服を脱がされた。ふたりの距離が縮まったと感じられるのは、心に澱《おり》となって留まり続けていた思いを告げたからだろうか。とにかくミースは幸せだ。

ヨナシュに言われるがままお湯に身体を浸せば、浴槽に頭をもたせかけるように指示されて、彼が髪を洗ってくれた。力の加減が絶妙だ。

ほどなく身体を拭いてもらって、指示どおりに寝台に向かったが、服を着ようとしたところで止められた。裸のままがいいらしい。

ミースは久しぶりの寝台に喜んで、そのまま上に飛びこんだ。これまでさほど寝台を意識してなかったけれど、寝心地はまったく違うし、最高だ。

転がりながら考えたのは、国によって石鹸のにおいが違うことと、寝台の飾りが違うこと。ハインケスの天蓋や天井、そして寝台は、ずいぶんきらびやかで、金ぴかだ。

「わたし、旅をしてすごくよかったわ。旅に出なければ、いろいろなものに違いがあるなんて知ることができなかった。みんなそれぞれいいところがあるし、知ってゆくのが楽しいわ。でも、いちばん旅に出てよかったと思えることは、ヨナシュに出会えたこと」

ころりと横に転がって、頬杖をついたミースは、ヨナシュを見つめた。

彼はずるい人だと思った。なんでもないことをしているだけで絵になるなんて、どうしてそんなことが可能なのかがわからない。いまも、淡い色の髪をざっくりかき上げ、湯のなかでくつろいでいるだけで、ただの湯浴みが特別なものへと昇華している。

「おい、俺を眺めるのは自由だが、早く毛布を被れ。風邪をひく」

指示のとおりに毛布に包まり、ぼんやりと天井の凝った彫刻を見ていると、次第に眠気がやってきた。うつらうつらしていると、驚くほど至近距離で声が聞こえた。

「ミース」

慌てて目を開けると、全裸の彼は、いつのまにか寝台に腰掛け、ミースの顔すれすれにまで顔を寄せていた。その美貌は情欲を孕んで、さながらけもののようだった。

「……なんだか、いつものヨナシュじゃないみたい」

「それはそうだろう。言っておくが途中でやめない。破瓜は生涯一度の痛みだ。耐えろ」

「がんばるわ。……ねえヨナシュ。わたし、接吻がしたいのだけれど、いい？」

小さなミースに大きなヨナシュが重なった。ミースは、唇がくっつく寸前の、色気を放つ彼の顔が好きなのだ。唇同士をつけながら、彼の首に腕を回すと、たちまちキスが深まった。ふたりで食みあい、求めあう。肌と肌が吸いつくようにくっついて、全身で感じる彼の鍛えられた硬さや温度に、ミースは幸せではちきれそうになっていた。

「ヨナシュ……、わたし、あなたが大好きよ。結婚できてうれしい。……すごく。あ」

言葉が切れたのは、ふたたび彼にくちづけられたからだった。聞こえるのは、自身の鼓動と、速まる息の音。それから、舌や唇がこすれあう淫靡な水音だ。

彼の手がミースのささやかな胸をまさぐった。胸の奥がせつなく痛んで泣きたくなる。唇が離されて、彼の口がミースのあごにすべり下り、首にキスをくり返して吸いついた。ねっとりと舐められながらも鎖骨へ向かい、彼の口はいきなり胸の先へ行った。甘噛みされて、激しく吸われて、歯で引っかかれ、ミースは刺激に身じろいだ。

「んっ。……赤ちゃんみたい」

乳首を咥えていたヨナシュは、顔を上げ、眉をひそめてミースを睨む。

「おまえ、萎《な》えさせる気か」

「だって……、いっしょうけんめい吸っていて、すごくかわいいって思ったの。好き」

「黙れちび」と舌打ちされて、謝ろうと身を起こしかけると、彼の手に脚を大きく開かされて、だしぬけに、秘部に指を一本、根もとまで入れられる。ずく、と痛みが走るが、我慢はできる。彼は、空いた手であわいに触れたり、秘めた突起を確かめた。

「相変わらず小さな穴だ。仕度をしてやる。脚を開いたままで寝ていろ」

基本的に、ミースはヨナシュに従順だ。彼だけではなく、誰に対しても彼女は素直に従うことが多かった。それは、無知を自覚し、少しでも教わりたいと願っているからだ。

ころりと仰向けになったミースは、また天井の模様を眺めたが、脚の間の彼の気配に余裕がなくなった。彼の呼吸をじかに感じたのだ。

「ヨナシュ、待って。――あ」

彼の唇が秘部にくっついた。そればかりか、もぐもぐと咀嚼するように動いている。息を鋭く吸ったミースは、「そんな」と視線を泳がせた。

彼は秘部を舐めまわしつつ、ミースの反応を窺っているようだった。顔を上げると、青い切れ長の瞳と目が合った。とたん、ひく、と喉がしめつけられる。まるで、毛艶のよい猫に追い詰められたちっぽけなねずみのような気分だ。

「そこは、な、舐めるところではないわ。やめて。……じつは、は、排泄する場所なの」

秘部に息が吹きかかる。彼の目はすうと細まり、肩が揺れている。笑っているのだ。

ミースは確信した。赤ちゃん呼ばわりしたからいじわるされているのだろう。彼の名を呼ぼうとしたが、突如、鋭い刺激が走り、上気しているミースの身体がびく、と跳ねた。

切羽詰まって「待って」と訴えても待ってはくれずに、舌があわいのなかを這いずって、狙いを定めたように刺激の走る小さなしこりをいじる。触れてほしくはなかったけれど、執拗にしゃぶられた。こんな感覚ははじめてだ。

「あぅ、あ……。ま、待って！　そんなっ、…………あ。そんな……」

はじめは叫べたけれど、ミースの声はか細くなってゆく。迫り来るとてつもない官能に、ぶるぶる身体がわなないた。刺激にさらされ、言葉にならない声が出た。はふ、はふ、と下手な呼吸をくり返す。これ以上の刺激はだめだった。助けて、と藁《わら》をもつかむ思いで手をつっぱりながら、逃れようと試みる。けれど、彼は許してくれない。部屋に、甘い声がひびいた。自分のものとは思えないほどなまめかしい声だった。時折なにも考えられなくなって、腰の奥が脈打った。身体じゅうから汗が噴き出し、黒い髪までぐっしょりと濡れてしまうほどだった。ミースがとぎれとぎれに「そろそろやめよう？」と訴えても、彼は離してくれず、時間をかけて、ミースの秘部を整える。

　ぐったりと力が抜けたミースは、おぼろになった意識のなかで、彼がいつのまにか覆い被さってこちらを見下ろしていることに気がついた。

　彼は静かな上に涼しげだ。そのため、ミースの荒れた呼吸と鼓動の音だけが耳につく。

　ミースは涙でぐずぐずに濡れた目で彼を見返した。

「…………いじわる。待ってって言ったのに」

「待っていられるか。こうでもしないと入らない。力を抜いていろ」

　つるつるとした硬いものが秘裂に添ってすべらされ、言われなくても力は抜けてゆく。

　彼はミースを見つめながら、むせるような色香をまき散らす。やさしくみだらな官能を与え続けられ、あまりの気持ちのよさに、ミースは彼の性器が好ましくなっていた。

だらりとだらしなく横たわり、うっとりと刺激に浸っていると、突然腰をつかまれた。それでも流れに身をまかせると、じわじわと下腹から痛みがせり上がってくる。

ミースはにわかに危機感を覚えた。呼吸がせわしなくなり、血は激流と化し、身体じゅうが緊張する。みりみりと破られてゆく感覚だ。大きな彼が、ミースの内部をゆっくり侵食している。

けれど、余裕がないのはミースだけではなさそうだ。苦しげに眉をひそめたヨナシュの息も、ミースと同じく荒れている。彼は時折、低くうめいて歯をくいしばっていた。

玉の汗を浮かべるヨナシュは、ざっくりと、淡い金色の髪をかき上げた。

「ミース、……力を抜け」

「で、できない……、……うっ」

「できないじゃない。やれ。おまえが痛いだろう。――ミース、早く」

急かされても、できないものは無理なのだ。痛くて、ますます身体が勝手にこわばってゆく。これまでどのように力を抜いていたのか、少しもわからない。

ついに耐えられずにミースが泣きだすと、「泣くな」と彼に抱きすくめられる。逃げを打つ身体を押さえつけられ、下腹に容赦なく圧がかけられて、硬いものがよりめりこんだ。

真綿で包みこむように甘やかされて育ったミースは、痛みに弱い。けれど、彼の苦しげな顔や甘い色を含んだ吐息は、大いになぐさめになっていた。

永久に続くかと思われた苦しみは、ぷつりと切れるようになくなった。あとに残ったのは、穴の入り口が引きつれていると感じることと、おなかに感じるどっしりとした重さだ。

彼は深呼吸をくり返し、ミースを見つめる。ぽた、とミースの肌に彼の汗が滴り落ちたかと思うと、続けてまた落ちた。

「……入った？」

「ああ。おまえには苦労させられる。こしゃくなちびだ」

「わたしたち、結婚できた？　わたし……あなたの妻になれた？」

「ばかか。すでに結婚しているだろう？　おまえは、死ぬまで俺の妻だ」

彼は性器が抜けないようにするためか、ミースの腰を固定して、寝台を転がり、自身の身体を下にした。ミースはすぐさま彼の硬い胸に頰を擦りつけてからよりかかる。ふつふつと湧き上がってくるのは達成感。このおなかを圧迫する苦しみが、彼だと思うと幸せだ。

「性交って……、手をつなぐよりも、深くつながりあっている気になれるものなのね」

彼の手に汗の流れる背中をなぞられ、ミースはあごの角度を変えて、ヨナシュを見た。その瞳は細められ、唇は弧を描いた。なんてやさしい顔なのだろう。あのヨナシュが。

ミースは、ごく、と唾も息も一緒くたにのみこんだ。


性交が、いまだ終わっていないのだと知ったのは、つながったまま、しばらくふたりでまどろんだあとだった。りんごを渡されたミースは、しゃくしゃくとかじったが、半分食べたところで取り上げられる。その後は、ヨナシュが芯を残して平らげた。

彼に身体を持ち上げられれば、ずるりと大きな性器が抜けてゆく。おなかにさみしさを覚えたが、彼と自分の唇が重なり、ミースはキスのことしか考えられなくなっていた。

けれど、寝台に転がされれば大変だ。思わずミースが呻いたのは、ふたたび彼の顔が秘部にきてむさぼられたからだった。先ほどとは比べ物にならないほどしつこく濃厚で、もがいても放してくれない。ミースは並々ならぬ執着に、立て続けに二度果てた。

胸も背すじも腰もおなかもせつなくうずき、ミースはもだえてぐしゃぐしゃになっていた。何度もあえぎ、快感にすすり泣く。身体に力が入らずに、どのような姿勢でいるのかさえわからなくなる。汗も、涙も、鼻もよだれもごちゃまぜだ。

ぎゅっと目をつむり、知らずヨナシュの名前を余裕なく口走る。すると、いきなりおなかの奥まで硬いものが貫いた。鮮烈な刺激に目を見開くミースは、胸の先を高く上げ、叫び声を上げげた。彼がミースの腰をわしづかみにして、一気に根もとのほうまで入れたのだ。満ちていたとろみのある液が、彼の猛りに押されてあふれ、とろとろと落ちてゆく。

ヨナシュの口から、色気を含んだうめきがため息とともに落とされた。

彼は腰をゆらめかせ、ミースの奥をつついて反応を確かめているようだが、振り切るように目を閉じた時、考えを改めたらしい。性器が抜けそうになるほど腰を引くと、また奥まで深く突き入れた。引いては突いてをくり返し、その速度はどんどん増して、ミースは大きなきしみとともに、わけもわからずゆすられる。おなかのなかはびりびりしていて、きゅっとして、急き立てられて、摩擦や熱に追い詰められる。

　ヨナシュの動きは奇妙だが、規則正しささえ感じられる。ミースは疑問を抱えていたが、彼の満足げな表情に、充足感に満たされて、次第にどうでもよくなった。この謎の律動は苦しいけれど、身体がかっかと熱くなり、彼に身体を擦りつけた。

「ヨナシュ……あ、……どうして、動いているの？」

「性交は動くものだ。痛みは……ないだろう？」

「ん。あ……。痛くないは、ないけれど……。あ。──ヨナシュ」

　ミースのおしりを抱えるヨナシュに向けて、両手を広げてせがめば、彼はすぐさまミースに被さり、望みのとおり抱き締めてくれた。しかし、ヨナシュの背は高く、その唇は遠すぎる。唇同士をあわせたいのに。ミースは口さみしく動かした。

「あの……、せ、接吻がしたいのだけれど…………一体、どうすれば」

「──は。あとにしろ。おまえは、ちびすぎて無理だ」

　汗でぬめった肌同士をこすりあわせてゆすられる。抽送を止めることなく、頭をもしゃもしゃ撫でられて、雑な手つきだけれど、ミースは泣きたいくらいに幸せだ。

　行為はどれほど続くかわからなかったが、ほどなくして終わったようだった。

　身を起こした彼は腰を引き、ミースの穴から性器を抜き出して、先を布で包みこむ。そして悩ましげにうつむいて、深々と息をはき出した。その表情は妖艶だ。

「……なにをしているの？」

「不要なものを捨てている。……ミース、性交は気に入ったか？」

「気に入ったわ。……あの、とても幸せだった。たくさん、幸せだと思ったの」

「俺もだ」

顔を近づけてきた彼と見つめあい、熱も息も、唾液も溶けさせあいながらくちづける。彼の舌の動きにあわせてけんめいに舌を動かした。

ミースは濃厚なキスに夢ごこちになっていたが、やがて、おなかのなかに彼がきたのだった。

＊　＊　＊

ヨナシュがレオニーの母親のもとへ向かったのは、日が傾きかけてからだった。赤く染まる光を背中に受けながら、ロルフと肩を並べて歩く。その間、彼にちらちら視線を投げられ、ヨナシュは面倒そうに眉をひそめた。

「ヨナシュ、きみに物申したい。きみたちが私の招待により、この家に来たのが昼前だ。そして、きみはミースを寝かしつけると言った。その後はひどいありさまだ。私の食事の誘いを断り、あまつさえ茶まで断った。いまのいままで部屋にこもりきりなのは、旅の疲れを癒やしているからだと思っていた。私がばかだったよ。きみたちは休んでいたのではない。この夕暮れ時までせっせと性交に励んでいたんだ。ああ、私とて無粋ではない。夫婦の間で営みはあって然るべきだ。だが限度があるだろう？　九年ぶりに再会し、会話を楽しみにしていた私はどうなる？　おかげで退屈でくそな一日を過ごしかけている」

ヨナシュが舌打ちすると、ロルフもまた、わざとらしく舌打ちをした。

「まったく、舌打ちの資格があるのは私のほうだ。私はね、きみの妻をまともに紹介さえしてもらえていない。知っているのは名前と性別、年齢、出身地のみだ。ふざけるなよ」

ロルフが話をしている間に、両開きの樫《かし》の扉の前にたどり着く。

室内では、小柄で品のある女性が長椅子に座っていた。ロルフに告げられなくても、レオニーの母親だとわかる。女王の侍女頭をしていたのなら、もとはそれなりの身分だろう。しかし、身なりを整えていても、悲愴感がにじみ出ていた。

「アライダ、先ほど説明したとおり、彼はバロシュ国の貴族で、私のいとこのヨナシュという。つまり、私と同じでアールデルス国の王族、リーセロットの孫にあたる。ぜひ、アールデルスについて教えてやってくれないか。彼は女王についても知りたがっている」

アライダは、独特な作法で礼を示したが、王族に対するものだろうと推測できた。

「わたくしはこちらの国でアライダと名乗っておりますが、本名はティネケと申します」

ヨナシュは椅子を勧められ、ティネケの向かいに座った。隣にロルフが腰掛ける。

「あなたは、女王ローザンネ＝サスキアは賢王だったと言っていたね」と、ロルフが切り出すと、ティネケはハインケス語はあまり得意ではないようで、たどたどしく言った。

「はい。わたくしは、今代の女王のご即位後に王城に上がったのですが、お若いながら神々しく、威厳があり、すばらしい方だと惚れぼれしたものです。女王は夫君のユステュスさまが生きておられた時は、歴代の女王と同じく、国外に目を向ける方ではありませんでした」

彼女はおおまかに、アールデルスの女王は、代々神の血を守るために近親婚が行われ、ローザンネ＝サスキアにも生まれながらに婚約者がいたのだと説明した。

「女王の元の婚約者は、先代女王の子息のテイメンさま。そしてユステュスさまは、女王の伯父にあたる方が召し使いに産ませたお子です。ユステュスさまは卑しい生まれの者として虐げられていました。おふたりの出会いはローザンネさまが九歳、ユステュスさまが八歳の時です。仲睦まじいおふたりでしたが、王族の方々も神殿の方々も、関係をおもしろく思っていませんでした。ユステュスさまは、お命を狙われていました」

話を聞いている途中で召し使いが入室し、ロルフの耳になにかをささやいた。彼が指示を与えると、召し使いは足音を立てずに去ってゆく。その間、話は中断していた。

「ああ、すまない。アライダ、続けてくれ」

「はい。……十一歳になられたローザンネさまは、婚約者のテイメンさまとの婚姻を拒み続けていらっしゃいました。そんななか、ユステュスさまが突然失踪なさいました。当時の女王が、ユステュスさまとローザンネさまの距離を問題視して追放したのです。結果、ローザンネさまは先代女王の王位を簒奪し、ご即位なさいました。同時に、婚約者のテイメンさまを廃しています。テイメンさまがなぜ粛清されたのか謎だったのですが、わたくしは王城に上がった時に知りました。ローザンネさまは妊娠されていたのです。テイメンさまが結婚前にローザンネさまを襲ったということです。身ごもったあの方は、秘密裏に産みましたが、御子は生きていません。あの方が、即刻処分を命じられたからです」

　ロルフは「なるほどね」と低くうめいた。

「王位の簒奪はテイメンの強姦がきっかけだろう。おそらく強姦は、先代女王の指示にちがいない。無理やり息子と結婚させようとしたんじゃないかな。簒奪とは殺害だ。神の化身の殺害は神殺し。アールデルスでは重罪のはずだが、それは不問になったのか」

「はい。先代女王――ローザンネさまの叔母君は持たざる者でした。ローザンネさまが王位を継がれるまでのつなぎの女王だったのです。アールデルスの女王は、緑の瞳でなければ本物とは認められません。緑の瞳を持たない女王は、持たざる者として扱われます。仮、と言えばいいのでしょうか。そのため、皆、ローザンネさまの即位を待ち焦がれていたのです」

「我らが祖母も緑の瞳だ。祖父に嫁がなければ、女王になっていたのかもしれないね」

　ロルフがこちらを見たので、ヨナシュは適当にあごを動かした。

「ところで、ユステュスはその出産を知っていたのかい？」

「いいえ。ユステュスさまはローザンネさまの身に起きたことはご存知ありません。二年半、行方知れずになっていたからです。その後発見されたユステュスさまは、ひとりで歩けないほど衰弱し、骨と皮でできているかのようでした。女王はそんなユステュスさまと再会してすぐにご結婚なさいました。あの方を守るためもあるのでしょう。女王はユステュスさま不在の二年半の間に、あの方を王配にするべく、『失踪』に関わった者を次々と粛清なさいました。アールデルスの王族は、いまではほぼ絶えています」

ユステュスの十三年という短い生涯のなか、八つで女王と出会い、死に至るまでの五年間。そのうちの失われた二年半の時は重い。ふたりが共に過ごせた時間は、たったの二年半だ。女王は、甦りの秘術で彼との時間を取り戻そうとしている。

ロルフは、「やるせなくなるな」と深くため息をついた。

「ユステュスの生涯は過酷だが、残された女王の人生もまた、地獄そのものだろう。……甦りの秘術？　本当にあるのなら私だって探すさ。人は死ねば、二度と会えない」

ティネケはロルフに同調したのだろう。みるみるうちに、瞳に涙を溜めた。

「あなたは、女王は本気で甦りの秘術を信じていると思いますか」

ヨナシュの問いかけに、ティネケは指で目もとを拭ってから言った。

「はい。あの方はユステュスさまの死をいまだに受け入れられておられないでしょう。甦りを信じるというよりも、信じていたいのだと思います。それは過剰に強い思いとなり、真実が見えなくなっておられる。ですが、やっていいことと悪いことがあります」

両手で顔を覆ったティネケは、呼吸を乱した。汗までにじんでいるさまに、ヨナシュは、いつか見た子ども狩りが関係しているのだと思った。

ティネケが落ち着くのを待っていると、扉が叩かれ、再度召し使いがやってきた。先ほど同じようにロルフの耳に要件を告げると、ロルフは渋い顔でおもむろに立ち上がった。

「すまないが、しばらくきみたちふたりで話していてくれ。火急でね、私は書斎に行く」

ロルフが立ち去ると、ヨナシュは扉が閉じたことを確認してから、古の言語で言った。

「話題を変えてもかまいませんか。まずは、あなたに見てほしいものがあります」

彼が懐から取り出したのは、折りたたまれた、何の変哲もない紙だった。

受け取ったティネケは、上品な手つきで開いた後、目を見開いた。その紙には、様々な花を組み合わせた模様が優雅に描かれている。繊細でいて美麗で、芸術的だった。

「ぼくには一切読めません。ですが、あなたはこれを解読できるのでは？」

「〝昨日より、もっとあなたが大好きよ。わたしは幸せ〟と、花文字で描かれています」

それは、湯浴みをする前、退屈そうなミースが紙を見つけてしたためたものだった。彼女はヨナシュへの手紙だと言ったが、花が信じられないほど上手に描かれていて驚いた。

「花文字とは？」

「古より、王族にのみ使用が許されるアールデルスの文字です。これは、どなたが」

ヨナシュはこめかみにちりちりとした鈍い痛みを感じたが、それでも言葉を絞り出した。

「いまは言えません。それはそうと、ミースという名前の娘を知っていますか」

紙をくまなく見ていたティネケは、ぱっと目を上げた。

「知っています。……なぜ、あなたがそのお名前をご存知なのですか」

「ミースはどのような娘ですか」

「わたくしがあの方にお仕えしたのは六年前までですが、愛らしいお方です。わたくしが知るかぎり荒ぶったことはありません。ささやかな楽しみをせっせと探す慎ましやかな方。ミースさまは王城でお生まれになり、王城で死にゆくさだめにあります。ですが、それを知らずに、外の世界を夢見ていらっしゃいました。お父君に大変よく似ておられて……」

ティネケは目頭を押さえた。

「……娘を失ったわたくしは平静ではいられません。アールデルスに反旗を翻すつもりです。女王をいまだに敬愛していますが憎んでもいます。この憎しみは決して消えません。けれど、ミースさまの敵になるかと思うとつらいのです。もしもアールデルスが陥落することになろうものなら、あの方は真っ先に殺されてしまいます。なぜ死ななければならないのかわからないまま儚《はかな》くなられる。それが、つらいのです」

ヨナシュはティネケの震える手から紙を抜き取り、ふたたび自身の懐に入れた。

「……ぼくの妻に会いませんか。アールデルスの娘です。無理にとは言いませんが、会うのならばロルフには内密に。しかしいま会わないのであれば二度と会わないでください」

「ヨナシュさま。それは、どういうことなのでしょうか」

「ただの気まぐれだと言っておきます。気が変わらないうちに、返事をもらえますか」

ヨナシュは立ち上がり、困惑顔のティネケを見下ろした。

＊　＊　＊

「おい」と身体をゆすられて、薄く目を開けると、覗きこんでいるヨナシュが見えた。片眉を上げ、なにかを企んでいるような顔つきだ。声をかけようと思ったけれど、上のまぶたと下のまぶたが自然に強く引き寄せられてくっついた。すると、「起きろ」と彼の指で無理やりこじ開けられる。

「あと少しだけ……眠るわ。…………絶対」

「なにが絶対だ、くそちび。わがままを覚えやがって」

「だって……、くたくたに疲れているのだもの。……だから」

辺りは薄暗くなっていた。久しぶりの寝台は心地がよくてまだうだうだしていたかったが、ヨナシュに「しゃんとしろ」と無理やり座らされた。まだ眠いのに、と唇を尖らせていると、そこに身をかがめた彼の口が重なって、たちまちミースの顔はほころんだ。

「接吻が好きよ。あなたのことは、もっと大好きだけれど」

「知っている。言わずとも、おまえの思いは筒抜けだ」

ヨナシュは黒い髪を櫛で梳こうとしてくれたが、長く梳かすことがなかった髪はぼさぼさで、以前のなめらかさとは無縁になっていた。あきらめたのか、彼は髪を三つ編みにして、先を赤いりぼんで飾ってくれた。彼に手伝われながら服を着ようとしていると、肌に赤い痕をいくつも見つけて不思議に思う。ヨナシュによると、性交でできる跡らしい。

着付けが終われば、彼に抱っこをされて扉に向かう。「どこへ行くの？」と聞いたと同時に扉は開き、ミースは現れた人をみとめて、目をまるくした。

きっちりと結わえた栗色の髪、大好きだったはしばみ色の瞳と視線がぶつかる。

「うそ、ティネケなの?」

ティネケは、「ミースさま。……まさか、あなたが」と震える手を口もとにあてがった。ドレスにかまわず跪き、ひれ伏すティネケは、額を床に押しあてる。

「お久しぶりでございます、ミースさま。お会いできて……、感激しております」

通常、目の前でひれ伏されれば、人は戸惑うものだろう。しかしミースは慣れている。

「お久しぶり、元気? あなたがいなくて、ずっとさみしかったわ。突然いなくなったのですもの。病気と聞いていたけれど、身体はだいじょうぶ? ……そうだわ、犬は元気なのかしら。あなたの娘のイフォンネは元気? うまくパンを焼けるようになった?」

ミースはヨナシュに、にこにことほほえみながら言った。

「ヨナシュ、ティネケにお礼を言って? たくさんわたしのお世話をしてくれていたの。彼女のおかげでさみしくなかったわ。ティネケが作る檸檬《れもん》水は、ばあやの次においしくて最高なの」

彼はティネケに向けて、「ぼくの妻が大変お世話になりました」と丁寧に言葉を紡いだ。そのさまにミースは口をぽかんと開けてしまった。

「……びっくりしたわ。ヨナシュってそんな言葉づかいもできるのね」

「当たり前だ」

「じゃあわたしにだけなの？　そのごろつき言葉は。俺じゃなくて、ぼくだなんて……」

「黙れ、誰がごろつきだ」

　ほほえむミースが、「ごろつきさん。下ろして」と告げると、ヨナシュは舌打ちしながら従った。下りてすぐに跪くティネケの手を取り、ミースは首をかたむける。

「ティネケ、彼は夫のヨナシュ。大好きな人なの。すてきでしょ？　無愛想だけれどとてもやさしいの。わたしたち、いろいろなところを旅しているのよ。想像どおり、お外の世界はすてきだわ。ねえティネケ、わたし、大きくなったの。よかったら、見せてあげる」

　ティネケは、「ええ、お見せください」と立ち上がる。ふたりで立てば、ミースの背は彼女のあごの高さほどだった。ミースが抱きつくと、ティネケの手が背中とおしりに回されて、昔のように抱っこをされた。ティネケは顔をくしゃくしゃにして涙をこぼす。

「大きくなられました。背も高く……重くなりましたね。立派に、成長なさいました」

「そうでしょ？　もうちびではないわ。……どうして泣くの？　泣き虫さん、笑って？」

「ただただうれしいのです。こうして外に出られたということは、夢が叶ったのですね」

「ヨナシュが叶えてくれたの。彼にお礼を言って？　ほかにもたくさん叶ったわ」

「ばかか、おまえは。夫の俺ならまだしも、なぜティネケにまで礼を言わせようとする」

　ティネケの腕から、荷物のようにミースを取ったヨナシュは、いつものように片手で抱き上げる。けれど彼の口から飛び出した言葉は、ミースには理解できない言語だった。

「おそらくミースの性格は、昔から変わらないのでしょうね。見なくてもわかる」

「はい。わたくしがミースさまにお仕えしたのは七歳から十歳のころまでですが、当時からあまりお変わりはなく、穢れを知らない方です。……子どもっぽいと思われますか？」

「ミースのことは理解しています。これでわかったでしょう。たとえ反旗を翻しても、あなたは彼女の敵にはならない。ミースはこれまでどおりなにも知らないまま生きてゆきます。王族ではなく、ぼくの妻として生きます」

ヨナシュはティネケを見ていて、ティネケはヨナシュを見ている。ミースは、自分の入りこむ余地はないと察して、広い肩にあごを置いた。すると、彼の手に頭を撫でられた。

「ミースさまはお幸せそうですね。ですがおひとりでは生きられない方。あなたはなにがあっても生きのびて、お側にいてさしあげてください。それが、わたくしの願いです」

「言われるまでもなく、離れるつもりはありません。くたばるつもりもない」

「その言葉を聞いて安心しました。ひとつ、忠告させてください。ミースさまは、女王の命に等しいお方。あなたはアールデルスのゆるぎない敵となってしまわれました。万が一、異端審問官に捕らえられたら、彼らはあなたを生かしてはおきません。その時は、あなたのお祖母さまのお名前をお告げください。必ず、お願いします」

真剣な会話がされているようだった。首をかしげたミースが「ふたりの言葉はどこの国の言葉なのかしら」とつぶやくと、ティネケが「ハインケスですよ」と教えてくれた。

「ところでミースさま、久しぶりに檸檬水をご用意してもよろしいですか」

「うれしいわ。ティネケの檸檬水は、甘くて好きなの。久しぶりに飲みたいわ」

「ありがとうございます。ご用意しますね。それから、よければわたくしの孫のマリウスに会ってくださいませんか？　あなたのことをお話ししたことがあるのです」

「わたしのことを？　本当？　もちろん会いたいわ。吃音に気をつけなくっちゃ」

ミースがヨナシュに「会ってもいい？」と聞くと、彼はむっつり頷いた。

七章

『黙れ、おまえはただの穴だ。話しかけるな。耳が腐りそうになる』

『許してあなた。わたくしは……ただ、あなたを愛――』

全裸の女が床に転がった。続きを聞きたくなくて、顔をこぶしで殴ってやった。

だが何度殴っても、女はめげない。おぞましくも、愛をささやこうとする。

それはロルフにとって望んでいない結婚だった。恋人と息子を守るために仕方なく女を娶った。白い結婚ならば我慢できていたものを、父に、週に三度の性交を強要されていた。

部屋を出て、息子がいる別邸に戻ろうとしていると、前方から恰幅のよい男が、悠然と歩いてきた。父だった。

『ロルフ、来ていたのか。ジョアンヌがおまえに会いたがっていた』

『母上に会う時間はありません。私は忙しいので。それより父上、レオニーはもうこの世にいません。私はいつまで望まぬ夫婦の営みをしなければならないのですか』

『おまえには跡継ぎがいないだろう。義務を果たせ』と、父が唇を歪めてにやついた。

『私には息子のマリウスがいます。彼でじゅうぶんだ』

『ふん、あの子どもを孫だと思ったことなどない。その割には、私は手厚く保護してやっているだろう。ロルフ、早く孫を見せろ。少なくとも男児をふたり。話はそれからだ』

この世には殺したい人間が多すぎる。

かつてのロルフは快活《かいかつ》で、ほほえみの貴公子という異名を持っていた。ハインケスの王弟の息子であり、王位継承権第三位。生まれた時から日向《ひなた》の住人だ。

すべてが狂ったのは、己の命と言っても過言ではない生涯の片割れを失った時だった。

思えば彼女にはじめて会った時、その目の色に強く惹きつけられた。

ロルフの脳裏に、同じ色の目を持つ、とある少年がよぎった。得体の知れない思考と侵しがたい気品をあわせ持ったこの世の生き物ではないかのような美麗な少年。

ロルフは空を仰いだ。広がる色は彼女といとこの瞳の色を映し取ったかのようだ。

――ああ……。とうとう私は、きみの思いがわかるようになってしまったよ、ヨナシュ。

客間を訪ねると、いるのはヨナシュだけだった。椅子に気だるく腰かけている。

彼は、昔から世界中が敵だと思っているかのような雰囲気を醸し出していたが、それはいまでもだ。いつでも手に触れられるところに剣が置かれていることからもそれが伝わった。ちりちりと緊迫する空気が、彼を孤高のけもののように見せていた。

「退屈しているのかい？」と気さくに声をかけても返事はなかった。ヨナシュは十回中、二度ほどしか言葉を返さない愛想のない性格だ。しかし、彼の過去を思えば納得できる。

ロルフは、手に持つ酒瓶をかかげて見せた。

「食事と酒に誘いに来たんだ。仕度は調っているよ。ミースにも菓子がある。彼女は？」

「ティネケのもとだ」

「ティネケ？　なぜきみはそう呼ぶんだ？　それはアライダのアールデルスの名前だ」

ロルフはヨナシュの前にある椅子に腰かけ、足を組む。あらためて見たヨナシュは昔と違う気がした。うつろな目をしていたはずだが、いまはそうではなかった。

「私はきみを買っているんだ。我がハインケスの王太子は身体が弱く死の床にある。王が崩御すれば、王弟である父が王になるだろう。父が倒れれば私だ。待っていれば王位は私のものになるかもしれない。それなのになぜ私がクーデターを起こすのか。もちろん異端審問官への恨みからだが、それだけではない。皆、早くくたばればいい」

言いながら、ロルフは小首をかしげる。

「どうだい？　私が王になったなら、重臣にならないか。私はきみの力も知性もほしい」

「断る。ぼくが落ち着く地はミース次第だ」

「ミースか。きみにどのような変化があったんだい？　いまの言葉はきみが言いそうなことではない。きみを変えたのはミースだと理解しているが、あれほど正反対の子を選んだのはなぜだ。あの子は幼く、平凡で、きみたちはまったくつり合っていないじゃないか」

顔をしかめたヨナシュは、髪を雑にかき上げた。頬にまつげの影が落ちている。

「私はレオニーを失って、きみに近づいたと思ったんだ。きみを理解できるようになったと思った。けれど、九年ぶりに会ったきみは以前のきみじゃないようだ。なにがあった」

ヨナシュはゆっくり視線を持ち上げる。「その目はふしあなだ」とあざけった。

「どこが平凡だ。ミースはガキのままでいるように望まれていたからガキなだけだ。無意識に人に合わせて順応する能力は、敵を作らないために培われたのだろう。だが、意志がないわけではない。……ぼくが変わったのならばそうなのだろう。ミースに変えられた」

「その言い方では、きみはいずれミースの望みどおりの男になりそうだが」

「なりようがない。彼女の望みはささやかだ」

「とにかく、ああも幼稚ではきみには合わない。少しは大人にしないとだめだ」

「大人になれば、ミースは去るだろう」

「去るかな？　私にはきみから離れるような娘には見えないが。ガキすぎて不安になる」

ロルフは、天井にちらと目を向けてから付け足した。

「――ああ、そうか。きみがあの娘を抱っこするのは、彼女に大人になる必要性を感じさせないためか。ミース自身、子ども扱いを当然のものとして受け止め、甘えずにはいられなくなる。きみは日常のなかで自立の芽を潰しているのか」

ヨナシュを見ても、その表情は心を語らない。ロルフは埒があかずに肩をすくめた。

「まあ、きみたちの関係はきみたち夫婦が決めることだ。差し出がましいが、いとことしては心配でね。……さて、ミースの戻りを待つ間、酒を飲もう。なかなかいい酒なんだ」

ロルフは机に置かれた杯をふたつ用意して、持ち寄った瓶をかたむける。

「きみと酒を飲むのははじめてだね。いつか酌み交わせたらと思っていたが、ハインケスがアールデルスの属国になってからは叶わないとあきらめていた。当時の私はきみの置かれた状況に閉口しきりだったよ。なあ、ヨナシュ。きみの地獄は去ったのかい？」

ヨナシュはゆらぐろうそくの炎を見ていた。そして、ロルフもそれを眺めた。

答えがないのはわかりきっていた。ヨナシュはいまも変わらず地獄の真っ只中にある。そして、それは自分も。過去は消えない。

——どうすれば、夜は明けるのだろうね。闇が深いよ、私たちは。

幼いころ、ロルフはフェーヴルへは行きたくなかったが、母に連れられた。緑が豊かで、淡い色合いの建物が多い国だった。しかし、蒸し暑くて、じめじめしていて、うさんくさくて、辛気くさい。フェーヴルとはそんな印象の国だった。

ロルフにはフェーヴルの血を引くいとこが六人いた。彼らを統率するのは自然と年長者のロルフの役目となっていた。しかし、自由にならない者がいた。淡い金色の髪を持つ、ヨナシュという名の少年だ。神童と称賛される彼は決して仲間に入らずに、孤独を好んでいるようだった。その姿がどことなく崇高で、幼いながらやけに格好よく見えた。

ヨナシュと話すようになったのは、出会いから二年後のロルフが九歳になった年だった。ヨナシュを除くいとこ同士でかくれんぼをした時のこと。身を隠す先を探すため、回廊を走り、奥まったところにある扉を開けた。その時に見た光景は、いまだに忘れられない。

天蓋から落ちる薄布がふわふわゆれていた。大きな寝台の上にいたのは、淡い金色の髪を持つやせた男だ。苦しげに呻いていても、彼がずば抜けて美しい人だとわかった。その人物に複数の全裸の女が絡みつき、妖しい音を立てていた。よく見れば知った顔。母や、叔母たちだ。それが、ロルフがはじめて見た性交渉。否、女たちによる強姦だ。

気づいた時にはその場から逃げていた。中庭でうずくまり、胃にあるものをぶちまけた。不貞も不貞。母を含め、姉妹全員で夫を裏切り、悪びれもせず恍惚とした表情をしていた。

そんなロルフに布を差し出したのが、当時まだ七歳だったヨナシュだ。

『母たちがこの国にはるばる来ているのは、あれが目的だ。いままでもそうだった』

そこでヨナシュがざっくりもらした真実は驚愕するものだった。あの寝台にいた男が、母たちの異母兄で元王太子。いまは種馬として生き長らえさせられているという事実。

『うそだろう？　セレスタン――伯父上は落馬で死んだはずだ。そう聞いている』

『違う。落馬から十年経ったいまでも生かされている。そして、彼はぼくの実父だ。ぼくはあの強姦の末に生まれた。きみの次の弟か妹は、ぼくのような者かもしれない』

『そんな。……………そうか。だからきみは、半年前にカファロ国の王女と結婚したのか』

ロルフの言葉に、ヨナシュが反応することはなかった。無視されたのではない。フェーヴルに滞在している、カファロの王女ブリジッタが来たせいだ。ひいき目に見てもぶさいくな女で、ロルフはひと目で嫌悪した。同時に怒りが湧き起こる。なぜ、美しいいとこがわずか七歳でこのような人離れしたぶすの夫に収まっているのか。

『ヨナシュ、妻のわたくしに接吻しなさい』

ヨナシュはなにも答えず無視していたが、ブリジッタは彼の唇にねっとりとくちづけて、薄気味悪く舐め回した。反吐が出そうで、ロルフはその場から立ち去ったものの、ヨナシュが心配になり、時間を経てから戻った。ふたりは山毛欅《ぶな》の木の下にいた。

『くそ、なにをしている！　汚らわしい！』

あろうことか、醜いぶたがヨナシュに跨がり、秘部をこすりつけていた。まさに母たちが伯父にしていた強姦だ。ロルフはブリジッタの首をひねりあげ、顔をこぶしでぶった。

『痛いっ、なにをするの⁉　邪魔をするな！　おまえなど、八つ裂きにしてやる！』

『それは私のせりふだ。おまえなど殺してやる！　ぶたの分際でふざけるな！』

もう一度殴れば、ブリジッタは泣きわめきながら、「お父さまぁ」と走って行った。

『ヨナシュ、なぜいいようにされている？　きみが言いなりになるなど……』

なにも答えず服を直すヨナシュは、地面に唾を吐き捨てた。血が混ざっているのに気がついて彼を見れば、形のよい唇の端が切れていた。ロルフは、かっと熱くなった。

『殴られたのか⁉　くそ、あのぶすめ……。ぼこぼこにして丸焼きにしてやる！』

怒りに打ち震えていると、ヨナシュはまつげを上げて、『やめろ』とこちらを見据えた。

『きみのせいでぼくはまたカファロに連れ戻される。今後、二度と手出しはするな』

『どういう意味だ？　なぜやり返さない。あの狂ったぶたになぜやられっぱなしなんだ』

『それがフェーヴルの意志だ。お祖父さまは、ぼくに夫婦の営みを命じた。行為を成功させるために女まで送りつけてきた。ブリジッタを油断させ、カファロの王をも油断させ、あの国を滅ぼしたいらしい。それまでブリジッタには逆らうなと命じられている』

ロルフは、衝撃的な事実にめまいがした。首を振り、耳にした言葉を否定する。

『うそだろう？　まさか、お祖父さまがきみに男娼のようなまねを……。だめだ、頼むから抵抗してくれ。我慢がならない。きみははじめて見た時から私の自慢のいとこなんだ』

ヨナシュは乱れた髪を整えるかのようにかき上げ、血のついた口を袖でぬぐった。

『抵抗などするだけ無駄だ。ぼくについている教師が監視している。命令に従わなければ折檻されるだけだ。やつらはお祖父さまの息がかかった見張りだ。ぼくにはまだ勝つ力はない。やつらを殺せない以上、抵抗すれば地獄が長びくだけだ』

『耳を疑うよ。私はいまをもってフェーヴルが嫌いになった。お祖父さまがおぞましい。母上がおぞましい。叔母上たちにも反吐が出る。きみがそれほどまでに地獄にあるとは』

『同情するな。迷惑だ』とさえぎって、ヨナシュは目を伏せた。

『ぼくは力を手に入れた時点で、フェーヴルとカファロを滅ぼす。伯父上ごと国を消す』

『本気かい？　気持ちはわかるが……、しかし、なぜ伯父上を？　被害者じゃないか』

『伯父上は洗脳されている。教師ふたりによって、自死できないように狂わされている。死にたくても叶わず、陵辱を受け入れるしかない毎日だ。せめてぼくが殺して苦しみを終わらせる。……それしかしてやれない。最後くらいは、役に立たなければ』

『伯父上を終わらせることが役に立つことなのか。もっと他のことがあるのではないか』

ヨナシュは横目でこちらを見た。

『もしきみが、人の尊厳を踏みにじられ続ける日々を送っているのだとしたら、生を望むか？　もう十年続いている。伯父上は、息をすることすら苦痛だろう』

『ヨナシュ、まさか……きみは同じ目にあったからこそ』

『終わりのない性交は地獄だ。生きているかぎり搾取され続ける。狂わないわけがない』

立ち上がったヨナシュはロルフを残して歩き出す。その後ろ姿に悲哀などは少しもなく、背すじは伸びて、なにごともなかったかのようだった。けれど、去り際に聞こえた言葉は。

『この世には、殺したい人間が多すぎる』

──ああ、そうだね。この世には、殺したい人間が多すぎる。

ぱち、と暖炉の火が小さく爆ぜて、ロルフは過去から引き戻された。杯を机に置いたヨナシュを見やる。彼は酒に溺れていた時期がある。フェーヴルが滅びて、一年を経て会ったヨナシュは、わずか九歳にもかかわらず、酒を浴びるほど飲み、酔いつぶれている日が多かった。そのことがふいによみがえり、問いかければ、意外な言葉が返ってきた。

「母に飲まされていた。ぼくのふたりの教師は、祖父が死ぬと次は母に従った。教師どもは、母の身体に溺れていた。おそらく、フェーヴルが滅びる前からだ。……やつらに押さえつけられ、飲むように強要された。薬も盛られた。ぼくを、前後不覚にするためだ」

「なんだって？　狂気の沙汰だ。一体なんのために……」

「母が伯父上を狂ったように愛していたのは知っているだろう。伯父上を失った母が次に目をつけたのは息子のぼくだ。あの女は性根の腐ったおぞましい女だ。おそらく伯父上の落馬にも関わっている。いや、おまえの母を含め、あの姉妹が関わっているのだろう」

「……否定したいところだが納得できる。あの三人は、嬉々として伯父上を犯していた」

ヨナシュは苦悶を吐露するように、「吐き気がする……」と、うつむき加減で言った。

「記憶が定かでない日がずいぶんある。その時、なにがあったか知りたくもない。ぼくはあの女と交わっていないと思いたいが、交わっていないはずがないとも思う。当時、部屋には女が入り乱れていた。母の異変に気づいていたバロシュの父が、フェーヴルが滅びてからというもの、嫌がらせか、ぼくの部屋に女を送り続けた」

ロルフは愕然とした。ヨナシュの母親だけならまだしも、父親まで彼の敵なのだ。

「一日が長く感じた。抵抗もせずにいたのは、母がぼくのもとにしのんでこようとしていたからだ。母と交わるくらいなら他の女たちのほうが、はるかにましだった」

「待て、しのんでくる？　ならば、きみは母親と関係を持っていないと思うが。一度関係してしまえば最後、あの人は図にのる性格だ。……しかし、伯父上もきみもやるせない。美しすぎることは時として残酷だ。きみが醜男で伯父上と似ていなかったら過去は違っていただろう。……きみに問いたい。ヨナシュではない誰かになりたくないか？　私には力がある。別の者にならないか。バロシュなど捨て、ハインケスで暮らせばいい」

ヨナシュは、強い力で机に杯を叩きつけた。高価な硝子は割れ、なかの液が飛び散った。

「誰かになりたいわけがない。ぼくはぼくだ。ミースは……ぼくが好きなんだ。ぼくでなければだめだ。あいつは、ぼくが、側にいなければ生きられない。離れては、いけない」

ミース、と小さく呟いたヨナシュは、うなだれて深く息をついたが、次に顔を上げた瞬間、ありったけの憎悪のこもった目でロルフを睨んだ。鋭い殺意を感じる。

「おまえ……、なにをした。――薬か？　俺がぺらぺらと……事情を話すわけがない」

「ああ。すまない、うちの薬だ。拷問用で、たまに異端審問官に用いているが害はない」

「……殺してやる」

「待て、私は敵ではない。きみはずいぶん眠っていないだろう。その薬でよく眠れるはずだ。この家にいる時くらいは休めよ。私はきみの敵になりえない。……ヨナシュ、私は気づいていたんだ。きみは昔から悪夢を見ないために極限まで寝ようとしない。私はきみを生かすためならば、なんでもする。言っただろう？　きみは、私の自慢のいとこなんだ」

ヨナシュは椅子の背もたれに身をあずけた。

「ろくなことをしでかさない。……おまえはいつもそうだ。地獄を連れてくる」

「ああ、そうだね。だが、私がいて助かった時もあるだろう。きみの二度めの結婚前、母たちがこぞってきみを犯しそうになるのを止めたのは私だ。姉妹はきみを伯父上と同一視していた。やつらがアールデルスを憎むのは故国が滅んだからじゃない。彼らに伯父上を殺されたからだ。きみを伯父上の代わりにされてたまるかと思った。あの時、きみの二番めの妻のアドリーヌが、バロシュ国に向かう途中でごろつきに襲われて死んだだろう？　身ぐるみ剝がされ、犯された。あれは私が雇ったごろつきのしわざだ。あの女に、きみを犯した罰を与えた。アドリーヌはきみに並々ならぬ執着をみせていたからね。死ぬべき女だ。直後にきみがあの教師ふたりを殺した時には、ようやくきみに自由が訪れたのだと思った。――さあ、もう眠いはずだ。寝台に連れて行く。いまはすべて忘れて眠るんだ」

　ロルフはヨナシュに肩を貸そうとしたが、即座に振り払われる。

「ヨナシュ、聞き分けてくれ。きみは狂いかけている。いや、狂っているんだ」

　こちらを見るヨナシュの顔に、背すじが冷えた。凍てついた氷のような瞳だ。

「……狂っていることなどとうに知っている。昔からだ」

「きみは正気を保つために、暗殺業をしはじめたのだろう？　ヤーヒムとして」

「違う……早く死ぬためだ。戦地に出向くのもアールデルスの任務を引き受けたのもなにもかも。だが、まだ死なない。この世には殺したいやつが多すぎる。やつらが死んでいたとしても、この手で殺したくて……殺し足りない」

「死地を求めるとは……、きみも教師たちに洗脳されているのか。自死できないように」

　それは突然だった。距離を詰めてきたヨナシュに首をつかまれて、ロルフは目を見開いた。はじめて彼に恐怖を抱いた。身体がすくみあがっていた。苦しくて、息ができない。

「私も……殺すか？　……やめてくれ。私は、最愛の息子を……ひとりにできない」

　鼻先に、端正な顔が近づいた。銀にも見える髪のすきまから見える瞳は胡乱《うろん》だ。

「俺のミースを連れてこい。早く。……あいつは、俺がいないとだめだ。生きられない」

「ああ、すぐに連れてくる。だから、寝台に行こう。ミースにふらふらなところを見せたくないだろう？　きみは、あの子の前では立派なきみでありたいはずだ。さあ来るんだ」

ヨナシュの肩に手を置くと、今度は抵抗されなかった。

「あのねずみのような娘はどこからしゃしゃり出てきた。ただの貧乏な平民じゃないか」

ロルフの頭のなかは疑問でいっぱいだ。なぜヨナシュがちっぽけな娘に執心しているのか謎だった。見るからに甘ったたれで、ヨナシュの負担にしかならないのは明白だ。しかし同時に、あの娘でなければ救えないとわかっていた。考えれば考えるほど、疑問は増えた。

——ヨナシュは憐れだ。三度の結婚すべてがまともじゃないとは。……くそ。

アライダの居室の前にたどり着く。息を整え、気を落ち着けてから、扉を叩こうとした。

「ミースしゃま、あれして？　しゅくふく？　おねがい」

息子のマリウスの声だった。不得意なアールデルスの言語で、けんめいに訴えている。

「マリウス、不敬ですよ。祝福はおねだりするものではありません」

「いいのよティネケ。わたしの祝福でいいのならがんばってみるわ。でも、わたしは得意ではないの。あの……下手で、お母さまみたいにできないわ。それでもいい？」

「ミースさま、ありがとうございます。あなたの祝福だからこそ意味があるのです」

——なんだ、どういうわけだ？　……ミースさま？　祝福？

ロルフは気づかれないように、そっと扉にすきまを開けて、片目を覗かせた。

部屋のなかではアライダがミースの前で跪き、マリウスをも跪かせ、ついには平伏までさせている。ミースはというと、三つ編みをほどいた姿でこしゃくにもふたりを見下ろしていた。

――あのちびめ！　息子は未来のハインケス王だぞ、ひれ伏させるなど冗談じゃない！

飛び出そうとしたけれど、すんでのところで留まった。ミースが泥だんごをこねるようなしぐさをみせた時には、内心ばかにしていたものの、その後、複雑に指を折り曲げ、印を結びはじめたからだった。ロルフはあれを見たことがある。アールデルスの神官が、ハインケスが属国になった時の儀式でハインケス王をひれ伏させて結んでいた印だった。否、似ているが、ミースのほうがはるかに凝っている。威厳すら感じられた。

「よかった、間違えずにできたわ」と喜ぶミースは、マリウスの額に中指の先を置く。

「〝余、汝に与えん。至高の幸運、魂の恩寵、身の先を照らす光。共にあらん〟」

それは古の言語とは違う言葉で、聞き取れなかった。

いぶかしげなロルフが扉を開ければ、気づいたマリウスが喜びいっぱいに駆けてきた。しゃがんで、はしゃぐ息子を抱き上げる。そんなロルフをミースは目を大きくしながら見つめていて、アライダは青ざめている。

「アライダ、あとで話を聞かせてもらうよ。ミースはおいで。ヨナシュが待っている」

ミースにわかるように古の言語でつむぐと、彼女はアライダの背後にすっぽり隠れた。おそるおそる顔を出す彼女は、「……ロルフは、話せるのね？」と怪訝そうに言った。

「ヨナシュは、あなたはわたしの言葉がわからないって言っていたわ」

「彼には伝えていないからね。実はわかるんだ。きみを客間に送るから行こう」

「それは遠慮するわ。ティネケに送ってもらうもの。……あなたを、信用してはいけない気がする。だって、ヨナシュよりもうまく話せてる。とってもうさんくさい」

「はは、言い得て妙だ。うん、うん。自分でもうさんくさい男の自信と自覚があるよ」

言葉を続けようとすると、アライダが割りこんだ。覚悟を決めた険しい顔つきだ。

「ロルフさま。ミースさまにひどいことをなさらないとお約束ください。さもないと」

「アライダ、きみは一体……、いや。きみとの話は後だ。どいてくれ」

「おとうしゃま、こわいお顔だよ？　おこってる？　ミースしゃまに悪さはだめ」

息子が古の言語で参加した上、頬を小さな手でつねられる。ロルフは苦笑した。

「怒っていないさ。ただ驚いているんだ。マリウス、いい子だからもう寝なさい。それからアライダ、マリウスを部屋へ連れて行ってほしい。きみの主は傷つけないと約束しよう。そしてミース、たとえうさんくさくても、私はヨナシュのいとこだ。話を聞いてくれ」

「いいよね」と付け足せば、不安げなアライダが見守るなか、ミースは頷いた。

ミースは奇妙な娘だ。ロルフはひたむきにこちらを見上げるミースを、いつのまにかヨナシュと同じように抱き上げていた。なぜかせずにはいられない不思議な魅力を持っている。しかも、収まりがよく、しっくりきていた。彼女は抱っこされ慣れているのだろう。

「きみはヨナシュと同じ性質だね。いや、彼とは違うな。庇護欲をそそられるんだ。もしもきみが独身だったら危なかった。私のなかで、なぜかきみは、ありになってしまった」

「あり？　それはどういうこと？」

「きみがヨナシュと合う理由がわかる気がする。きみといれば彼は過去を考える暇がなくなる。その呑気な態度に感化され、悩むのがばかばかしくなるのだろう。彼が持ち合わせていないものを、きみは持っているんだ。現に、私はいま地獄を這いずっているが、きみといると忘れる。ヨナシュにも私にも、きみのような無邪気さは貴重だ」

話の途中で、ミースが頬に、ちゅ、とくちづけてくるからロルフは焦った。

「おい、不用意にやめてくれよ。ヨナシュに殺されるだろう」

「でも、わかるもの。ロルフはわたしが嫌いだけれど、いまは違うでしょ。仲直りよ」

「ははあ……なるほど。うさんくさいと感じていたのは、私に嫌われていると思っていたからか。きみなりの自衛なんだね。ところで私は、先ほどヨナシュに薬を盛った」

だしぬけに事実を明かせば、ミースが唇を曲げて不快そうにしたため、ロルフは「身体に害はないよ」と付け足した。

「案の定、彼は限界がきているし、精神的に非常にまずい。それは知っているかな？」

警戒してみせていたミースだったが、ほどなく「……知っているわ」と頷いた。

「観察眼はあるんだね。ヨナシュはきみにしか救えない。だが、彼は救われることを異様に嫌う。彼の地獄はあまりに深く、私の知るかぎり、生まれた時から続く果てない奈落だ。きみに頼みたい。ヨナシュを救う方法を見つけてくれないか。きみに彼の過去を教える」

「だめ、過去は言わないで。聞かないわ。ヨナシュはわたしに話したければ話すと思う。話さないということは教えたくないの。でもロルフ、わたしはヨナシュが夜にうなされていることを知っているけれど、それは、だんだん短くなってきているわ。治ると思う」

ロルフは瞠目しながらミースを見た。彼女はえくぼを浮かべて、はにかんでいる。

「待ってくれ。ヨナシュはきみが起きている時に、眠っているのかい？ 彼は人のいるところでは絶対に眠れない。過去のせいでそうなっているんだ」

「眠っているわ。うなされていない日は、わたしよりも幼く見えてかわいいの」

「驚いた。そこまで気を許しているのか……。話してくれないか。きみのことが知りたい。それから、きみたちの出会いを。ヨナシュを救う上で助言ができるかもしれない」

ロルフは歩きながら、ミースの舌足らずな声に耳をかたむけた。それは、浮世離れした彼女にふさわしい内容だ。彼女は、自分のことを名前以外知らないらしい。

「そんなことがあるんだね。記憶喪失というわけでもないのに？ きみについては、おそらくアライダのほうがくわしいだろう。彼女に聞くよ。ところできみは――」

彼がぴたりと言葉を止めたのは、寝台にいるはずのヨナシュが、客間の扉の前に座っていたからだ。扉に背をあずけてうなだれているので、幸いこちらを見ていない。

――うそだろう？ あの薬を飲んでいながら歩いたのか。一体、どんな気力だ？

ミースを下におろすと、彼女は黒い髪をふわふわゆらして、必死に駆けてゆく。走り慣れていないようで、途中で足がもつれて三回転んだ。その三度めは、ヨナシュの近くだ。

驚いたことに、ヨナシュはなにもなかったかのようにミースをひょいと助け起こして抱っこした。視界にあるのはミースだけらしい。ロルフにまったく気づけていない。

「ミース、おまえは俺がいないとだめだ。もうわかっただろう？　……で、どうだった」

「楽しかったわ。昔みたいに髪を梳いてもらったの。お菓子も食べたわ。ポッケにヨナシュのぶんもあるの。それから、マリウスに祝福したわ。うまくできたと思う」

ヨナシュの唇がミースに重なった。らしくもない熱いくちづけだ。彼はそのまま部屋へ行ったが、扉を開けても閉め忘れ、よくよく見れば、足もとも覚束ないが、ミースを抱える手だけは危なげなかった。ロルフは、彼らが寝台にたどり着くさまを見守った。

――かつてのきみは接吻がおぞましいと言っていた。……心底、嫌っていたじゃないか。

ふたりの会話は聞こえはしないが、寝台の上でヨナシュは服を脱ぎ捨てて、自ら肌をさらけだした。ミースの服も、邪魔なものを剝がすように取り去った。全裸の彼女を横たえて、接吻し、抱きかかえて頭を撫でる。彼は女を手ひどく抱くのだと思っていた。しかし、違った。まるで宝物のような扱いだ。ロルフは、はじめて性交が美しいと思った。

ヨナシュの身体には、さまざまな過酷の痕が刻まれている。戦地や暗殺業での負傷。バロシュの父や、カファロの王女から受けた拷問痕。教師たちによる折檻の傷。それらの凄惨な痕がつく身体に、ミースの小さな手がまわる。彼女にも痕があるものの、それはすべてヨナシュによるものだ。彼の生々しい思いが、ありありと表されている。

ロルフは暫く呆然としていたが、我に返ったところで、扉を閉めて立ち去った。

顔はヨナシュの腕に囲まれて、頭は大きな手に包まれた。唇同士はいまにも触れそうで、息づかいが直に伝わる。肌が合わさるぬくもりに、このままずっと離れたくないと思った。せつなさにさいなまれ、胸はきゅっと締めつけられて痛かった。

ミースは唇を突き出して、彼のくちづけを受けようとしたけれど、予想に反して彼の口は頬にくっついた。今度こそと思えばまぶたについた。不満げに唇を引き結ぶと、かすかに笑われたあと、彼の口が移動して、そっと重なる。一度ではなく何度も口をつけあった。

ヨナシュの様子がいつもと違うと気づいていた。ロルフが使った薬のせいだ。それでもくちづけはやさしくて、時には荒々しいもので、ミースは蕩《とろ》けそうになっていた。

「ヨナシュ……、大好きよ。愛しているの。身体はどう？　だいじょうぶ？」

「ああ。…………ミース、いまからおまえを孕ませる」

「え？　破裂するのではないの？」

「しない。気が、変わった。俺の証を……腹に、残す。……どこへも、行ってはだめだ」

彼の意識は限界なのだろう、朦朧としている。不安になったミースは、「少し眠ったほうがいいわ」と勧めたけれど、その間に彼の腕がミースの腰に巻きついた。長い指に脚の間を探られて、あわいにしのびこんだ指は、行為のなごりを確かめる。

＊　＊　＊

〈バロシュについたら……あんな国、滅びてもかまわないが……俺の城がある。あの景色を見せてやる。おまえと、世界を旅して、土地を買う。家を建て……りんごの樹を植え、乳母に、子を育てさせる。手がかかるおまえの、世話が、できるのは俺だけだ。ミース〉

「あっ。…………あ、あっ、う……ヨナシュ。……あ」

ミースが声をあげたのは、彼の性器が、前触れもなく秘部に割り入ってきたからだ。最奥に到達し、うめいた彼は身体を震わせる。その振動が伝わって、ミースもわなないた。

〈――は。……ミース。離す、……ものか。俺の、ミース……。側に〉

彼は大きく腰を振り、抽送がはじまった。ミースが経験したことがない、燃えたぎるような、感情がむき出しのものだった。もみくちゃにされ、ただただ激しく下腹と下腹がぶつかった。寝台が壊れそうなほどにきしみをあげていた。ミースの口は、あふ、あふ、と未熟で下手な息をはく。

怖かった。いつもの彼ではないからだ。けれど、顔を見たとたん、感激で胸がはちきれそうになる。それは苦しげな顔なのに、なぜか、彼が愛してくれているのだと確信できた。まなじりから涙が伝う。ずっと、これを待っていた。ただゆすられて、奥を突かれているだけなのに、それが激しければ激しいほど強い愛が感じられる。

行為に終わりがないかと思ったが、ふいに訪れた。彼の猛りが脈動し、おなかに熱い液が、じんわり隅々まで広がった。彼の果てを知らないけれど、おそらくこれがそうだろう。

力がつきたのか、ぐったりとした彼の身体がのしかかる。ミースはその重みに潰されたが、それでよかった。苦しいけれど、大きな豹《ひょう》が懐いているかのようだった。ようやく彼に信頼されて、はじめてヨナシュを、手に入れることができたような気がした。

彼の寝息が聞こえる。ミースは目を閉じ、耳をすませた。

――ヨナシュを救う方法……。わたしに、なにができるかしら？

考えをめぐらせながら、彼をぎゅっと抱きしめたミースだったが、うつらうつらとしはじめた時、ぱっとまつげを跳ね上げた。思いついたのは、マリウスにも施した祝福だ。にじにじと彼の身体の下から這い出たミースは、指を複雑に動かした。心をこめて、間違えないように慎重に印をつくり終えれば、ヨナシュの額に中指の先をちょんと置く。

「〝余、汝に与えん。至高の幸運、魂の恩寵、身の先を照らす光。共にあらん〟」

うまくできた、と満足そうににっこりすると、突然声がした。

「それは古の言語ではないよね？　一体何語だい？　どんな意味があるのだろう」

目をまるくしたミースは、扉のほうへ目をやった。いつのまにか、ロルフが壁によりかかりながらこちらを見ていた。あぜんとしたけれど、慌てず言った。

「意味はわからないの。お母さまに教えてもらったのだけれど、たぶん魔法のおまじないだと思う。祝福だから、幸福の呪文なのかしら。ロルフは、ヨナシュに会いに来たの？」

〝いま、眠っているわ〟と言うより早く、彼は足音を立てずに歩み寄ってきた。

ミースは布を渡される。肌に浮かんだ汗を拭けというのだろう。ぎこちなく、自分ではなくヨナシュの汗を拭いてゆく。

「ヨナシュは眠ったようだね。営みのさなかに訪ねるのは無粋だと百も承知だ。私とて、きみたちを守ることに徹しようと決めていた。だが、きみの正体を知ったいま、悪いが無理なんだ。迎えに来たよ、ミース。共にアライダの……いや、ティネケのもとへ行こう」

鼓動が荒くなってゆく。ロルフの険しい顔を見るといやな予感がして仕方がない。

「きみは知るべき時が来たんだよ。いまのきみとヨナシュの関係は、彼の犠牲の上で成り立つしかない砂上の楼閣《ろうかく》だ。長くは続かない。きみに真実を語ろう。自身を把握し、役割を知り、大人になるんだ。ミース、それでしかヨナシュは救えない。覚悟を決めてくれ」

聞くのは怖い。知るのも怖い。いまが心地よすぎて変化はなおさら怖かった。あれほど大人になりたかったにもかかわらず、なるのが恐ろしい。

ミースが縋る思いでヨナシュを見つめると、ロルフはぽつりと、幸せそうだと言った。

「こんな顔もできるんだ。穏やかじゃないか。過酷な生が束の間報われたかのようだ」

その言葉は、不安にまみれたミースをふるい立たせるものだった。

「ティネケのもとに行くわ。大人になる。なれば……わたしに、ヨナシュを救える？」

「それはきみ次第だ。だが、きみにしかできないことだよ、ミース」

ミースはヨナシュの頬にくちづける。そして、背すじを伸ばして、力強く頷いた。


大人とはなんだろうか。なにをもって大人とするのか。ミースにはその境がわからない。

　ティネケの話を聞いている間のミースは、夢でも見ているかのようだった。気分はまるで他人事だ。現実のこととは思えない。誰であるかもわからなかった十六年。そんな自分に慣れきって、考えたくても頭が動いてくれずに鈍かった。

「ローザンネ＝サスキア？　それがお母さまのお名前なの？　……女王と、同じだわ」

「それは……、あなたのお母さまは、女王だからです。ミースさま」

　ミースはこれ以上開けられないほど目を見開いた。そんなミースを、ティネケは気遣わしげに見つめ、ロルフは表情なく見ていた。

「これからは、きみをなんと呼べばいいのだろう。ミース？　それとも、マルレイン？」

　ロルフの言葉に、ミースの胸が痛んだ。自分が自分でなくなるような気がしたからだ。

緑の瞳はじわじわとうるんでいった。

「わたしは……ただのミースがいい。ヨナシュの、……妻だから」

「それは許されないよ。きみの生まれは覆らない。大人になるんじゃなかったのかな」

　言葉に詰まり、目をしばたたかせると、涙が飛び散った。

「いまのティネケとロルフのお話を、ヨナシュにしてもいい？　ヨナシュなら」

「だめだ。言わずともヨナシュはきみが何者かを知っている。なにがあってもきみを守ると決めているし、アールデルスから隠し通す気でいる。だが、悪手だ。見つからないわけがない。見つかったが最後、彼はきみを攫った大罪人としてむごたらしく殺される」

　強い口調に尻込むミースを案じ、ティネケが割り入ろうとしたが、ロルフは先に言った。

「なぜ、大人になれと言っているのかわかるかい？　きみはヨナシュに頼らず、ひとりでやりとげるしかないからだ。この問題はきみにしか解決できない。いま、世界でもっとも権力がある者はきみの母親だ。そして、次がきみなんだ。わかるか？」

ロルフの言葉に、ミースは唇をわななかせる。

「きみたちの旅はここで終わりだ。きみはヨナシュに黙って去らねばならない。彼がきみの行動を許可するわけがないからね。彼にとって妻のきみを庇護することは、なにを置いても重要だ。しかし、それではヨナシュは破滅する。彼を死なせたくないだろう？」

頬に、涙がぼたぼた伝う。ミースは静かに泣いていた。洟まで垂らしてうなだれる。

「ミース、旅が終わったとしても新たに旅をするのなら仕度が必要だろう。きみはその仕度を調えるためにアールデルスに一旦戻るんだ。戻って、旅を続ける方法を探せばいい」

肩を震わせるミースを、側に控えるティネケが抱きしめる。

泣きやむのには時間がかかった。こんなところでヨナシュと離ればなれになるなんて、想定していなかったし、耐えられないことだった。彼との思い出の数々が、脳裏をよぎる。けれど、ミースは手の甲でごしごし涙を拭いて、前を向く。いつだって、最後には前を向いてきたのだ。

「やっと泣きやんだね。ティネケ、ミースを旅立ちにふさわしく整えてあげてくれ」

下唇を噛みしめたミースは、ぎゅっとこぶしをにぎった。

ハインケス式の帽子はふんだんな飾りのせいで重かった。ドレスも、りぼんやレースがたくさんついてずっしりしている。ミースにはずいぶん大きかったが、ティネケは針と糸を用いて、器用に形を整えた。それらの重みはミースにとって現実の重圧に等しかった。

「よく似合うじゃないか。レオニーも喜ぶだろう。彼女に贈ろうと仕立てたドレスだ」

「レオニー？　贈ろうとしていたドレスを、わたしが着てもいいの？」

「ああ、もちろん。ティネケも賛成さ。……さて、馬車の用意はできている。行こうか」

ヨナシュ会いたさに、ミースの顔は引きつったが、平気に見せながら頷いた。

ミースを見送りに来たのはティネケだけだった。ふたりは抱き合い、再会を祈りあう。

「ティネケ、あのね、ヨナシュはりんごが大好きなの。起きたらたくさんのりんごをあげてね？　それから、にんじんはたぶん苦手だと思う。あとは……ううん、なんでもない」

ロルフの補助で馬車に乗せられる。馬車は豪華で、リースベスの家のものより派手だった。昼が似合う馬車なのだろう。そのぶん、夜はその派手さに威圧感を覚える。

「ミース、約束してもらいたいんだ。アールデルスへたどり着いても、異端審問官に会っても、誰に会ったとしても、ヨナシュやティネケや私のことを秘密にしてくれないか」

「わかったわ、秘密にする。絶対に言わない」

「そう言ってくれると思っていたよ。ねえミース。アールデルスの王城には、〝女神の祭壇〟という名の部屋があるはずだ。探して覗いてごらん。きみにも真実が見えてくる」

ミースは「女神の祭壇」と復唱してから、向かいに座っているロルフを見つめる。

「ヨナシュの国のバロシュってどんなところ？　わたしたちそこへ向かっていたの。知っていることはある？　教えてほしい。雪という神さまのふけが降ってくるのでしょう？」

バロシュについて知りたいのは目標にしたいからだった。くわしく知れば、旅の仕度を調えて、ヨナシュに会いにゆくためにがんばれる。

そんなミースに、ロルフは「神さまのふけ。ばかな」と笑った。

「バロシュはきれいな国だよ。中央に大きな山脈が通って分断されている。そういえば、かつてヨナシュは北の城を買いたいと言っていた。名だたる騎士があまたの城を立てた時代があって、それらが残っているんだ。佇まいは圧巻でね、孤高の美ってやつだ」

「あ、ヨナシュが買ったお城を見せてくれるって言っていたわ。それのこと？」

ふいにロルフは目を細め、やさしげな顔をした。

「そうか、彼は手に入れていたんだね。さすがはヨナシュだ。相当武勲を立てたのだろう。……ところでミース、きみにとって異端審問官はどんな存在？」

「どんな？　わたしはエフベルトのことしかくわしくないけれど、清廉でやさしくて頼りがいがあると思っていたわ。でも……彼らのことが、よくわからなくなっているの」

「エフベルトか。異端審問官の長だね。きみは彼と仲がいいようだが、それ自体がきみの地位を物語っているんだ。彼は、たびたび女王の名代として決断を下すことがある」

女王——。ミースはおかしな気分になっていた。母と女王が同一だという実感がまったく湧かない。うつむいていると、ロルフは天井を杖で打って馬車を止めさせた。

「次期女王のはずなのに、きみには少しも責任感が備わっていないね。ひたすら親鳥の帰りを待ちわびて、くちばしを開いて鳴くひな鳥みたいだ。きみの巣立ちはいつだろう」

ロルフが醸し出す空気が変わったような気がして、ミースは思わず縮こまる。目を泳がせれば、視界に窓が入った時に、兵が守る建物の前に停車していることに気がついた。

「帰国の前に、きみに収容所を見せてあげよう。以前は牢獄だったが、うちがアールデルスの属国化したいまでは、ヴェーメル教の異端認定された者が入れられる。入ったが最後、二度と外へは出られない。いまのところは、ひとりも出られていない」

ミースは首を横に振って拒否したが、ロルフに抱っこされ、強引に連れて行かれる。

「人の世は不公平にできている。理不尽を強いられる。そのなかでも、特別な地位にある者は、人の痛みや苦しみを知るべきだと私は思う。無知は罪だよ。ねえ、ミース」

暗がりに、ロルフの足音が反響した。

「私の恋人は収容所で死んだ。助けたいといまでも夢に見ているが、息子を守るために声をあげられなかった。時を戻せるなら戻したい。いまの私は後悔にまみれて生きている」

「ロルフ、わたし……」

「善悪は国や立場によって捉え方が変わる。アールデルス側のきみから見れば異端審問官は善であり正義。だが、属国に住まう私から見れば悪であり不義だ。私にとっての異端審問官を最後に見てゆくといい。きみとヨナシュを隔てるものが見えるはずだ。支配と隷属。

今後きみはどのように成長するのだろう。変わるのかな？　それとも、ガキのまま？」

たどり着いた部屋は、ろうそくが一本灯るのみだった。不自然に壁に穴が空いていた。隣の部屋でなにかが起きていることは、いやでもわかった。さけび声や泣き声がひびいているからだ。おまけに空気は生臭く、湿り気を帯びていて、吐き気がした。

「耐えられないにおいだろう？　人間は、基本的に臭いんだ。生物だからね」

ロルフはミースを抱えたままで穴を覗き、「見てごらん」とささやいて、拒むミースの目線を、強引に穴に向けさせた。

ミースは震えずにはいられなかった。そこは壁も天井も総じてどす黒く、ぬめぬめと黒光りしている部屋だった。床はぶきみに血溜まりだ。

片隅に折り重なるものがある。よく見れば息絶えて動かぬ人々だ。皮を剝がれた人もいたし、無造作に首も転がっている。もう長くはないとわかるような傷を負っている人もいる。どろりと垂れているものは内臓のようだった。転がっているのは眼球か。そのすぐ隣では、異端審問官たちが杯を片手に談笑し、奥では、泣きさけぶ女性を男が押さえつけて犯している。

「拷問部屋だよ。痛めつけて恐怖のなかで、強制的に口を割らせようとしている。密告により、無実の罪を着せられただけの者もいる。異端は死ぬだけだから、徹底的に絶望を味わわされる。異端審問官にとって、異端は悪だ。きみの治世ではどうなるのだろうね」

これがただの悪夢だったらよかったのにと、ミースは思った。それほど現実とは思いたくない、現実離れしすぎた、凄惨で残酷な光景だった。

「私の恋人はあのように犯され、最後は舌を噛んで亡くなった。そこまで追い込まれたのだ。私は殺人だと思っている。でもね、私はどちらが善か悪かは語れない。我々が勝者であるならば、同じことをきみたちにしているかもしれない。力をもって支配するほうが手っ取り早いんだ。よって、私はこれはただの勝者と敗者の姿だと思っている。人はたやすく醜い生き物になれる。これを容認するハインケスも醜い生き物だ。私は傍観者であり、息子を守るためなら密告者にもなる。そうでもしないと、守りたいものは守れない」

動揺してなにも言えないでいると、ロルフは知らない異国の言葉で語りかけてきた。

「ミース、きみはなぜ平民ではないのだろう。無邪気なきみが好きだった。ヨナシュにはきみしかいないと思ったし、彼が倒れれば、私がきみを引き受けようと思っていた。だが、マルレイン＝ユステュスならば話は別だ。きみは王城から出てはいけない。迷惑だ。いま、アールデルスの関所という関所には異端審問所が併設されている。彼らが血眼になって探しているのはきみだよ。女王は先日、全世界を属国化してゆくと触れを出したんだ。きみを探し出すためにね。……ヨナシュよりもさらに狂った女にきみは愛されすぎている。ミース、これでお別れだ。二度ときみに会うことはないだろう。私もヨナシュもね」

ロルフは穴から離れて歩き出す。彼は、ミースのほうを見ようともせず、また、語りかけようともしなかった。ミースのほうも、頭のなかがぐちゃぐちゃで、それどころではなかった。汗は止まらず、息は苦しい。彼の足音だけが響いていた。

扉が開いた時、ミースはなにが起きていたのかわからなかった。おまけに、ロルフはふたたびミースのわからない言葉で室内の人に言った。

「少しいいかな、邪魔するよ。私は関所を管理しているリールシュ家のロルフだ。ハインケスの言葉がわかる者はいるかな？　内々に話したいことがある」

「ここにいる。また有用な情報があるのか？」

「ああ。気になる不審な男がいてね、夕刻尋問したのだが、人というのはもろすぎる。軽い拷問であっけなく死んでしまった。その男が娘を連れていたため、私の家で預かっていたのだが、彼女はきみたちと同じ言葉を話すようだ。しかも、きみたちが探している黒い髪に緑の目をした娘だから確認せずにはいられなくてね。ほら、この子だ」

帽子の下を覗かれる。うつむくミースの視界に現れたのは、異端審問官だった。とたん脳裏に先ほどの身の毛もよだつ場面がよみがえり、寒気とともにのどが引きつれた。

「たしかに黒い髪と緑の目をしているな。――よし、預かろう」

「死んだ男についてだが、死骸をあらためたいのであれば、関所に来てくれれば引き渡す。おそらく男はヒンデミット国を目指していたのだろう。人身売買が盛んだからね」

ミースの心臓は止まりそうになっていた。なぜならロルフが話の途中で、異端審問官にミースを渡したからだった。相手の恐ろしげな、熊のような体格にひるんでしまった。

縋るような思いでロルフを見るが、彼は背中を見せて振り返りもせず去ってゆく。

呼び止めるのはあきらめた。悲しいけれど、彼が応えることはないと悟っていたのだ。

八章

ミースを裸にしたのは、なにも隔てたくなかったからだ。ヨナシュもまた、他人には二度と見せたくない肌を、彼女の前では平気で晒す。我ながら醜く、穢れた身体だ。思い出したくない傷も多々あった。しかし、彼女の小さな指や唇で傷や火傷の痕をなぞられるのが好きだった。ものめずらしそうに下腹をつつかれても、抵抗は感じない。なぜ、穏やかな気分でいられたのかは自分でもわからなかった。だが、彼女にならば触れられてもいいと思った。女という生き物に、あれだけ陵辱のかぎりを尽くされてきたというのに。

ヨナシュは旅の道すがら、たびたびミースの鼓動を聞いていた。決まってどきどきしていて、速くてうるさい。しかし、元気な彼女に安心できた。

大抵は彼女を抱えて眠っていたが、小さな胸に耳をつけ、鼓動とともに眠りに落ちることもあった。見る夢は、以前と変わらず悪夢でしかなかったが、覚めればそこに、ぬくもりがあると知っていた。彼女は明けない夜はないことを、身をもって教えてくれていた。

眠るふりをすることもしばしばだ。ミースは終始抱きついてきて、肌に頬をすりつけたり、二十五の男を子どもに見立てているのか、いいこ、いいこ、と頭を撫でる。好きと何度もつぶやいて、顔にせっせとくちづけた。その想いはゆるぎのないものだとわかる。時折、離れればなれにならないようにしたいのか、三つ編みについたぼんを解いて、手首同士を固く結んでいる時もある。面倒にも、また髪を直してやらなければならなくなるが、そのささやかな独占欲に満足もしていた。

——大人になるな。

なってしまえば、彼女は母親の後を継ぐに違いない。二度と会えなくなるだろう。

ミースに『待っていろ』と告げたのか告げなかったのか、そればかりが気になった。ヨナシュにとっての睡眠は夢へのいざないだ。いまいましくておぞましい。なにがあるのかわからない。安らかに眠りにつくことができた日は、一日たりとも記憶にない。

夢に果てない苦痛を味わわされる。いやがおうでも消したい過去が蘇る。それは死を乞い願うほどの苦しみだ。自身の重苦と伯父の重苦が積もりに積もって襲ってきて、小さな自分を思い出させる。押さえつけられ、殺したくても叶わずに、闇は濃くまとわりついて離れない。力がなく、抵抗できない子どもの自分がひたすらはがゆくて、憎かった。

故郷とともに伯父を失い、狂った母は、息子にことごとく行為を拒まれ、自分だけのヨナシュを求めて、伯父と同じように息子を動けぬ身体にしようと企んだ。その試みは、幸か不幸かバロシュの父が送りこむ大勢の女に阻まれた。父は、不義の子が陵辱される姿を毎日観察してほくそ笑みたかったのだ。奇しくもヨナシュはそれによって母から守られることとなった。

ヨナシュは普通を知らないでいた。人並みの感情に触れた機会は一度もない。むき出しの狂気に晒され続ければ人は狂気に染まってしまう。暗殺業に罪悪感を覚えたことはなかった。殺《あや》める際には人の脆さを確認しながら安心できた。しょせんは人だ。強敵だとしても、いずれは殺せるのだと己にわからせる。それが重要だったのだ。危険な局面もあったが、それはそれで好んでいた。命の危機は、地獄の終わりを感じられて心地いい。幸福は、おとぎ話でしかなかったものだ。ヨナシュは野垂れ死ぬことを希望としていた。

教師たちを殺害したのは、ヨナシュの新たな妻がごろつきに殺されたその日のうちだった。教師はフェーヴルの再建をもくろみ、母とヨナシュを無理やり結ばせようとした。

母がいても構わずに、ふたりを〝ヤーヒム〟としてむごたらしく殺したせいか、気が触れた母は息子に近づくどころではなくなった。同時に父は母を手に入れて、うそのように穏やかな人に成り代わり、ヨナシュの部屋から、あれほどいた女たちは消え失せた。

時が経ち、母が父の子を立て続けに産み落としてからは、父はヨナシュを後継者として扱うようになっていた。宰相の娘との縁談が結ばれたのはほどなくだ。

ようやく手にした自由だったが、解放感など一切なかった。眠れば過去が蘇り、そのつど地獄に落とされた。それは何年経とうと消えずに残っている。

すべてがどうでもよくなって、流されるまま空虚な日々を送っていた。それが食にも表れて、ヨナシュは貴族でありながら食事はつつましやかで、毎日同じものだけを食べていた。なんのために生きているのかわからずに、ただ息を吸って吐いていた。

死ねない男の成れの果て。悪夢の終わりは、はるかに遠い。

――すべてが、くそだ。

ゆるやかな覚醒の訪れに、ヨナシュは思いに耽っていた。

今日のりぼんは白がいい。思いきり抱いたら、泣くだろうか。怖がるだろうか。壊れるだろうか。死ぬ時は交わりながらにしようと告げたら、なにを言うだろう。だが、抱かずにはいられない。最後の息が絶えるまで彼女を感じていたいのだ。

「……ミース……？」

いつも側にあるぬくもりが消えていた。ヨナシュはすばやく身体を起こし、毛布をめくる。寝台に少しも熱が残っていない。もう一度、ミースを呼ぼうとした時だ。

「やあ、ヨナシュ。気分はどうだい？　起きるのを待っていたんだ」

静かな部屋に声が響いた。明かりは暖炉の炎のみだった。

長椅子にロルフが足を組んで座っている。酒をのんでいるようだ。

「きみは丸一日眠っていたよ。のどが渇いただろう、飲むかい？　水、酒、どっち？」

ヨナシュはなにも答えなかった。いるはずのミースが見当たらず、目を走らせれば、シーツに落ちたひとすじの黒い髪が目についた。それをつまんでにぎった
「ミースは？」

「彼女のことを話す前に、きみに話したいことがある。とりあえず聞いてくれないか」

「黙れ、ミースはどこだ」とヨナシュがすごむと、ロルフは杯を机に置いた。

「ここにはいないよ。でも安心してほしい。あの子は世界で一番安全な場所にいる」

寝台から下りたヨナシュは、服を雑に身につけながら言う。

「ロルフ、答えろ。どこにいる」

「待ってくれ、先に話がある。きみはミースの正体を知っていたにもかかわらず、私に言わなかったね。なぜ平民だと偽った？　あの子は世界でもっとも手を出してはいけな」

言葉がぷつりととぎれたのは、ヨナシュがロルフの首をひねりあげたからだった。

ロルフは、一瞬目に恐怖をよぎらせたが、すぐに「ヨナシュ」と穏やかに語りかける。

「きみたちはオーステルゼの町を通っただろう。三週間ほど前の話だが、きみたちを素通りさせたあの町は壊滅した。女王の逆鱗に触れ、根絶やしにされた。みせしめだろう。民すらひとりも生きていないと聞いている。無能の罪、密告を怠った罪。しかも異端審問官の長エフベルトがじきじきに兵を率いている。まるでフェーヴルとカファロが滅亡した時の再現だ。それだけではない。きみたちの痕跡が残る町や村はことごとく焼き払われた」

ヨナシュの鼻先がロルフの鼻先に近づいた。その美貌は壮絶な迫力を伴った。

「それがどうした。俺のミースはどこにいる。言え」

「きみらしい反応だ。誰が死のうと構わない。私と同じだね。フェーヴルの血というのは、ひょっとしてもとから狂っているのかな？　私の母やきみの母を筆頭に、まともなやつがいないじゃないか。……とにかく私の話を聞いてほしい」

ロルフは深く息をついてから言った。

「私が問題視しているのはここからだ。きみたちが通ったアールデルスの属国にも被害が及んでいる。関所はね、各国の王族が責任者なんだ。きみはヒットルフ国の関所でも痕跡を残してしまった。あの国の王族と、町にいた異端審問官、および兵も粛清された。そして、このハインケスの関所の王族といえば、わかるだろう？　私だ。きみたちが通れば私たちは滅ぼされる。つまりは息子のマリウスが死ぬ。私は絶対に、ミースをうちの国から出すわけにはいかなかった。ヨナシュ、頼むからあの子はあきらめ」

言葉の途中で、ロルフはけたたましい音とともに吹き飛んだ。台に当たって、上に据えられた高価な陶器は、ばりんとまっぷたつになる。いつの間に手に取ったのか、ヨナシュは剣をにぎっていた。その切っ先が、ロルフにひたりと向けられた。

「おまえ……、異端審問官に差し出したな？　俺の妻を」

「ああそうだ。女王は狂人だ。私は息子ときみを守るためならなんでもするよ。だが聞いてほしい。これは密告ではない。女王は先立って世界を統一する触れを出した。あの女はミースを探し出すためだけに世界を手中におさめるつもりでいた。事のはじまりはミースが城を出たために起きた惨事だ。あの子は外へ出てはいけない。それに考えてみてくれ」

突然ロルフの声がくぐもった。ヨナシュが剣を横に薙ぎ払ったのだ。致命傷ではないものの、胸からは血があふれ出る。

「御託をぬかすな、黙れ」

怒りのなかにあるヨナシュは聞く耳持たずな上に抑えがきかない。しかし、顔には一切表れず、厳冬を思わせるほど冷めている。ロルフは震えながらも患部を押さえた。

「私は命乞いをするつもりはないんだ。いや、本当はしたいが。ミースを異端審問官に渡した時点で覚悟はしている。だが、息子を守るのは私のつとめだ。そして私は、きみが殺されるとわかっていて手を打たずにいられない。なにを隠そう、きみはね、私の自慢のいとこであるばかりか初恋だ。レオニーが現れるまで……。きみと結ばれないとわかっていたから放蕩のかぎりを尽くしたよ。まともになりたくて、女を食い散らかしていた。性交しても満足できなかった。いとこを──男を好きだなんて、自分でも異常だと思った」

ロルフは苦しげにうめき、「これは……死ぬな。痛すぎる」と、胸を強く押さえた。

「よく考えてみてほしい。ミースがいては、女王の怒りを受け続けることは言わずもがな、アールデルスの外に出たとたん、ミースは世界でもっとも狙われる立場になる。世界じゅう、どこへ行っても、ミースがいるかぎりきみには敵しかいない。──旅などできるはずがないだろう。甘ったれないでくれ。きみは強いが必ず死ぬ。必ずだ。あの子は劇薬だ」

「耳が腐る。おまえが判断するな」

「きみは愚かだ。女王を敵に回して逃げきれるとでも？」

目を伏せたヨナシュが長いまつげを上げた時、ロルフの首には冷たい刃があたっていた。

粛々と命を奪おうとする剣呑な気配が辺りを包む。

しかしその時、扉が開かれた。現れたのはティネケだ。彼女はロルフのもとに駆けてきて、身を挺して庇う。

「お待ちくださいヨナシュさま。ミースさまからお手紙をお預かりしております。どうか、ロルフさまをお許しください。わたくしの孫の父親です。後生ですから……、マリウスから、父親まで奪わないであげてください。あの子は、すでに母親を持たないのです」

ヨナシュは深呼吸をくり返し、剣を捨て、「手紙をよこせ」とティネケに言った。指先がわななくのは、ミースがいないからだった。彼とて彼女の姿が見えなくて恐ろしいのだ。

うやうやしく手渡されたのは上質な紙だった。きれいに描かれた花の数々は不器用なミースに似つかわしくない美麗さだ。この時ばかりは、ヨナシュの顔は穏やかなものになっていた。

「内容は次のとおりです。〝ヨナシュ、おはよう。今日も大好きよ。少しだけ出てくるけれど、戻るまで待っていてね。ティネケにあなたの大好物のりんごを頼んでおいたわ。たくさん食べてね〟……あとは、ミースさまのサインが描かれています。こちらをどうぞ」

ティネケが持つのは、真っ赤に熟れたりんごが六つ入った籠だった。

ヨナシュには好物などは存在しない。味わって食べたことがないからだ。

「ロルフさまからわたくしも話をうかがっております。わたくしもロルフさまに賛同いたします。ロルフさまからわたくしも話をうかがっております。女王に渡り合えるのは、この世にただおひとりだけ。ヨナシュさまが不安になるお気持ちはわかります。ですが、ミースさまはたしかに女王の娘です。意志を曲げたりなさいません。あの方なりにお強いのです。女王は、ミースさまのお言葉だけはお聞きになります。ですから、お帰りになるのをお待ちください。ミースさまを、信じてください」

鋭く息を吐き捨てたヨナシュは、床の剣を拾った。

「ティネケ、ロルフの手当てをしてやれ。それからロルフ」

ヨナシュが彼を睨みつけると、傷を押さえているロルフは、顔を持ち上げる。

「俺を異端審問所へ連れて行け」

ロルフは瞠目し、「なんだって？」と身を乗り出した。

「冗談じゃない、死ぬつもりか？　私がきみに嫌疑がかからないように、どれだけ苦心したと。死体や荷物まで用意した。偽の痕跡までも残したんだ。なのになぜ」

以降のヨナシュは、ロルフの言葉もティネケの言葉も聞くことはなかった。

＊　＊　＊

ミースを乗せた馬車はゆく。車輪がきしむ音がする。

ヨナシュが側にいないと、すきま風が吹き込むように寒かった。震えがくるのはそのせいだ。彼のいない夜はろくに眠れず、触れ合えない日々がさみしい。

しょんぼりしているミースは、帽子のつばをぐいと下ろして、物思いに耽った。頭をめぐるのは、当然ヨナシュのことだった。自身の境遇など二の次だ。

車内は、むんと立ちこめる空気で息苦しい。男のにおいが充満している。それもそのはず、ミースの隣にいるのは、がたいのいい黒装束の異端審問官だ。向かいの席にも、恰幅のいい異端審問官がふたり、ぎゅうぎゅう詰めで座っている。窓の外にも、馬を駆るがっしりとした異端審問官たちがいた。

彼らが話す内容はもっぱら女王の娘に関することだった。しかし、ミースは自分をよく知らないためにあやふやで、断言できたのは自分の年齢だけだった。それが異端審問官たちに不審がられて偽者に認定されたのか、偉ぶる態度を取られることが多かった。

「どうしてあなたたちはそんなにいばっているの？　ぜんぜんやさしくない」

当初は萎縮しきっていたミースだったが、やはり異端審問官の存在には慣れていた。吃音を少しも出すこともなく、「いやなやつ」とぴしゃりと言った。

「なんだと？　生意気な……。おまえは〝祝福〟と〝呪詛〟ができるのだろうな？」

できなければひどいめにあわせるといった声色だ。ミースは、つん、とそっぽを向いた。

「お外に出たいわ。馬車のなかはむしむしする。空気が薄いし、すごく男くさい」

「男が揃っているのだから当たり前だ。無理を言うんじゃない、次の宿まではだめだ」

ミースは「けち」と唇を尖らせる。素直なはずのミースが反抗的になったのは、拷問や死体を目にして反感を持っているからだ。

「この馬車は臭くてぼろぼろで、座り心地はいまいちで最悪。おしりも痛いし、舌もたくさん噛んでしまったわ。血の味がするし。知ってる？　舌に塗るお薬はないのよ？」

「ぐちぐちとわがままばかり……くそガキめ。我らは泣く子も黙る異端審問官だぞ！」

このミースと異端審問官たちによる静かな戦いは、その後一週間ほど続いていたが、ミースが気丈でいられたのはそこまでで、次第に元気を失い、塞ぎこむようになっていた。身体にあったヨナシュのしるしが跡形もなく消えたことも、落ち込む理由のひとつだ。

　戻りたい思いが態度に表れて、ミースは背後を気にしてばかりいた。しかし、ヨナシュと過ごした日々をあざ笑うかのように、馬車の進みは速かった。彼と旅をしていた時は、関所を避けて遠回りしていたけれど、いまは障害もなくアールデルスまで一直線だ。

　異端審問官たちの態度ががらりと変わったのは、アールデルスの属国のひとつであるチルモン国へ入ってからだ。そこに、異端審問官の長であるエフベルトが現れた。

　金色の髪がよく映える白い装束を纏った彼は、厳めしい表情で立っていたが、ミースに気づくとすっと雰囲気がやわらいだ。

　ミースは笑みを浮かべて、「エフベルト！」と飛びついた。そのまま抱き上げられた時、ますますヨナシュに会いたくなって、緑の瞳はうるんだ。

「おや、泣かれるのですか？　私が来たからにはもう安全です。ヴェルマも来ています」

「ばあやが？　本当？　早く会いたいわ」

「とりあえず、まずは女神への感謝と、あなたに再会のごあいさつをさせてください」

　ミースを下ろしたエフベルトは、大きな身体を折り曲げて跪くと、そのまま地面に頭をつけてひれ伏した。そのさまを見ていたからだろう、これまでミースと衝突していた異端審問官たちも、慌てて平伏してみせた。その数が三十人ほどいるものだから、ミースは目を白黒させた。平伏され慣れているとしても、大勢からされる経験はなかった。

「……エフベルト、あなたの真似をしてみんなが一斉にしちゃったわ。もうやめて」

「ですが、儀式は終わっていません」

「儀式？　いらないわ。おねがいだからやめて。恥ずかしい」

エフベルトが立ち上がり、「では、部屋にお連れしましょう」とミースを抱きかかえると、顔が近づいた。その時、これまで気にしたことがなかった彼の瞳の色に気がついた。

「緑色の目だわ。エフベルトも、お母さまとわたしと同じ色をしているのね」

「ええ。あなたがた母娘と私は縁戚ですからね。私も緑の色を継いでいるのです」

それははじめて聞いた話だ。エフベルトは、これまで自分のことをミースに明かしたことはなかったが、淡々と説明した。彼は、母の伯父の息子らしい。

「お母さまの伯父さまの息子？　つまり……エフベルトは王族なの？」

話したとたん、彼は重そうにまぶたを落とし、「なぜそのようなことを」と問うてくる。

「だって、お母さまは王族なのでしょう？　女王って本当？」

違うと言ってほしかった。けれど、答えは知っていた。ティネケが偽るはずがないのだ。

「いつお知りになったのですか？　このたびの騒動でしょうか」

ミースは口を開きかけたが、説明できずにうつむいた。ロルフの言葉を思い出したのだ。ヨナシュのこともロルフのことも、ティネケのことも悟られてはならない。すると話せることはなくなった。結婚したことを伝えたかったが、どう伝えていいのかわからない。

「そうね、騒動で……なんとなく察したの。あなたの言うとおりよ」

エフベルトをうかがえば、ヨナシュやロルフと同様に、彼の思いも測れなかった。

「……お父さまはユステュス。わたしはマルレイン＝ユステュス」

「ええ、そうです」と、彼が口にするやいなやミースは続ける。

「どうして誰もわたしに知らせてくれなかったの？　聞いても教えてもらえなかった。わたしはずっと自分が何者かわからなかったわ。せっかくお父さまのお名前をもらっていたのに、それすら知らなかった。知りたかったのに」

「知れば、あなたは次期女王になっていたでしょう。それは避けねばならないことです」

勢いよく話したために肩で息をしていたミースだったが、はたと動きを止めた。

「わたしは……、次期女王ではないの？」

扉の前にたどり着いたエフベルトは、開きながら「ええ」と小さく頷いた。

ミースは胸にわだかまりがつのるのを感じた。女王になりたいわけではない。けれど、自分がなにも期待されない、いらない子だと思い知らされたような気になった。

「どうして？　わたしは、お、お母さまの娘でしょう？　なのに」

「あなたは女王にはなりません。次代は着々と育てられています。名は、ディアンタ」

「ディアンタ？　……わたしに、お姉さまがいるの？」

「いいえ、まさか。ディアンタは私の異母妹です。彼女は残念ながら持たざる者ですが」

エフベルトは話しながら、毛皮がついたふかふかな椅子にミースを座らせた。

ミースは肩を落としてうなだれる。母の跡を娘でない人が継ぐ。無力感にさいなまれ、心はずたずただ。泣いてもなにもはじまらないのに、涙がこぼれる。

「どうしてわたしはなにもできないのかしら。できないこと……知らないことだらけでいやになる。ばかだとも知っているの。時々思う。わたしは人になりそこなっているって」

「ミースさま」と、エフベルトは跪いて視線をあわせた。

「あなたは神に等しいローザンネ＝サスキアの娘です。人になりそこなっているのではありません。神に近いのだから人の子として育てられないのは当然です」

そんな話を聞きたいわけではなかった。女王になれない理由を知りたい。けれど、自分が無力で落ちこぼれなのは、ミースが一番よく知っている。

「……エフベルト、わたしは大人にならなければならないと思っているの。でも……、方法がまったくわからない。大人ってなに？　どうすれば、りっぱな大人になれる？」

「大人など意気込んで目指すものではありません。人は成長して見えるだけで、それを大人と呼んでいますが、内面は大人も子どもも大差ない。いずれにせよ、あなたは変わってはなりません。それがあなたらしさですし、女王がこよなく愛するあなたなのですから」

エフベルトはミースの手を掲げ持ち、乾いた唇を甲に押しあてる。しかし、ミースにはその態度が、子どもの烙印をおされているように思えた。

その時、はじめてできた親友のリースベスの顔が頭に浮かんだ。彼女に身の上をすべて話して聞いてもらうことは、なにより重要だと考えた。それに、旅のことも打ち明けたかった。リースベスのおかげで、大好きなヨナシュに会えたのだ。

「……お城に、親友を呼んでもいい？　リースベスっていう、とってもすてきな子」

口にした瞬間、空気がひりついたが、濡れた目をこするミースは気づかないでいた。

「会うことは叶いません」

「どうして？　……わたしは、到着したらすぐに会いたいのに」

「彼女はもうこの世にいません。死者に会えないことはご存知でしょう」

ミースはこぼれるほど大きく目を開け、彼を見た。

「あなたは神の申し子です。その尊い方を王城より連れ出したのですから、彼女をはじめ、一族は罪を贖《あがな》わねばなりませんでした。前代未聞の犯罪です」

ミースは息を吸えなくなって喘いだ。気が動転し、座っていなければ倒れていただろう。

「……ひ。…………は。…………リースベスを……こ、殺したの？」

「それが大罪を犯した者の末路です。あなたの同意があろうとなかろうと、国のしきたりは守らねばなりません。あなたは、王城以外にあってはならない方なのです」

大好きなエフベルト。しかし、いまここにいるのは誰だろう。知らない人みたいだ。

「ひどい……。なにも知らなかった。あ、あなたはわたしを女王の、娘だと、言うけれど、わたしも、り……リースベスもなにも知らなかったじゃない！　なのに……ひどい！」

ぎゅっとひざの上で手をにぎると、その上にごつごつな大きな手がのった。けれどミースは、「いや！　さわらないで！」と払いのけた。

「ミースさま、これはあなたが禁忌を犯した結果です。王城から出てはならないと再三言われていたにもかかわらず、出たのはあなただ。今後は勝手な行動は慎んでください」

がたがたと身体が震える。たしかに、物心ついた時から言い聞かせられてきたことだ。けれど、それでもあんまりだ。ミースが禁を犯したからといって、リースベスが殺されていいわけがない。納得できない。しかも、彼女の一族までもだ。

「殺すのは……リースベスじゃない。悪いのはわたしでしょう？　わたしを殺せばいい」

「国には秩序があります。しきたりは変えられません。それが我が国が二千年続く所以です。例外はありません。あなたができるのは、二度と愚をくり返さないことだけです」

泣きじゃくるミースが突っ伏すと、エフベルトに背中をさすられた。

「ミースさま。王城にたどり着くまでに機嫌を直していただかなければ。母君があなたの帰りを心待ちにしておられます。お好きな檸檬水をヴェルマに用意させましょう」

ミースはうまく反応できない。信じてきた世界が、音を立てて崩れてゆくようだった。

「あ、……あ、あなたの顔を……見たくないわ。いまは……。しばらく、会いたくない」

これはやつあたりだ。エフベルトの意思で物事が行われたわけではないとわかっている。けれど、冷静ではいられない。いまはどうしても抑えられない。

「わかりました。ですがヴェルマだけは側に置いてください。では、失礼します」

ミースは椅子の上でうずくまる。理不尽で無力で、声を上げて泣くことしかできないなんてくやしくて苦しい。椅子をぽかぽか叩いても、毛皮をむしっても、なんの解決にもなりはしない。怒っても、謝っても、悲しんでも、懇願しても、リースベスはもう戻らない。

――はじめて……声をかけてくれた子なのに。はじめての、親友なのに……。

こんなことが起きてしまうなんて、冗談であってほしい。悪夢ならどうか覚めてほしい。

まなうらに浮かぶのは飄々としているヨナシュだ。無意識に、彼に助けを求めてしまう。

ミースは涙をこぼしながら首を振り、だめだと自分をいましめる。リースベスでさえ殺されてしまうのだから、ミースを攫ったヨナシュの行く末などたやすく頭に浮かぶ。

無知は罪だと言ったロルフは正しい。知らないことを、知らなければならない、絶対に。


ばあやのヴェルマが入室した時も、ミースは椅子でまるくなったままでいた。大好きな彼女まで知らない人に見えたらどうしようと、ろくに顔を見られない。だが、彼女は檸檬水をこしらえて、温かな手で背中をさすってくれていた。変わらないぬくもりだ。

「ばあや……、ひどい態度でごめんなさい。わたし……どうしていいのかわからないの」

ヴェルマが「いいのですよ」と目を細めると、やさしげなしわが寄る。

「いつも元気でいる必要はありません。人にはさまざまな感情があって当然です。悲しい時には悲しみ、怒る時には怒り、笑いたい時には笑う。自然なことです。話したくない時は話さなくていいのです。それでもばあやは、あなたのお側にいられて幸せですよ」

「ばあや」と、ミースはヴェルマのひざに顔をうずめて、縋りついて泣きだした。

「ミースさま。あなたは外へ行かれたことを後悔なさっていますか？」

音を立てて息を吸ったミースは、力なく否定する。城を出たからヨナシュに会えた。

「ばあやはこれだけは言えます。あなたは悪くありません。悪いのは、このばあやを含む、なにも教えていない大人たちです。ですが、正しくないものはじきに淘汰されます」

「……ねえばあや。わたしが勝手をすることで、大切な人がこれ以上死んでしまうのはいやだし、つらいの。なにも知らないことは罪。でも……自分が誰であるかを知ったいままでも、行きたいところがある。いますぐに、戻りたいところがある。一緒にいたい人がいる。……こ、これは罪？　それでも、旅をしていたいと思うのは、罪なの？」

ミースがずるずると洟をすすると、ヴェルマが涙を拭いて、鼻に布をあててくれた。

「考えてもわからない。わたしは、お母さまに望まれていない。なのにどうしてわたしはリースベスが犠牲になってしまうくらいに、お外に出ることを禁じられているの？」

「アールデルスにおいてしきたりは絶対です。あなたのお母さまも――女王も、しきたりに沿っておられます。ばあやが言えることは、あの方は女王としての重圧や孤独を身をもって感じてこられた方。ですから、あなたに同じ思いをさせたくないのです。お母さまに望まれていないなどとんでもない。あなたは望まれている上に守られています」

「……ばあやは、わたしを元気づけようとしてくれているのね？　ありがとう」

これ以上、ぐじぐじと落ち込んではいられないと思った。大好きなばあやのために。

ミースは側机にあるヴェルマお手製の檸檬水を取り、口に運んだ。世界一の味だと思いながら、ごくごくと杯の半分ほど飲んで、窓を眺める。空は分厚い雲が垂れこめていた。

「……わたしね、いろいろなところを旅したの。たくさんの空を見たわ。……どう説明していいのかわからないのだけれど、美しかった。わくわくして、お馬に乗って、それで」

景色よりも、強烈に残っているものがある。分厚いフードを被るヨナシュの姿だ。抱っこをしてくれたぬくもりや、髪を結ったり、眠る時にぴたりとくっついていてくれたこと。魚をつかまえたり、肉を焼いたり、真っ赤なりんごを手渡してくれた時のこと。ひとつになった時のこと。せがめばくちづけしてくれたこと。泣いた時、不器用になぐさめてくれた大きな手。次々と頭をよぎって、ミースは続きを言えなくなった。

涙を流していると、ヴェルマがミースの手から杯を受け取り、頭を撫でてくれた。

「すばらしい旅をなさったのですね。ばあやはあなたの行動を罪とは思いません。あなたは外の世界を夢見ていらした。憧れていらした。それは罪ではなく、ただ夢を叶えられただけではないでしょうか。国の禁を犯したのは事実ですが、あなたはどちらの人生をお望みなのでしょう。あなたの望む道が、あなたにとっての正解なのだとばあやは思います」

ヴェルマはミースにほほえみながら言った。

「外の世界はあなたにとって、さぞかし大冒険だったのでしょう。お聞かせください」

ミースがとりとめもなく話している間、ヴェルマは、さも自分のことのようにうれしそうに笑った。いつも彼女はそうなのだ。ミースが喜ぶと彼女も喜び、悲しむと、彼女も悲しげな顔をする。その茶色の瞳はやさしげに細められ、視線はミースに注がれている。だからだろう、ミースは彼女にならら、打ち明けてもだいじょうぶだと自信が湧いた。

「ばあや、内緒にしてね？　わたし……、旅だけではなく、不思議な愛を知ったわ。お母さまのことも、ばあやのことも愛しているけれど、それとはまた違う種類の愛だと思う。……びっくりしないでね？　わたし、結婚したの。その、大好きな人の妻になれた」

「――まあ、本当ですか？　……幸せでいらっしゃるのですね？」

ミースはぐずぐずな顔をほころばせ、「うん、幸せよ」とヴェルマの手に手を重ねる。

「つまり、ミースさまはこの城とお別れする方法を探しにここに戻られたのですね？」

彼女の指摘にミースは頷いた。認めるのは胸が痛い。王城とお別れすることは、母との決別を意味している。女王は生まれてから死ぬまで王城を出られない。また、異人のヨナシュは、なにがあっても王城に立ち入ることはできない。自分の身の上を知った時から、母かヨナシュか選択を迫られている。選ぶのがつらくて、目を背けていただけだ。

「……わたしはずるいから、ヨナシュと一緒にいて、時々アールデルスに帰ってこようと思ってた。でも、それは許されないのだって……いまはわかる。そうでしょう？」

「そうですね。ですがミースさま。ばあやはどれほど離れていても、生涯味方です」

ヴェルマは昔からミースの側にいてくれる。視界から消えたことがないほどに。

彼女の瞳はうるんでいた。その黒い髪に混じる白髪は、以前よりも増えていた。

「ありがとう。……ばあやと離れてしまうのも、すごく……つらい」

「鳥は、いつか大空を自由に羽ばたくものです。あなたにもその時が迫っているのです」

ミースは声を上げずに静かに泣いた。その肩に、ヴェルマのやさしい手がのせられる。

この期に及んで、母やヴェルマと離れずにいられる方法を探さずにはいられない。

ヴェルマを仰げば、ゆっくりとした頷きが返された。

＊　＊　＊

香炉から煙のすじが立ち上る。ろうそくのゆらめく明かりはおぼろげだ。けぶる部屋は、妖しい香りに満たされて、寝台が、ぎい、ぎい、と鳴いていた。

精緻な彫刻に彩られた寝台だ。天蓋の銀の飾りが、ちらちら揺れている。

その広い寝台に仰向けに寝そべるのは全裸の男だ。男の肌には、花を模した文様がびっしりと刻まれているばかりか、目と口には布が幾重にも巻かれていた。男は、見る権利も、声を上げる権利も有していない。

男の額に玉の汗が浮いていた。その顔が悶絶するように歪んでいるのは、男の上で、肌を晒した女がなまめかしく腰を振っているからだ。

神々しい黄金色の長い髪、そして、瞳は神秘を帯びた緑色。

その行為は普通だとは言いがたい。なぜなら男は動くことは許されず、ただ寝台に寝そべって、昂ぶる性器を女に差し出しているだけだ。

突如、寝台のきしみが激しくなった。男のこめかみはふくらんで、顔はみるみるうちに赤くなる。荒い呼吸が淫靡な音に重なった。しかし、女は少しも息を乱していない。

「杯を」と、女が声を発すると、物陰から白い服の男が歩み寄り、うやうやしく杯を出す。それは、絶頂のなかで行う国でもっとも尊い儀式。女とまぐわう男も、金色の杯を掲げる男も高位の神官だ。

男に跨がったまま、女は杯を受け取り中身を見下ろした。真紅の液体だ。いまだにぬくもりがあるそれをかたむければ、口のなかに広がるのは鉄の味。女は一気に飲み干した。

「女王陛下、エフベルトさまが拝謁をお望みですが、いかがいたしましょう」

扉の外から聞こえた声に、女王は「通しなさい」と短く言った。

入室したエフベルトは神官の集団を見るやいなや、手で合図を送って、すべての者を下がらせた。室内は、彼と女王のみになる。

寝台に留まる女王は、表情なく口にした。

「おまえが城に戻ってきたのは、わたくしによい知らせがあるからか」

「はい、陛下」と告げたエフベルトは、女王の近くに歩み寄り、跪く。

「マルレインさまがご帰還なさいました。医師は健やかであると判断いたしております」

寝台の縁に移動した女王は、エフベルトに向けて、はずかしげもなく脚を開いた。

「おまえが精の始末をさせることなく、勝手に神官を下がらせたのだ。片づけなさい」

エフベルトは、女王の脚の間に進み出て、濡れそぼつ秘部に顔をうずめる。

「おまえは儀式のたびに現れる。…………おまえに、マルレインを見つけた褒美を取らせねばなるまい。なにを望む」

「私の望みは、いまも昔も変わりません。陛下、あなたです」

「仕方のない男だ。手にするがいい」

女王は、身体にのしかかる重みを感じながらも、ゆっくりまぶたを閉じる。まなうらに浮かぶのは、なつかしく、いとしい顔だった。それはいまも色褪せない。

彼の右手の小指の先は欠けていた。虐げられていたからだ。ローザンネは、たびたびその指を口にふくんで、いたわるように舐めていた。

彼を見つめると、笑みをこらえているのか、頬にえくぼが浮いていた。

『くすぐったいよローザンネ』

『我慢して。わたくしは毎日舐めると決めているの。わたくしが、あなたの指になるわ』

幼いふたりはまだまだ未熟だ。けれど、接吻したのは出会ってすぐのことだった。身体をつなげたのもすぐだった。ふたりは性行為の意味さえ知らず、より近くに相手を感じたくて、それをふたりの愛の証としていた。

『ローザンネ、いつか……一緒に海に、行けたらいいね』

それは無理な話だ。ローザンネは生まれてから死ぬまで王城にあらねばならない。しかし、それでも彼の言葉を否定したくはなかった。

『ええ。ユステュス、行きましょう。わたくしとあなた、手をつないでゆくの』

彼との出会いは王城の中庭だ。王族の子息たちに囲まれて、殴られ蹴られ、ひどいありさまの小さな男の子を見つけた。黒い髪は泥にまみれて、身体は打ち身と擦り傷と、切り傷だらけ。手はありえない方向に曲がっていて、服は破られ、裸でいた。

ローザンネは回廊の途中で歩みを止めて、背後に控える青年に目をやった。七つ年上のエフベルトだ。伯父の息子である彼は、ローザンネのしもべであり、婚約者のテイメンが没したあとに控えている婚約者。彼女の即位と同時に、異端審問官の長となる予定だ。

『エフベルト、虐げられているあれは』

『あなたが気になさるほどの者ではありません。あれは私の異母弟ユステュス。父が召し使いを慰み者にした果ての子です。……男とは、強くあらねばなりません。にもかかわらず身体が弱く、淘汰されるべき存在です。彼が虐げられるのは、女神の思し召しなのでしょう』

『なぜ身体が弱い』

『彼は堕胎予定の子どもでした。両親は下賤とみなし疎んでいます。彼は学を与えられず、武を知らず家畜のように生きています。それでも生きる意志を見せるなら手を貸しますが、残念ながら少しも見せません。虐待されても抵抗しない。弱さは自業自得です』

『止めてきなさい。暴行を加えている者には裁きを。おまえに、庭を汚す権利を与える』

『あなたがそうおっしゃるのであれば』

ローザンネが、ユステュスという名の少年を助けさせたのは気まぐれだ。彼女は心を持ち合わせていない。ただ、巣から落ちた鳥のひなを拾い上げるようなものだった。

ユステュスは八歳だというのに、六つの幼子のようだった。身体は小さく背も低い。ろくに食事を与えられないでいたからだろう。おそらく、湯浴みもさせてもらえていない。王族でありながら黒ずみ、ひどいにおいを撒き散らし、ねずみのようなみすぼらしさだ。

『エフベルト、ただちに医師を呼んできなさい』

『異母弟の処置は我が家で行います。あなたがお気をわずらわせることなど』

ローザンネは、『黙りなさい』とさえぎった。

『おまえの親は医師を呼ばない。呼ぶような親であれば、子を飢えさせない。医師を呼び終えたら、おまえの親を投獄なさい。おまえの親が、この子どもを地に這う虫けらとしたのです。生死はおまえに委ねる。わたくしは、それをおまえの心とする』

『両親にすみやかな死を与えます。私はあなたに忠義と真心を捧げる永久のしもべです』

回廊から人の気配が消えた時、ローザンネは胸に手をあてた。これまで早鐘を打つことなどなかった心臓が強く脈打つ。血も身体を駆けめぐっていた。手当たり次第に壊したくなるこの衝動。

――これが、怒り。

呻き声が聞こえて、ローザンネは、地に転がる少年に目をやった。失神から覚めたらしい。震えながらも、彼はこちらを見上げている。

その瞳は、どのような宝石も――女神の貴石でさえも敵わぬような、緑色だった。ローザンネは、これほど無垢で、目に焼きつくものを見たことはないと思った。

ユステュスが声にはならない言葉を力なく言って、はにかんだ。気づけばローザンネはひざをつき、彼の顔に触れていた。自らの手でその顔につく血も泥も埃も垢も拭っていた。これまで一度もひざを地につけたことはおろか、手を汚したこともないというのに。

『聞こえなかった。もう一度、言いなさい』

『ぼ、ぼくは、……は。ユス、テュス……。……き……、きみは……？』

『わたくしはローザンネ。ローザンネ＝サスキア』

今度は気まぐれな行動ではなかった。神や人の声などどうでもいいと思っていたのに、少年のか細い声を、ひと言たりとも逃すまいとしている。いつも無表情のローザンネは、彼のような笑顔に見えてほしいと願いつつ、唇を笑みの形に歪めていた。

――ねえ、ユステュス。わたくしにあなたを教えて。

物心がついた時からローザンネは世界を疎んでいた。アールデルスの王族として生まれながらも、少しも神を信じていない。にもかかわらず、神の化身として扱われ、女王となるべく人の要素を取り除かれて生きてきた。神への擬態は、苦痛でしかないものだ。

いくら神の化身だと言われようとも、当然、奇跡を起こせるわけではない。身体は悲しいほどに人だった。儀式のたびに蝕まれ、消えない澱が降り積もってゆく。

「ローザンネさま、お迎えにあがりました」

ヴェルマの声だった。それは、行為の終わりの合図で、男の腰がようやく止まる。

彼女が入室するころには、寝台を下りた男が猛った性器を衣に収めたあとだった。

「エフベルト、おまえの異母妹はいくつだ」

　女王は、汗と唾液と体液まみれの身体を、ヴェルマに拭かれながら口にした。

「ディアンタですか。彼女は私が父を殺す以前に残された子ですので、少なくとも二十二歳よりも上だと思いますが。陛下のお気をわずらわせることがあったのでしょうか」

「わたくしに、みだりに近寄らせるな。二度目はない」

　きっちりと衣装を纏い終えたエフベルトは、女王に跪く。

「申し訳ございません。異母妹は次期女王の立場からか、陛下を近しく感じているようです。これより私は地下牢に出向きますので、そのあと、厳しく言い聞かせます」

「地下牢。なぜ」

「先日になりますが、マルレインさまの夫を名乗る男が現れたため、捕らえています」

　女王は、かすかに鼻先を持ち上げた。

「捕らえるな、消せ。王城に立ち入らせることなど許していない」

「承知いたしております。ですが、手を下せぬ理由がありました。男は、我が国の王族の血を引いていると主張しています。不敵にも、自ら異端審問所へ名乗り出たようです。まずは私が真偽を確かめ、事実であれば、陛下にお知らせする手はずでした」

「わたくしたち以外の王族は絶えている」

「はい。しかしながら男は、王女リーセロットの孫であると告げています」

　女王は金色のまつげを伏せた。

「フェーヴルの国母となった異端の王女か。血はどれほど残っている」

「リーセロットは子を四人産んでいたようです。彼女の息子である王太子は十七年前に葬りましたが、三人の娘は嫁いでいたため死を免れています」

「消せ。フェーヴルなどいらない」

ほどなくエフベルトが退室すると、女王は虚空を見つめた。


エフベルトが向かった先は地下牢ではなかった。彼は大理石の階段を上りきると、石がひときわ磨かれている階に行き着いた。大股で歩いていると、小さな庭が見えてくる。

突っ切ろうとした時だった。暗い四阿の片隅で、ミースがひざを抱えて座っているのに気がついた。彼女が物言いたげな顔をしているのは、リースベスの死を受け止めきれていないからだろう。それでもエフベルトが手を伸ばすと、ミースは素直に抱っこされた。

彼女は人を疑うことも憎むことも知らない。首に回るのは、温かなぬくもりだ。

「ミースさまは、ここでなにをなさっているのです？　体調を崩されますよ」

「考えごとをしているの。ねえ、お母さまを見かけた？　どこにいるのか知ってる？」

エフベルトはしらじらしくも「いいえ」と首を振る。身体の熱は燻ぶったままだった。

「あの……エフベルト。お母さまは世界で一番の権力者って本当？」

「はい、事実です」

「じゃあ、世界で二番目の権力者は？　……お名前を忘れたわ。その、次代の女王？」

「いいえ、ディアンタのはずがありません。女王に次いで権力を持つのはあなたです」

考えこむミースを見ながら、エフベルトは亡き異母弟を思った。ユステュスは、ひたすらエフベルトに対してびくびくしていた。しかし娘のミースは、はじめから懐いている。

「ねえエフベルト。わたし、お城のなかを歩きたいの。アールデルスのことをもっと知りたいから、お母さまにお願いしてみるつもり。あなたも一緒にお願いしてくれる？」

「ええ、喜んで。よろしければ私からお話ししましょう。お任せくださいますか？」

「ありがとう、任せるわ」と、ミースの唇が彼の頬にくっついた。

ミースを居室に送り届けて、エフベルトが次に向かった場所は、神殿のほど近くにある一室だ。扉を開ければ、幼子を抱いている娘が、「エフベルト」とうれしそうに口の端を持ち上げる。その挑発するような笑顔は、彼が苦手とする男を彷彿させるものだった。

娘は長い金色の髪に、すらりとした体軀をしているが、豊満な胸を持っていた。顔は、若干鼻が低いとはいえ女王に似ている。しかし、こちらを見つめる瞳は琥珀色だ。

「エフベルト、待っていたのよ。来るかもしれないって思っていたわ。ねえ、見て。あなたの息子のヴィレム。大きくなったでしょう？　父親のあなたに似てきたわ」

エフベルトは子に一瞥もくれず、娘にあごをしゃくってみせた。応じた娘は、子を召し使いに預けると、彼とともに奥の部屋に移った。とたん、娘は服を裂かれて裸になった。

娘は驚きもせず、彼の首になまめかしく手を回し、「愛しているわ」と唇にキスをする。

「お母さまの香りがするわ。ご褒美をいただけたのね？　熱い時間を過ごせたの？」

「ディアンタ、ローザンネさまを気安く母と呼ぶな」

「わかっているわ。わたくしたち、ふたりきりの時しか言わない。ね？」

ディアンタは、性急な手つきでエフベルトの下衣をくつろげると、そこに舌を這わせた。

「最近思うの。マルレインよりも美しいわたくしのほうがお母さまの娘にふさわしいって。今日、遠目で見たけれど、あの子、子どもっぽくてみすぼらしかったわ。ねずみみたい」

エフベルトは、自身の性器をむさぼるディアンタの繊細な髪をわしづかみにした。

「あの方を貶めるとは。異端の娘の分際で……。死にたいのか」

エフベルトは娘を寝台に放り投げ、両の乳首をねじり、力のかぎりに強くつぶした。

「痛っ！　う。……なによ、わたくしがユステュスの娘でさえあれば、いまごろわたくしは幸せなのに……。マルレインの代わりの女王？　ふざけるな……。ぶすのくせに、あの子ばっかりちやほやされていやになる！」

「癇癪を起こして私をいらだたせるな。おまえは私の気まぐれで生かされているだけだ」

「ねえ、エフベルト。わたくしと結婚して。あなたまでマルレインに取られるかと思うと気が狂いそう……。あなたはいつもあの子を抱っこしてほほえみかけている。やめてよ。わたくしにも笑って。息子を公表してよ。わたくしを、あなたの女だと皆に言って！　関係を隠さないでよ！」

憤るディアンタがわめく間に、エフベルトは彼女に性器をぶちこんだ。すぐに、ふたりは口を吸いあって、腰をがむしゃらに振りあった。けもののような交接だ。

エフベルトが、女王に焦がれていない時はない。しかし、褒美の日は無性に飢える。女王が接吻するのはミースだけ。胎内への射精を許すのは儀式の神官にかぎられる。本来ならば、女王の次なる婚約者であり、王配だった。そのたまりにたまった鬱憤を、女王に似ている娘で晴らしていた。関係は、ディアンタが幼い時から続いている。

「ディアンタ、おまえの皮は女王に似ていても、その皮の下は汚らわしいテイメンだ。女王に気づかれればおまえは死ぬ。よく学び忠実なしもべに徹しろ。それがおまえが生き延びられる唯一の方法だ」

エフベルトの背中に縋りつくディアンタの爪が、くっと食いこんだ。

九章

母の寝台にもぐりこんだミースは、母と抱きしめあっていた。昔からこうして眠ることが多いのだ。けれど、かつての安息は得られない。いまではそれが、ヨナシュに成り代わっているのだと気がついて、ミースの胸はちくんと痛んだ。

これが成長するということなのかもしれないけれど、自分のなかでさえ、ヨナシュと母は共存できないのだと思い知り、悲しくなった。

「ミース、どうしたの？」

やさしい声に、やさしい顔だ。ミースは、うるんだ瞳をうそのあくびでごまかした。

「どうもしないわ。……ねえ、お母さま」

本心では、母の跡を継げないいわけを聞きたいけれど、自分勝手な問いだと思い至って唇を強く結んだ。旅に出る気持ちに少しも変わりはないのに、なんて自分はひどいのだろう。

「……異端審問官たちが言っていたのだけれど、アールデルスは世界を支配するの？」

そう口にしながらも、ミースの世界はこの城と、ヨナシュの側がすべてだ。そのため、想像できる世界は驚くほど狭かった。ヨナシュとの旅路がせいぜいだ。

「ええ、そうよ。アールデルスは世界を統一するわ」

「どうしてお母さまは、そうしようと思ったの？」

　母はなつかしそうに目を細める。

「きっかけはあなたのお父さま。ユステュスは生まれた時から謂れのない差別を受けていたわ。わたくしは、世界を束ねることで差別を根絶しにして、ユステュスやあなたが生きやすい世にしたいの。それが束の間だとしても。戦は必要悪。愚か者は剪定しなければ」

　ばあやが言うには、ミースのような黒い髪の者は、かつて生きづらい傾向にあったという。黒猫や黒犬とともに不吉とされていたからだ。異端のそしりを受けて、処刑の憂き目にあった者もいたらしい。しかし、母の治世で表面的な偏見や差別はなくなった。

「理想としては、きれいなままで国を治めること。けれど、現実は理想にはほど遠いものなの。わたくしは、いやというほど知っているわ。聖人ではいられない。善人は、悪しき者によって早くに殺される。汚い者しか生き残れない、そんな世は間違っている」

　ミースの頬に、母の頬があてられて、猫のように頬ずりされる。

「かわいい子。あなたはわたくしが生涯守ってみせる。……リースベスのことをヴェルマに聞いたわ。あなたの親友だったそうね。かわいそうに。わたくしたちは、あなたが攫われたという情報しか持たないでいた。友ができたと知らなかったの。――ねえミース。これからは、たくさん話しましょう。このようなことが二度と起きないように、くり返さないように。起きてしまったことは取り返せない。この先気をつけることしかできないの」

頷くミースは、鼻先を上げた時、母の視線が自分の首もとにあることに気がついた。ぶち模様の貝殻の首飾りだ。ミースは貝をつまんで、母に、父の話をせがんだ。

　母は静かに語りだす。これまで聞いたことがなかった内容だ。話が深まるにつれ、母と父のすてきな出会いを知ったが、同時に過酷な過去も知った。たまらず涙がこぼれると、母が指で散らしてくれた。母だって、瞳をうるませていたというのに。

「わたしがお父さまのお側にいられたらよかった。いじめっこを、やっつけたかった」

ミースは、母の濡れた頬を両手で包み、唇どうしをあわせる。たまに母はミースよりも頼りなく見えることがある。父と似ているという自分が父になりきって、こうして母にくちづけるのは、小さなころからたびたび行う習慣だ。ミースは、母の望みがわかるのだ。

「ねえ、お母さま。この首飾りのことを、くわしくお話しして？」

「これは、ユステュスの最初の贈り物なの」

話しながら、ミースの髪に母のくちづけが落とされる。

「悲しいことに、ユステュスは二年半の間攫われていたことがあるの。けれど、一日たりともわたくしを忘れたことはなかったと言ってくれたわ。……リースベスには悪いことをしたわね。ユステュスの前例があるからこそ、厳しくせざるを得なかった」

心に痛みを感じるミースが首飾りに手を置くと、その上に母の美しい手が重なった。

「攫われたユステュスが閉じこめられていた部屋は、狭くてぼろぼろの荒屋《あばらや》だったの。この貝殻がぽつんと落ちていたそうよ。はじめは友として、毎日貝に語りかけていたのですって。彼の、最初で最後のお友だち。名前までつけて……。この貝の名前は、ミース」

「ミース？　この子はわたしと同じ名前なの？」

「ええ、そうよ。彼は、ある日わたくしにこの貝を贈りたいと思い立ったの。彼の足はひもで縛られていたのだけれど、少しずつひもをちぎっては、編み直し、この首飾りのひもを作ったわ。失敗したり、心ない輩に取り上げられてしまえば、はじめからやりなおして時間をかけて編んでいた。二年かかったそうよ。完成したらわたくしに会えると信じて編み続けてくれた。実際の再会は、それから半年もかかってしまったのだけれど」

「……わたし、この首飾りをうんと大切にする。でも……、お母さまが持っていたほうがいいのではないかしら。だって、お父さまの、お母さまへの想いがたくさんつまってる」

母は静かに首を振る。

「わたくしたちの娘であるあなたに持っていてほしい。ユステュスとの結婚は皆に反対されていたわ。それでも強行したのだけれど、彼は皆に認めてほしいと願ったの。そしてわたくしたちは、マルレイン、あなたに会いたいと毎日祈ったわ」

黒い髪を撫でてもらえて心地いい。はにかむと、母もほほえんだ。

「あなたはユステュスがこの世に生きた証なの。わたくしたちが、ふたりでいた証。彼とそっくりな愛らしい顔をして、ふたりの色が合わさった濃い瞳を持ち、わたくしが愛してやまない素直な性格に育ってくれた。ミース、これからはマルレインと呼んでもいいかしら。ユステュスが名付けたの」

ミースは顔をくしゃくしゃに歪め、涙をこぼしながらも頷いた。自分という存在が、父がこの世に生きた証で、ふたりの証となるのなら、ずっと生きていたいと強く願った。同時に、自分が誇らしかった。望まれて生まれたのだとはじめて思えたからだ。

この日、ミースは父の話を長い間聞いていた。途中からは母にうながされ、自分の旅も語りだす。隠さずすべてを打ち明けた。

ミースはうそをつけない。また、つこうとは思えなかった。父を偲びながら手を取り合って、母とふたり生きてきた。

母を窺えば、とろけるような笑みがそこにある。

「わたくしの想像を超える冒険だったのね。そろそろ眠りなさい、もう真夜中だわ。続きはまた、お話ししましょうね」

母はミースを毛布で包み、子守唄を口ずさむ。いまだにミースが小さな女の子だと思っているらしく、必ず歌うのだ。それは、ばあやのヴェルマも同じで、必ず歌う。

小さなころから聞き慣れている歌声に、ミースは眠たくなくてもいざなわれる。うとうととぼんやり意識をさまよわせたミースは、ヨナシュを想い、やがて眠った。


子守唄が途絶えたころには、その部屋に、影がしのび寄っていた。闇のなかから現れたのは、黒い髪のヴェルマだ。彼女の濃い髪色は、夜とうまく調和する。

気配に気づいた女王は、ミースの口にそっとくちづけ、寝台から下りた。その表情からは、甘さやさしさは消え失せて、あるのは凍てつく神々しさのみだった。

化粧着を脱いだ女王が、裸身に自ら黒いローブを羽織ると、ヴェルマがひもで固定する。

ふたりが進むのは扉ではなかった。ヴェルマが壁にかかった女神の絵画をめくりあげると、手を伸ばした女王は、壁に掘られた彫刻の一部を押しこんだ。

かちり、と居室の片隅で音がした。ふたりはそちらへ歩み寄る。ヴェルマがタペストリーをずらせば、壁が若干浮いていた。開ければ奥の部屋が現れる。

ヴェルマが先導し、闇へ続く狭い階段を下りてゆく。足音は彼女のものしか聞こえない。女王は、幽鬼のように人を感じさせることなく歩いていた。

その部屋は迷路のように複雑な隠し通路に至っている。古くから、代々女王が使用してきた道だった。そこかしこに罠が仕掛けられており、知る者でなければ生きては通れない。

ふいに女王が足を止めたのは、鈍金色の扉の前だ。気づいたヴェルマも歩みを止めた。

あごを動かし、合図を送った女王は、壁にかかる燭台を取り、ヴェルマの持つ明かりから火を移すと、扉を開けて、ひとりで立ち入った。

広い部屋の中央に、天蓋つきの大きな寝台が据えられている。床は乾燥した花々が敷き詰められて華やかだ。かつてはすべてが生花であった。女王は、踏みしめながら近づいた。

「あの子は変わらずあなたに似ているわ。姿も、声も、しぐさも、心も、笑顔も」

寝台には、小柄な遺骸が横たわる。フードを下ろした女王は、うっとりほほえんだ。

「明日は、一緒に眠りましょうね。わたくしたち、同じ夢を見るの」

遺骸の手に手を重ねる。その干からびた手の小指の先は存在していない。やさしくなぞり、身をかがめた女王は、その唇だったであろう箇所にゆっくりくちづけた。

「……そうだわ、海の夢がいい。潮騒を聞いてみたいの。あなたは？」

ヴェルマは女王が部屋から出るまで、平伏して待っていた。しばらくして部屋から出てきた女王は、目深にフードを被り、何事もなかったようにヴェルマの前を通り過ぎてゆく。

暗い道を歩けば、ほどなく階段にたどり着く。だが、ふたりは階段に目もくれず、裏手に回り、古く錆びつく扉を開ける。とたん、生ぐさい、ひんやりとした空気が押し寄せた。

これまでの整然とした隠し通路とは打って変わって、そこは不揃いな石でできた壁と、粗末な石畳が続いていた。およそ二千年前に作られた古い遺構は、かつては女神の祭壇だったが、いまでは地下牢となっていた。

突き当たりの頑丈な扉を確認すると、ヴェルマが進み出て錠前を開錠して跪く。女王は、ひとりで足を踏み出した。闇は死を纏うようにねっとり絡みつき、その姿をたちまちのみこんだ。

ひとたび地下牢に入った罪人――異端は、二度と外へは出られない。アールデルスは異端を人として扱わない。拷問は当然のこと、食事も水も与えない。

目当ての男は、最奥に位置する独房につながれていた。

鉄の扉を開いて立ち入れば、男はかすかに身じろぎしたのか、鎖がこすれあう音がした。

明かりをかざせば、黒く照らされるものがある。血だまりだ。男の腕は後ろに回され、鉄具で拘束されている。

大抵、拷問を受けた者というのは、痛みにうめき、未来を悲観しているものだ。もしくは怒りのなかにある。しかし男は奇妙にも静かに座っているだけだ。

「理性を保つとは、拷問に慣れているのか。わかっているとは思うが、おまえは死ぬ」

男は面倒そうに鼻を持ち上げる。死を恐れていないかのような不敵な面ざしだ。

「おまえは異端審問所へ自ら出向いた。なぜだ、死ぬとわかっていながら」

「出向かなければ、王城には立ち入れない。どのような軍隊を用いても無理だろう」

話すのが困難なのだろう。男が途中で咳きこめば、血があごに垂れてゆく。

「耳障りな発音だが、我が国の言葉を話せるらしい。……その右の腕は折れているようだ。利き腕か。すべての爪をむしられても、おまえは悲鳴を上げなかったという」

男は表情なく、ただこちらを見上げる。

「だが、拷問はこれだけでは終わらない。おまえは行きたまま舌を切られ、目を抉られ、鼻をつぶされる。性器は切断、両の手足も切断だ。臓腑は残らず引きずり出される」

「知っている。おまえたちの異端への拷問は、揃いも揃って皆同じだ」

女王は独房内を横切り、水桶を手に取った。そして、男の頭めがけて水を浴びせた。傷がしみるだろうに、男は震えるものの、呻き声ひとつ漏らさない。

これまで血でわからなかったが、男は銀にも見える髪色だ。殴られ、傷を負っていても、その美貌は損なわれていない。むしろ、手負いの姿が地獄の光景に際立った。

「おまえの生国を言え。これ以上、その耳障りな声は聞くに堪えない」

「バロシュだ。……おまえに問いたいことがある」

〈どうせ消えゆく命だ。叶えてやる。言え〉

女王はバロシュの言葉でうながした。

〈おまえは甦りの秘術を求め、バロシュに攻め入ろうとしていた。しかし、おまえは愚かなうわさを信じるほど、ばかにも狂った女にも見えない。人が——ユステュスが甦ると本気で思っているのか。おまえが探し求めているものは、この世にあるはずがないものだ。その、真の目的はなんだ〉

〈よくしゃべる。バロシュ、取るに足らない小国だ。どうでもよい。どの国であろうと、どうでもよいのだ。人は甦るか否か。甦らない。奇跡はない。おまえが生きのびる道はなく、わたくしの夫も二度と還らない。……この身を覆うローブは少しも役に立たないようだ。おまえは、わたくしが誰かを知っているな。いつからだ〉

女王は、黒いローブを脱ぎ捨てる。黄金の長い髪、そして見事な裸身が晒された。

〈はじめからだ。ミースに話を聞けば、おまえはぼくに会わずにはいられなくなると知っていた。あいつはすべてを語っただろう。隠しごとはできないやつだ。……なぜ、異端審問所へ出向いたか。おまえはミースを二度と城の外へ出すつもりがないだろう。だったら迎えにゆくまでだ。いまやミースは、ぼくなしでは生きられない〉

〈異端の王女リーセロットの孫、ヨナシュ。うぬぼれるな。あの子はおまえなしでも生きてゆける。生きられないのはおまえのほうだ。強がっても、地べたに這いつくばっても、死ぬことになろうとも。おまえは、ただあの子の近くにありたいだけだ。愚かな男〉

〈おまえもユステュスがいないと生きてゆけない愚かな女。甦らないと知りながら、それでも子どもの生き血をすする理由は？　なぜ長く生きようとする。若さを手に入れ、どうするつもりだ。外面など意味がない、くだらないものだというのに〉

女王は、かがんで彼の顔に鼻先を近づけると、尖った爪で、その胸にある裂傷を抉った。ヨナシュは声を上げることなく、顔すらも歪めなかった。女王は、じっくりと彼を観察してから、指にしたたり落ちる血を見せつけるように舐めとった。

〈おまえは地獄のなかにいただろう。いる、というのが正しいか。感情を持たないだろう。死に焦がれているだろう。あの子で感情を知ったか。あの子はおまえの光か。あの子がなにもできなくて身体が勝手に動いたか。あの子の声をひと言も聞きもらすまいとしていたか。どこぞの人間が創り出した愛の言葉など、軽々しく吐けぬほど、あの子と離れがたくなっていたか。だが、あの子はおまえのものではない。わたくしのもの〉

女王はささやきながら、ヨナシュの首に腕を回すと、その薄い唇をむさぼった。しかし、彼は微動だにせず、されるがままでいた。その瞳は凍てつくように冷ややかで、くちづける女王の瞳も冷ややかだ。そのさなか、白い手は彼の股間に向かい、みだらにうごめいた。

〈勃《た》つわけがないだろう〉

〈反応しようものなら、即刻おまえの首を刈り落としていた。抵抗しないのはなぜだ〉

〈興味がないと知らしめるには、効果があるだろう。ぼくにとって、おまえは無価値だ〉

女王が身を離すと、その身体にはべったりと、ヨナシュの血が付着していた。

〈……おまえはわたくしだ。わたくしは、おまえだ〉

めずらしく女王の片眉が、ついと上げられた。

〈おまえはリーセロットの孫であることを盾とすれば命はつながると思っているようだ。だが、間違いだ。あれはフェーヴルから我が国へ移送し、わたくしが殺した。我が国の王族はわたくしが殺した。王族は、死すべきものだ。おまえももれなく死ぬ。最後に、なにを言い残す〉

〈祖母が盾として弱いことははなから知っている〉

ヨナシュは息を深く吸い、さらに言葉を重ねる。

〈おまえに直接会って聞きたかったことがある。なぜフェーヴルとカファロを滅ぼした。おまえにとってどうでもいい国だろう。これといって資源もなく、土地が肥えているわけでもない。なぜ殺した。ぼくは、やつらを滅ぼすために生きていた。やつらに生きていることを後悔させる。それだけが生きがいだった。おまえのせいで、ぼくからやつらが消えない。なぜ、奪った〉

女王は後退り、黒いローブを拾った。生地には床の血が染みこんで、しずくが垂れた。

〈ヨナシュ。おまえはマルレイン……、ミースが殺されればどうする。あの子が突然世か

ら消える。二度と笑わず、動かなくなる。殺した者の国を知った時、おまえはどう動く〉

瞠目するヨナシュに、女王はゆっくりと〈それが答えだ〉と言った。

血を気にすることなく、女王はローブを纏う。白肌に赤がこびりつく。

去ろうとした女王に、〈待て〉と前のめりになるヨナシュの鎖がじゃらりと鳴った。

〈おまえは、フェーヴルとカファロの者がユステュスを殺したのだと言っているのか〉

しかし、答えは返らない。女王は、すでに扉に向けて歩きだしていた。

「おまえはわたくしだ。わたくしはおまえだ。同じ人間は、ふたりもいらない」


女王が去ると同時に独房は完全な闇に支配される。明かりが灯った時に見た室内は、片隅に髑髏が六つ確認できた。人が死ねば次なる罪人を入れ、ある程度たまったところで死骸をまとめて片しているのだろう。次に骸となるのはヨナシュなのは明白だ。

死のにおいが充満するなか、すでに鼻は慣れていた。飢えや、渇きもとっくに慣れた。呼吸をするだけで痛みを伴い、血を失いすぎたせいなのか寒かった。女王の前では痛みはないかのように振る舞っていたが、相当無理をしていたし、視界はぐらついた。

愚かなことをしている自覚はじゅうぶんあった。だが皮肉なことに、いま、他人ではない自分の生を生きているのだと実感できる。

気は張りつめているというのに、身体は限界なのだろう。ヨナシュの身体はかたむいた。

傷を回復させようというのか、目は冴えているものの、身体は眠りを求めていた。

　ヨナシュはまどろみながら、エフベルトを思った。彼は、女王が訪れる前に姿を現し、ヨナシュを拷問するさなか、突然手を止めた。

『バロシュ国のヨナシュといったか。あなたの顔を知っている。フェーヴルの血を引くのは事実のようだ。十七年前に殺した元王太子のセレスタン、彼に似ている。ここで殺す前に女王に報告せねばならないが、むろんあなたは死ぬだろう。フェーヴルの血に温情は与えられない』

　伯父に――実の父によく似た容姿が、ヨナシュの時を稼いだらしい。おかげで女王に面会できた。ヨナシュは命がけの賭けをしている。最後まであきらめようとは思わない。

　しくしくと夢が近づく気配がした。束の間の眠りのなか、おぞましい過去はくり返される。しかし、それはすぐに終わりを迎え、別の夢があらわれた。

　ミースを攫ってからの夢だった。二十五年生きてきて、幸せと呼べる時間は、彼女が側にいた時だけだ。あまりに短く、儚い。けれど濃密だ。知り得ないはずの喜びを、知ることができたのだ。

　どれほど寝たのかわからない。昼か夜かもわからない。遠くのほうで、ぴちゃん、ぴちゃん、としずくが落ちる音がした。合間に聞こえるのは足音だ。意識を研ぎ澄ませれば、明かりがじわじわ近づいた。それが扉に到達した時点で、ヨナシュはあごを持ち上げた。

　音を立てて扉が開き、現れた女は若くはなかった。髪をひっ詰めて後ろで括った小柄な女だ。背すじを伸ばし「ヴェルマです」と名乗った。

「……女王に、命じられて来たか」

「あなたには、あと三日生きていただきたいそうです。お手伝いさせていただきます」

三日。おそらくは、公開処刑でもするのだろう。

「ヴェルマといったな。おまえの名はミースから聞いたことがある」

ヴェルマはヨナシュの側に近づき、「はい」と頷いた。

「ばあやとして、ミースさまがお生まれになった時からお仕えしています」

「ミースは、元気か」

「はい。健やかでいらっしゃいます」

「あの頼りない泣き虫は、この国の王になるのか」

ヴェルマはヨナシュの傷を見ながら、「いいえ、なられません」ときっぱり言った。

「女王とは神であり、人であってはならない存在です。病にならず、歳をとらず、息をせず、食事をしない。人を超越した姿であらねばなりません。神に感情は不要のため、徹底的に除かれます。喜怒哀楽はたび重なる痛みによって消されるのです。息をする回数すら決められており、その呼吸は誰にも悟られてはなりません。歩く時は音はおろか、重力を感じさせてもいけません。食事、睡眠、立ち姿、手の位置、足の位置すべてが二千年の時とともに培われたしきたりの上にあります。……女王は、神殿により作られるのです」

ヨナシュは漠然と、自身をがんじがらめに縛りつけてきた教師を思った。

「ミースとは対極だな。あの女は、娘に同じ思いを味わわせたくないというわけか」

ヴェルマはヨナシュの傷を洗い、調べ終えると、傷を縫う許可と焼く許可を求めてきた。処置の痛みは壮絶だった。しかし、ヨナシュは堪えた。幼いころから、痛みに屈しないようつとめてきたのだ。それでも、震えは止められなかったが。

「は。………教えて、くれないか。十七年前、フェーヴルとカファロが滅ぼされたのは、女王の夫の暗殺に関わったからだと聞いた。当時の状況を、知り得るかぎり話してくれ」

「私は当時、王城にいたわけではありません。聞きかじりになりますが、あの日、両国の特使がアールデルスを訪れました。通常、異国の者が王城に立ち入ることはありえませんが、あの年は記録的な洪水と蝗害により、女王は禁を破ってまで近隣国に手を差し伸べました。それが、まさかユステュスさまが暗殺されることになろうとは……」

ヴェルマはヨナシュの傷口に薬を塗りこめながら続ける。

「罪人たちは、エフベルトさまがその場で処断したと聞いています。そして女王の命により、エフベルトさまは自ら出征し、フェーヴルとカファロを世から消しました」

思うところはあるものの、ヨナシュは「そうか」とひと言で終わらせた。

「もうひとつ気になることがある。ぼくの見立てでは、女王が死んだ時点でアールデルスは滅びへ向かう。あの女は善政を敷いているわけではない。いまのことしか考えていない。死後、ただちに属国の多くは離反するだろう。あの女は、国を長く存続させる気はない」

ヨナシュは一旦言葉を切った。血の混じる汗が頬を伝い、ぽたりとあごから落ちてゆく。

「女王の行動は、国が滅びる前提だとしか思えない。王族はあの女が絶やした。後の世を考えていないからこそだ。……はじめは女王が子どもの生き血をすするのは、幼い夫が甦る際、少しでも若くあろうとしているからなのだと思っていた。だが、違う。女王は、なんのために子どもの生き血をすすっている？　なぜ、国を滅ぼそうとしている」

女王が独房に訪れた際、ヨナシュに投げた言葉は、そっくりそのまま自身のことだろう。ヨナシュは、彼女の言葉に同意していた。女王はヨナシュでありヨナシュは彼女だ。

地獄を知るからこそ、地獄のなかにいる者の気持ちがわかる。感情を持たないとわかるのも、自身が持たない者だからこそだ。死に焦がれていることも。ヨナシュがミースで感情を知ったことも、彼女がヨナシュにとって光であることも。一連の言葉は、ヨナシュにとってのミースをユステュスに変えれば女王のことになる。

女王はまちがいなくヨナシュを殺すために地下牢にやってきた。脱ぎ落としたローブから聞こえた金属音。それは小刀をしのばせていたからだろう。裸で来たのは、返り血を流す前提だ。

考えをめぐらせていると、黙っていたヴェルマが処置の手を止めずに言った。

「私は一介の召し使いです。女王の思いをうかがい知ることはできません。ただ、ローザンネさまはかつて生き血をすする儀式を軽蔑し、毛嫌いなさっておられました。ご自分ではしないと宣言されていたほどです」

「子どもを積んだ馬車を見た。一台だけではなく、少なくともこのひと月で五台見ている。

ずいぶん積極的にかき集めているじゃないか。進んで儀式をしているとしか思えない」

「ヨナシュさま、私が言えることはこの目で見て感じてきたことだけです。……ユステュスさまは、暗殺がなくてもお亡くなりになっていたでしょう。なぜならあの方は迫害のもと、毒を盛られ続けていたからです。医師には大人になることはできないと……。ローザンネさまもご存知です。それでも、あの方はユステュスさまを夫となさいました」

ヴェルマは手を止め、目もとを拭い、ふたたびヨナシュの傷に取り掛かる。

「とどのつまり、王族の方々は皆でユステュスさまを下賤とし、殺めたのです。ローザンネさまがアールデルスの国自体に思うところはあっても、なにもおかしくはない。私は、そう思います」

激痛に身体はこわばり、皮膚が焦げるにおいが漂った。それでも彼は声をしぼり出す。

「……女王だけではない、おまえもだ。おまえも思うところがあるのだろう。ぼくは殺意や憎悪に敏感だ。おまえからはずいぶん感じる。――一介の、召し使いではないな？」

ヴェルマは深呼吸をして、静かに言った。

「そのお顔は、もうご存知なのでしょうね」

「ああ、ひと目でわかった。面影がある。そのえくぼも、黒い髪も、耳の形も」

薄く笑ったヴェルマは、目を伏せる。

「私はユステュスの母親です。主に手籠めにされ、あの子が生まれました。ですがある日、先代女王と主に謂れなき異端の烙印をおされ、遠くへ追放されました。彼らは息子を亡き者にしようとしていましたから、息子を守る私が邪魔だったのです。ローザンネさまは遠くに追いやられていた私を探すため、あらゆる手を尽くしてくださいました。ようやく王城に戻ることが叶った時には、息子はすでにこの世にいませんでしたが……、代わりにミースさまがお生まれになりました。あまりによく似ていて息が止まりそうになりました。生まれ変わりなのだと本気で思いました。あの方をこの手で取り上げ、以降、お仕えしております」

「なぜ素性を明かしてやらない。祖母が側にいると知れば喜ぶはずだ」

「理由は明かせません。ヨナシュさま、どうか、なにがあってもミースさまには私のことを語らないでください」

ヴェルマを観察しながら、ヨナシュはすでに事は動いているのだと悟った。理由は問わなくてもわかっていた。彼女の行動もまた、女王と同じく長い年月に及ぶ計画の上にあるのだ。

「なにを企んでいるのかと聞いても、語る気はないのだろう」

「ヨナシュさまはお強い方ですね。普通の者であれば痛みに気絶しているでしょう。ですが、処置はまだ半分も終えておりません。おつらいでしょう、お眠りになりますか？」

人がいるところでは眠れない。汗をにじませるヨナシュは「このまま続けろ」と言った。

＊　＊　＊

ミースは紙にぐりぐりと花の絵を描いていた。こんがらがった頭を整理するためだ。花びらや蔓や葉っぱで表す文字を解読できる者は、アールデルス内でもかぎられる。その内容はくだらないものでも、絵として見れば、構図からして美麗な仕上がりとなっていた。

「ねえばあや。お城に戻ってから二日も経ったわ。でもなにも進展なしなの。わたしはとんでもなくふがいないわ。だって……昨日もお母さまに旅に出る話をできなかった。おかしいの。お母さまにはなんでもお話しできるのに、旅のことになると……、勇気が出ない」

ミースが「でね、この案はどう思う？」と花を指さすと、ヴェルマの口は弧を描く。

「焦りは禁物です。ご休憩なさいますか？　お好きな檸檬水をご用意します」

ミースは「あとにする」と断った。その時、ロルフの言った言葉が頭に浮かぶ。

「ねえばあや。女神の祭壇ってどこにあるの？　覗けば真実が見えてくるらしいの」

口ごもるヴェルマが答える前に、扉が二度叩かれた。

「ミースさま、入ってもよろしいでしょうか」

エフベルトだ。ミースは意気揚々と「いいわ」と鼻先を持ち上げる。彼の訪れを待っていたのだ。紙をくしゃくしゃまるめてぽいと捨て、手ずから両開きの扉を開け放つ。とたん、背の高い彼に、いつものとおり抱っこをされた。

「お喜びください。あなたの望みのとおりに事は運んでいます。いまこの時よりいつでも城内を歩くことができますし、女王も快諾しておられます。早速お連れしますか？」

ミースは、ぱあっと顔を明るくした。

「エフベルト、ありがとう」

「ただし条件があります。出歩く際には必ず私かヴェルマに声がけを。それから近衛兵をお連れください。城内は安全とはいえ、不測の事態に備えなければ。よろしいですね？」

頷くミースは、すぐにエフベルトに城内を案内してもらった。

もし状況が違えば、らんらんと目をかがやかせ、美麗な像や、壁の模様、高い天井、いくつもの部屋に興味を持ち、質問し続けていただろう。けれど、なにひとつ興味をひかれるものはなかった。それればかりか、ミースは外への道を探している自分に気づく。

もう、城はミースの居場所ではなくなった。心はヨナシュの側にある。何者にも侵されない頑丈な屋根や壁、ふかふかな寝台においしい食事、腰を落ち着けさせられる椅子に、美しく見せてくれる衣装。そして、世話してくれる召し使いたち。それでは満足できない。

不自由でも、貧しくても、吹きざらしで寒くても、雨に打たれてずぶ濡れになっても、たとえ土の上で眠ることになっても。ヨナシュがいればそれでいい。彼の側がミースの居場所だ。

「……エフベルト、わたしを下ろして」

床に下ろされたミースは決意していた。もう、ヨナシュ以外の抱っこは受けないと。いまのうちに、王城とお別れする仕度をしなければならないからだ。

「どうなさったのですか？」とひざを折る彼を、ミースはひたむきに見つめた。

「エフベルトは言ったわ。わたしの走りはからきしなのだって。きっと、あなたが抱っこで甘やかしてくれるから、わたしの足は軟弱なの。これからは足に厳しくしようと思う。自分の足で歩いていれば、いつか鍛えられて早く走れるようになるかもしれない。わたしは少しでも、今日のわたしよりも成長したいと思う。だから、甘えないようにするわ」

「それがあなたの大人への一歩ですか?」

「そうよ、第一歩なの」

ミースがちょこちょこ歩きだすと、従うエフベルトや近衛兵、ヴェルマの歩みは遅くなる。ミースは、つないでいるエフベルトの手を引っ張った。

「ねえエフベルト。女神の祭壇ってなに? どこにあるの?」

「それは女王が行う儀式の部屋のことですが、あなたが目にすることは生涯ありません」

暗に忘れろとにおわされ、ミースの心は沈んだ。部外者だと宣告されているようだった。

——でも、ロルフは真実が見えてくるって……。知らなければならないわ。

一行はしばらくとりとめもなく歩いていた。これといって目的がないからだ。しかし、多忙なエフベルトが神官長の使いに呼ばれて立ち去ると、ミースはここぞとばかりに辺りをきょろきょろ見回した。最後にヴェルマの顔に目を留める。

「ねえばあや。わたしね、決めたことがふたつあるの。披露してもいい?」

ミースは十人ほどいる近衛兵にも目をやって、「あなたたちも聞いてね」と付け足した。

「まずはその一。これからは時間を無駄にしないわ。時間は有限ですもの。大切にする」

頷くヴェルマに頷き返し、ミースはぴんと立てた指を二本に増やした。

「続いてその二。わたしは世界で二番目に偉いみたい。だから、いまから立場をうんと利用してみようと思うの。つまり、権力を笠に着るわ。今日からいやなやつになるつもり」

意表をつかれた言葉だったのか、ヴェルマが目をぱちくりさせた。近衛兵たちもだ。

「いままでと同じわたしではいつもと変わりがないもの。とにかく変わらなければって昨日決意したわ。でもどう変わればいいのか、まだあやふやでわからないから、試せることは、すべて試してみようと思ったの。みんなには協力してほしい。これから出会った人に声をかけて、いろいろな質問をしてみるわ。……吃音に気をつけなくちゃ」

しかし、きびきびと勇んでいたミースだったが、ほどなくして雲行きがあやしくなっていた。通りすがりの貴族たちには大慌てで平伏されて、言葉を交わすどころではなかったし、神官や異端審問官、兵や、召し使いたちにも同じようにされた。どうやら母とエフベルトからの通達に、城内の者は皆、萎縮しきっているようだった。しかも、ミースの周りを固めている近衛兵は筋骨隆々で厳めしく、人を寄せつけない。

「これではただの嫌われ者みたいだわ。いやなやつという目的は達成できているけれど」

先が思いやられたミースは、しょんぼりと大理石の階段に腰掛ける。頬杖をつき、外に目をやると、雲間から太陽が顔を出しているのに、雨が降っていた。粒がきらきらとかがやいて、厳粛な古い石造りの神殿や、女神エスメイ像を幻想的に光らせる。

「……お天気雨だわ」

奇しくもここは、リースベスと出会った階段だ。あの時と同じ光景だとミースは思った。

――いまの状態では、きっと……、わたしはリースベスの親友になれなかった。

緑の瞳をうるませていると、ヴェルマが袋からりんごを取り出した。これまで彼女がりんごを差し出したことなどなかったのに、意外な行動だ。ミースは両手で受け取った。

ひと口かじれば甘酸っぱくて、胸が痛んだ。飽き飽きしている味なのに、恋しくて、会いたくて、どうしようもなくなった。もはやミースにとって、りんごはヨナシュだ。

「……ばあや、わたし、知らなかったわ。自分が何者かを知ってしまうと、これまで以上に孤独を感じてしまうものなのね。だからこそ……会いたくなる。ヨナシュに会いたい」

「ミースさま」

「わたし、権力なんていらない。世界で二番目じゃなくていい。最下位でいいもの」

ぼたぼたと涙をこぼすミースを見つめるヴェルマは、眉根を寄せている。

彼女が語りかけてこようとした時だ。こつ、こつ、と足音が聞こえた。花の香りが辺りを包む。

「はじめまして、というべきかしら。くだけた話し方でも、あなたは許してくれる？」

ミースは振り向いたとたん、目をまるくした。金色の髪に琥珀色の瞳をした美しい人だ。母によく似ている。声も、母のようだった。胸をじくりと蝕むのは、淡い嫉妬だ。

「やだ、泣いているの？　下々の者に泣き顔を見せるなんてどうかしているわ。わたくしは、次期女王のディアンタ。ねえマルレイン、――いいえ、ミースと言ったほうがいいかしら？　あなたとお話ししたいの。来てくれる？　……そのりんごは早く捨てなさい」

思わず硬直したミースは、ぴたりとヴェルマにくっついて、その腕に自身の腕を巻きつけた。ディアンタは笑っていても瞳は冷ややかだ。ミースのことが嫌いなのだ。憎んでもいる。

「……わたしはお話ししたくない」

「次期女王のわたくしがしたいの。断れないわよね？」

ディアンタは一歩近づくと、長身をかがめ、ミースの耳もとに口を近づける。母と同じしぐさに、母のようないい香り。ミースはたまらなくなった。

「ねえ……、あなたとわたくし、どちらのほうが女王の娘に見えると思う？」

「いじわるをしたいのなら、か、帰って。……わたしは、ぜんぜん傷つかない」

それはうそだ。ミースはじゅうぶん傷ついている。ディアンタは大人っぽいし、はじめてふたりを見比べた人は、誰もが彼女のほうを母の娘だと思うだろう。ミースに母の要素はない。

「単刀直入に聞くわ。あなた、エフベルトと寝たことは？」

ミースは眉をひそめる。彼と眠るはずはないのに、なぜ問われるのかわからなかった。

ヴェルマが進み出て、「おやめください」と止めにかかるが、ディアンタは、「しもべがわたくしに話しかけるな」とヴェルマを突き飛ばす。よろめく彼女を助け起こしたミースは、ディアンタを、ぎっと睨んだ。

「なんてことをするの。ばあやはしもべではないわ。わたしの大切な人だもの」

仕返しに突き飛ばしてやろうとしたけれど、ミースの力はへなちょこで、あまりに弱い。ディアンタの豊満な胸を、意味なく摑んでしまっただけだった。あわあわと手をのけようとすると、手入れの行き届いた白い手をがしりと摑まれ爪を立てられた。

「あなたって本当に厄介。りんごで汚れたべたべたな手で触れられて、わたくしには怒る権利があるというのに、あなたを傷つけると逆に拷問されて殺されてしまうもの」

「拷問？　殺される？　そんなはずはないわ」

「ばかなの？　これまであなたをきっかけに死んだ者の数を知ってる？　驚異的な数よ。あなたがかさぶたを作っただけで、火傷を負っただけで、転んだだけで、攫われただけで、一体何人が死んだと思っているの。あなたはいるだけで迷惑極まりないの」

あぜんとしたミースに、ディアンタが蔑みのまなざしを向ける。

「無知って最低ね。無知だから許されるとでも思っているの？　本当に、最低」

かたかたと震えはじめたミースの肩を、ヴェルマが抱いた。

「おやめください、ディアンタさま。これ以上の無礼は、報告するしかありません」

ヴェルマが話を強くさえぎると、ディアンタは「冗談よ」と軽く手を上げた。

しかし、ミースの意見はヴェルマとは違っていた。ディアンタを見上げて言った。

「ねえディアンタ。あなたの知っていることを教えて。わたしはわたしが許されるとは思っていない。無知は罪よ。リースベスのことだってわたしに責任がある。すべてを知りたいと思っているの。わたしが知らないところでこれ以上なにかが起きてほしくない」

「……いいわよ、教えてあげても。ただし、いますぐ人払いなさい。それから――」

ディアンタはミースの耳に、ひそひそと言った。

「条件があるわ。わたくしはエフベルトがほしいの。金輪際、彼と寝ないで。約束して」

約束するもなにも眠ったことなどないのだ。ミースは「約束する」と大きく頷いた。


大理石の階段にディアンタとふたりで腰掛けて聞かされた話は、ミースの知らないことばかりでこわばるしかなかった。まるで別世界のお話で、現実だとは思えない。

「……甦りの秘術？　お母さまはそれがほしいの？　本当に？」

ミースが首をひねるのも無理はない。彼女が知るかぎり、母は現実主義者なのだから。

「そうよ、だから十七年前、秘術を求める侵攻ははじまったの。もうわかったでしょう。あなたはこの国の要なの。わたくしは美貌も知性も兼ね備えているし、努力も怠らなかった。けれど、あなたにだけはなにをやっても敵わない。ユステュスの娘というだけで」

目の前でくやしがるのは、完璧ですてきな女性だ。とてもではないが、ちっぽけなミースが敵う相手ではなかった。きっと、ヨナシュも彼女を見れば惹かれてしまうだろう。

「あなた、祝福と呪詛ができるのでしょう？　わたくしには無理。それだけは教わっていないし、させてもらえない。緑の目を持つ者以外は神にはなれないから、資格がないの」

「できるけれど、祝福と呪詛の意味はよくわからないの。わたしは、呪詛のほうが好き」

それは、指の形やしぐさが呪詛のほうが格好いいと思うからなのだが、ミースはディアンタに穢らわしいものを見るような目で睨まれていることに気がついた。

「ちょっと、あなた悪魔なの？　いいこと？　わたくしに呪詛だけはやめてよね」

ミースが首をかしげると、彼女は形の整った鼻に「これだから無知は」としわを寄せた。

「呪詛はヴェーメル教徒にとって地獄の宣告を受けたも同然よ。呪詛によって魂は穢れ、女神エスメイは遠ざかる。つまり、常世への門を永久に閉ざされる呪いというわけ」

「常世……。死後に魂が行き着くという、楽園のことね？　そこに行けなくなるの？」

「そう、いままで積んできた格は問答無用で台無しになる。逆に祝福は常世への割符なの。楽園を約束される証となる。あなたは付与できる立場にあるの。これってね、異例なこと。あなたは女王にはならないくせに、しっかりと特別な地位は保ったままでいる。この世で祝福と呪詛を付与できるのは女王とあなただけ。わたくしは納得できないわ」

「お母さまに、ディアンタにも教えてって頼んでみるわ。わたしも教えられると思う」

「あなた、ばかじゃないの。いらいらするわ。なにを軽々しく言っているのよ。うちは二千年以上の歴史を持つ国なの。融通がきくようであれば、はじめからやっているわよ」

ディアンタは、ふう、と物憂げにため息をついた。

「小国だったアールデルスが世界でもっとも大きな国になったのは、なるべくしてなったのだとわたくしは思っているわ。この二千年の間にヴェーメル教は浸透し、世界じゅうに教徒が散らばっているのですもの。もとから侵略はたやすかった。けれどしなかった。だからこそ二千年存続できたとも言えるのだけれど……。もしもユステュスの暗殺がなければ、アールデルスは変わることはなかったでしょうね。けれど起きてしまった。結果、版図は広げられた。それはすなわち繁栄の道を歩みはじめたということ。裏を返せば滅亡への道を歩みはじめたということ。不変こそ、長く存続する秘訣に決まっている。わたくしは、この国の行く末を思うと怖いわ。あなたはいいわね、ただ守られ、のんきでいられて」

ミースは頬を思いっきりつねられた。困惑しながらディアンタを見ると、彼女は笑う。

「あなたを見ているとついいじめたくなってしまうわ。ずるいのよ。で、これで少しは無知なあなたの知りたい欲を満たせたのかしら？　もうあなたの相手はたくさん。行くわ」

「ごめんなさい。でも……最後にもうひとつだけ。あの、女神の祭壇ってなに？」

ディアンタは、かっと目を見開いた。

「なぜあなたが女神の祭壇を知っているの？　……興味があるの？」

頷くと、彼女はらしくもなく、そわそわと辺りを見回した。

「物好きね。他言しないと約束できる？　特にヴェルマはだめ。もちろん女王もよ」

「約束するわ」と言い切れば、ディアンタは意味深長に顔を歪めて息を吐く。

「ひとつ忠告してあげる。この国では好奇心はろくなことにはならない。蓋をしているべきよ。まあ、あなたがどうなろうと、わたくしの知ったことではないけれど。——来なさい。わたくしはいま、女神の儀式を行うために、身体を整えているさなかなの」

「移動するの？　それはまずいわ。ばあやにここから動かないと約束したから」

「知りたいのなら、わたくしに従いなさい。これはいまだけの機会よ。二度と見せない」

ディアンタはミースをすごすごと従わせる迫力を持っていた。回廊を、手を引かれて歩きだす。彼女を見上げれば、すんと鼻先を上げていて、気高く美しいが、怖かった。

複雑に曲がりくねって、どこをどう歩いたのかわからず、次第に息が切れていく。

疲れを感じはじめていると、子どもの笑い声がした。庭が見え、子どもたちが遊んでいる。途中の部屋でも子どもを見かけ、耳をすましてみたけれど、異国の言葉でわからなかった。

「見て、子どもがいっぱいいるわ。元気でかわいいわね」

ミースはヨナシュとの子どもを想像し、顔を赤らめる。子どもは性交の末にできるといまは知っている。まぎれもなく、夫婦の愛の結晶だ。それを、ヨナシュはほしいと言った。

――子どもは、人それぞれの愛の形なのね。わたしはお母さまとお父さまの愛の形。

どきどきと思いをめぐらせていると、頭上から「吐きそう」とか細い声がして振り仰げばディアンタが口に手をあてていた。

「ディアンタ、顔が青いわ。気分が悪いの？　少し、お休みする？」

「……いつものことよ。ここに来るといつもそう。女神の祭壇では二千年以上同じ儀式が粛々と続けられているの。あの子どもたちは、女神エスメイの子になるさだめ」

「女神エスメイの子？　……あ、わかったわ。あの子たちはいずれ神官になるのね？」

「つくづくめでたい頭ね。いいわね、悩みがなくて。まずは見せてあげる。説明はあと」

以降、彼女はなにも語らないでいたが、連れて行かれた場所は奥まったところにある部屋だった。一見、扉があるとは気づけそうもない奇妙な位置にある。

戸口に立つ神官が、ミースを見たとたんに顔を引きつらせ、ディアンタに言った。

「これは……ディアンタさま、なぜ……」

「この子に見せてあげるの。次期女王の命令よ。いいでしょう？　この子ほど資格を持つ子はいないわ。わたくしに女児ができなければ、おそらく次の女王はこの子でしょう？」

ミースは怖さを感じて逃げ出したくなっていたが、ディアンタに椅子に座るように指示されてしぶしぶ従った。やがて、両隣に神官が立つものだから、緊張するはめになる。

部屋は薄暗く、香を焚きしめているのかふわりと煙が漂っていた。母がたまに纏っている香りなのだと気づく。だからこそ、目の当たりにした光景に愕然としたのだ。

部屋の中央にある大きな寝台でくり広げられたのは、男女の戯れに他ならない。仰向けになった神官の上でディアンタがなまめかしく腰を振る。彼女は立て続けにふたりの男と交わった。終わった時には、神官は、彼女の乱れたドレスを正して立ち去った。

悪い夢でも見ているようだった。頭はせわしく動いているのに、少しも言葉が見つからない。耳に、嬌声がこびりついたままでいた。

部屋は、気づけば彼女とふたりきりになっていた。先ほどまでとは打って変わって、静寂が包みこむ。

　ディアンタは髪を億劫そうにかき上げて、水が入った杯をかたむけた。

「説明するより早いでしょう？　だから見せたの。女神の祭壇で行われているのは性交《ヒエロス・ガモス》よ。古来より性交は神聖な儀式なの。けれど儀式では、厄介にも女王と神官が同時に果てなければならない。その時に妙薬を飲み干すというわけ。同時だなんて、わたくしはまだ無理。だからこうして儀式に備えて身体を作っているの。でも……妙薬だけは慣れないわ。あれを飲むのだと思うと、気分が悪くなる」

　ミースもまた気分が悪くなっていた。顔の色は蒼白だ。ロルフは真実が見えてくると言ったが、こんな真実ならば、知りたくなかった。

「……お母さまも、儀式を？」

「当たり前でしょう。これは女王の重要な義務のひとつなの。避けては通れないわ」

「な……な、なんのために、この儀式はあるの？　目的は、なに？」

「あなた、先ほど見た子どもたちが神官になると言ったでしょう。大間違いよ。気づかない？　儀式で神官と女王が交わるということは、子ができるのが普通なの。我が国の神官長をはじめ、首脳たちは皆、儀式によって生まれた子どもよ。あの人たち、歴代の女王の血を引いてるの。女王が儀式で身ごもる子は、女神エスメイに授けられた神の下僕。神官は生涯独身というけれど、童貞ではないわ。神官長ですらたまに儀式に参加するもの」

　ミースはごくんと唾をのむ。身体が重くて、吐きそうで、沈みそうだった。

「……わたしには、兄弟がいるの？」

「最後まで聞きなさい。ここからが本題よ。いまの女王ローザンネ＝サスキアは、かたくなに儀式の子を産まないの。ことごとく堕胎したのよ。本来なら女王には産む義務がある。けれど、あの方はあなた以外の子どもを決して認めたりはしなかった。話によると、女王は長年受胎の兆候が見られないそうよ。無理な堕胎が祟って子を産めない身体になっているのね。つまり、先代女王を最後に儀式の子は生まれていない。この先もあの方が女王であるかぎり、儀式の子は望めない。それがいま、神殿をゆるがす大問題になっているの。そこで神官長が目をつけたのがわたくし。この儀式の練習だって、儀式の子を早く望んでいるからなの。わたくしは、女王になる前に未来の神官を産むのでしょうね」

「ディアンタは、それでいいの？」

「よくはないわよ。けれど仕方がないじゃない。わたくしは次期女王で、義務は全うしなければ。二千年のしきたりからは逃れられないのですもの。あなたと違ってね。それに、儀式をわたくしがすることはエフベルトも賛同しているの。だからわたくしはやるのよ」

　ミースは眉をひそめた。どうして？　という思いがふつふつと湧いたからだった。

「なによその顔、憐れみ？　やめてよ、いらつくわ。わたくしはね、女王になりたくないわけじゃない。だって、女王は伴侶を指名することができるのですもの。わたくしがエフベルトと結婚するには、女王になるしかないの。なって夫にしてみせるわ。必ずね」

　ディアンタが、憎々しげにミースを睨みつけた。

「わたくしが目障りなのはあなたよ。エフベルトが結婚するのだとしたら、相手はあなたしかいない。神官長はあなたとエフベルトを結婚させようとしているの。冗談じゃないわよ。もし話が出たら断りなさい。さもなければ、あなたを八つ裂きにするわ」

「そんなの、絶対に断るわ。だって、わたしは結婚しているもの。大好きな夫がいるわ」

目を瞠ったディアンタは、前のめりになった。

「なんですって？　だったら、あの話は本当だというの？　でたらめだと思っていたわ」

「あの話？　なんのこと？」

その後、彼女から告げられた言葉に、ミースは大慌てで駆け出した。


「ちょっと、待ちなさいよ。まだ本当かどうかわからないじゃないの。ねえ、ちょっと」

背後からディアンタの声が聞こえるけれど、ミースは先へ行くことしか考えていなかった。頭のなかには彼女が放った言葉が駆けめぐる。心は急くばかりだが、ちっとも速く走れずに、うっかりと纏う衣装を足で踏んづけ、派手にころりと転がった。

ひざが猛烈に痛んだけれど、思いは別のところにあった。

『わたくし、盗み聞きをよくするの。あれは二日ほど前かしら。エフベルトと異端審問官の会話を聞いたの。彼らは異端を地下牢に捕らえていると言ったわ。その異端はあなたの夫を主張しているらしいの。でも、現実味がないと思ったわ。だって、その異端はフェーヴル国の王妃の孫だなんて言っているというじゃない。フェーヴルは殲滅された国なのにおかしいでしょう？　生き残りがいるはずがないわ。だから、でたらめだと判断したの』

　ミースは、瞬時に地下牢に捕らえられているのはヨナシュだと確信した。彼の過去や事情をくわしく知るわけではないけれど、フェーヴルという滅びた国の名前を覚えていたからだ。彼の祖父と祖母は、かの国の王と王妃であり、ヨナシュは孫だ。

　彼に会えるかもしれない喜びと、彼が置かれているだろう境遇に、どうしようもない不安がこみあげ、ぐすぐすと涙を流せば、追いついてきたディアンタが言った。

「あなた、なにを転んでいるの。早く立ちなさいよ。自分のドレスがどれほど希少で高級か知らないの？　あなたのドレスは、女王のものと同等の生地が使用され、作り手も同じなの。そのドレス一枚で、わたくしのドレスが何枚仕立てられると思っているの？　いいから立ち上がりなさい」

　ミースが泣きながら立ち上がれば、「見苦しい、泣くのはよしなさい」と咎められ、ひざから血が出ていることに、ディアンタはみるみるうちに青ざめた。

「大変、早くドレスを着替えなさい。高貴な布が……」

「そんなことはどうでもいいの。ディアンタ、お願い。早くわたしを地下牢に連れて行って。いま、すぐに。わたし、地下牢の場所を知らないもの。お願いだから」

「このわたくしになにを言っているの？　おぞましい、穢れきった地下牢になど行くはずがないじゃない。冗談じゃないわよ、わたくしは次期女王よ？」

ミースはぎゅっとこぶしをにぎりしめる。強い心で彼女を見据えた。

「早くわたしを地下牢に連れて行きなさい。ぐずぐずするなら、のろまだと罵るわ」

いきなり変わった口調に、ディアンタはあぜんとした様子だったが、すぐに憤慨した。

「なんて口をきくのよ。無学で女王になれない落ちこぼれが。お母さまにまったく似ていない。その顔も、背も、なにもかも。しかも、不吉な黒い髪。なぜそんなあなたが」

「……落ちこぼれだって知っているわ。なにもできないもの。でも、この黒い髪は好き」

父から引き継いだこの髪は不吉ではなく、誇りだ。くやしくてぼたぼたと目から涙がこぼれた。

ミースは、もぞもぞと帯のひもに結びつけてある小刀を抜き取り、切っ先を自分の首に突きつけた。ディアンタが慌てるのは無理もなかった。正気の沙汰ではない行いだ。

「あなた、狂ったの？　なにをやっているのよ……。わたくしのせいになるじゃない。やめてよ、早く小刀を下ろしなさい。ちょっと、早くその短い首から離しなさいよ」

「小刀を下ろしてほしければ、わたしを地下牢に連れて行って。早く。……本気よ？」

ミースは首もとにあるナイフをひけらかす。いやなやつになると決めたのだ。

城内は騒然となっていた。泣きじゃくる女王の愛娘と、見るからにいらいらしているうるわしい次期女王が、手をつないで回廊を歩いているからだ。ふたりに気づいた近衛兵たちも後に続くものだから、目撃者はその奇妙な光景にあっけにとられるばかりでいた。

「ちょっと、泣きやみなさいよ。まるでわたくしがいじめたみたいじゃない」

「どうすれば泣きやめるの？　教えてくれたら涙をとめるから、教えて」

「知らないわよ、自分で考えなさいよ。わたくしね、泣き虫って大嫌い。脅す女もね」

「……ごめんなさい」

「いまさら謝らないでよ、いらいらするわ。あなたはどうしようもない女。悪いと思うなら、エフベルトにわたくしと結婚するように働きかけなさい。女王にはあなたがひざをすりむいたのは自業自得だと必ず言うこと。それから、後でわたくしに祝福をしなさい」

「祝福？　後じゃなくていまするわ。その……わたしの祝福でよければだけれど」

彼女を見上げると、その背後には、壮麗な神殿のファサードが広がっていた。

「ではしてちょうだい。……知ってる？　女王は、呪詛は頻繁に使うけれど、誰にも祝福を与えたことがないの。だからわたくしは、あなたの祝福で我慢するしかないってわけ」

その場に跪いたディアンタに恐縮しながら、ミースは指をくにくに動かした。

「〝余、汝に与えん。至高の幸運、魂の恩寵、身の先を照らす光。共にあらん〟」

額に指をのせると、ディアンタは満足そうに瞳を細める。

彼女は立ち上がりながら、「ねえ、あなた」と前置きして言った。

「いいこと？　考えなしの祝福や呪詛はおやめなさい。あなたは常世を開いたり閉じたりできるの。それってね、女神を守る審判の役目を担っているということ。責任重大よ」

「いまのところ、考えなしにはしていないと思うわ」

ディアンタと歩くミースは、突然足をぴたりと止めた。神殿に誘導されているのだと気づいたからだ。

「どうして神殿を目指しているの？　わたしが行きたいのは地下牢なのに」

「ああもう。説明するのはだるいわ。あなたのせいでわたくしはしゃべり疲れたの」

以降、ミースは不安になりながらも口をつぐんでいたが、景色が厳粛な白を基調にしたものからどす黒く変化した時には安心した。いかにも地下牢といった陰気な雰囲気だ。

アールデルスでは、罪人とは異端のことであり、牢は異端審問官の管轄となっている。そのため彼らは壁のように立ちはだかって、頑としてミースたちを通さない。が、ミースが自身の首に刃をあてて「ぐさりと刺すわよ」と言うと、しぶしぶ扉を開け放つ。

目的とする場所は最奥にあるという。しかし、進むにつれ環境は劣悪になり、汚臭もひどくなってゆく。罪人は皆、うめいているだけで、意味のわかる言葉を発している者はない。

本来ならば、足はすくんで先へは進めないだろう。しかし、彼を思えば強くいられる。

頭のなかは、ヨナシュのことでいっぱいだ。彼にここで会いたい気持ちと、ひどい環境を思えば、人違いであってほしい気持ちと、ふたつの思いがぐるぐるめぐる。

最奥の独房までたどり着くと、ミースは異端審問官に鉄の扉を開けさせた。

異端審問官が、炎で内部を照らしたとたん、ミースはがたがたと震えて駆け出した。はじめはただの黒い塊に見えていた。しかし、見間違えるはずがないのだ。彼がいる。

「ヨナシュ！」

早速転んだミースの衣装はどろどろだ。黒光りしている床はぐずぐずに濡れている。

ミースは背後に控える近衛兵に助け起こされたが、動転しきって腰が立たない。

ヨナシュのあごが持ち上がる。弱々しい様子の彼に、ミースは這うように近づいた。

だいじょうぶ？　という言葉は言えないでいた。だいじょうぶなはずはなかった。身体は手当ての布が巻かれて、皮膚が見えない。たくさん殴られ、痛めつけられたのだろう。後手に拘束された鉄具が痛々しく、張りめぐらされた鎖が、悲しいくらいにいまいましい。

「……ヨナシュ」

ミースは自身の衣装で汚れた手をごしごし拭くと、わななく指先をヨナシュの頬にのばした。まつげの影が動き、暗がりでも彼がまばたきしたのがわかる。

すでに視界は涙でにじんで見えなくなっていた。あの気高く美しいヨナシュが、見る影もなくずたぼろだ。

どうして地下牢にいるのか。なぜ、ここまでの仕打ちを受けなければならないのか。

口にしたいことはたくさんあった。けれど、ひと言たりとも形にできない。どれも聞いてはいけない気がするし、一番伝えたいこととも違う。

「……ミース、泣くな。ぶさいくになっている。洟まで垂らして……ばかなやつ」

話すことすらつらいのだろう。しぼり出したか細い声だ。口の端も切れている。

「おまえは、……よく転ぶ。ひどい扁平足だ。…………ずっと、その足音を聞いていた」

「泣くな」とふたたびささやかれ、ミースは必死に涙を拭う。けれど少しも止まらない。

「ひどい顔だ」

「ひ、ひどくて、いいの。……ぶさいくでも。よ、ヨナシュに、会えた。……ヨナシュ」

ミースは彼を覗きこみ、かさかさになっている唇に、自分の唇を押しあてた。

すぐにくちづけが返されて、うれしくて、思わず声を上げて泣いてしまう。

「なんて泣き方だ。泣き虫め」

いつものように、抱っこをされたい。けれど、当然ながら無理だった。

ミースの両手はわなないた。抱きつきたくても、彼の傷を思えば抱きしめられない。だからミースは、ありったけの思いをこめて口にする。

「ヨナシュ……、ヨナシュ、わたしね、あ……あなたを、愛してる。……愛しているの」

「知っている」

ふたたび彼の唇に吸いつけば、今度は彼からむさぼられる。ミースはヨナシュの口を食みながら、もう二度と離れないと誓った。

十章

「マルレインが地下牢にいると、おまえは言うのか」

エフベルトの報告を受け、傾いた陽で赤々と色づく部屋は、緊張感に包まれる。女王が声を発したのは、侍女や召し使いをすべて下がらせた後だった。

背すじを伸ばし、エフベルトを見下ろす女王は、跪いた彼の首に短剣を突きつけて、刃であごを上げさせる。彼は終始されるがままでいた。

「申し訳ございません。マルレインさまをお連れしようとしたのですが、あの方は異端の男から離れようとなさらず、私や異端審問官が近づけば首に刃を押しあて、あろうことか自死しようとされます。我々には手出しができず……」

「異端審問官の長ともあろう者が、途方に暮れて、このわたくしに泣きつきにきたか」

「――いえ、そのようなことは。これより戻り、マルレインさまをお連れいたします」

「よい。動くな」

女王は、突然「くくく」と肩をゆらして笑った。エフベルトが瞠目するのは当然だ。女王は、人らしい振る舞いを禁じられているのだ。しかも、その面持ちは晴れやかだ。

「愉快だ。あの子は独房からおまえや異端審問官どもを締め出した。これが笑わずにいられるか。わたくしのかわいい娘は屈しない。はにかみ屋でも内気でも、弱くても牙をむく。鋼の意志を持っている。ユステュスもわたくしが捕らえられたら同じことをしただろう。……もうよい。よいのだエフベルト。あの異端の男はわたくしだ。下がれ」

エフベルトが息を鋭く吸いこむと、女王は緑の瞳を細めた。

「下がれと言っている。あとは、わたくしに任せておけ」

その言葉の意図を悟ったのだろう。エフベルトが、突然女王の足に縋りつく。

「おやめください、あの計画だけは。あれだけは、よしてください。ローザンネさま」

彼は幼少のころより、女王と同じく冷徹でいた。しかし、いまその瞳は余裕のかけらもなく、うるんでいる。声は、腹の底からしぼりだした懇願だ。

「私はあなたがお生まれになった時より仕えています。片時も、遠ざけないでください」

「黙れ。わたくしはこの機会を十七年待ち望んできた。本懐を遂げる好機を逃すわけがなかろう。——ヴェルマ、エフベルトを扉まで送ってやれ」

背後にひっそりと控えているヴェルマが進み出ると、エフベルトは物言いたげに彼女を見た。が、ヴェルマを少しもわずらわせることはなかった。自ら扉へ向かって、開く前に振り返る。

「なにがあってもそれだけは。どうか、お考え直しくださいますよう」

女王は、目を細めただけでいた。次に言葉を吐いたのは、扉が完全に閉まってからだ。

「あの子にどう伝えるべきか、考えあぐねていた。それを自ら探り、見つけ出すとは天運か。終わりは突如訪れる。悪しきは淘汰されてゆく。ようやく時は満ちたのだ。まさか悲願が叶うとは思わなかったが……叶う。ヴェルマ、おまえは地下牢に向かいなさい」

ヴェルマが「かしこまりました」と告げると、女王は、再度「ヴェルマ」と呼びかける。

「覚悟は、できているか」

「もとよりできております。ヨナシュさまが現れてから、近いと気づいておりました。ようやく私はお役に立つことができます。あなたの願いが叶うことこそ、私の悲願です」

「おまえに、告げたいことがある。神の化身ではない。人としてのわたくしの言葉を」

女王は、あえて足音を立ててヴェルマに歩み寄り、その身体をそっと抱きしめた。

「お義母さま、マルレインをすてきな娘に育ててくださり感謝しています。あなたのおかげでやさしく愛らしい、自慢の娘になりました。わたくしたちが幸せにしたいと願ったあの子は、この先、より幸せになるでしょう。あの子が愛する者を見つけることができたのは、あなたが守ってくださったから。祖母としての立場を奪われながら、ばあやとして生きてくれてありがとう。ユステュスを、わたくしに与えてくれてありがとう。彼を失ったあと、この長い闇を耐えてこられたのは、あなたが支えてくれたから。マルレインとあなたは、わたくしを照らす光でした」

ヴェルマはうつむいた。震えているのは、涙を流しているからだ。

「ローザンネさま。私にとってあなたとミースさまのお側にいられたことは、身に余る幸せでした。あなたが私を見つけてくださらなければ、私は喜びを知ることはなく、世をただ呪っていたでしょう。私の息子、ユステュスを愛してくださり、母として感謝しています。そればかりかあなたは私に、あの子の娘を命がけで与えてくださった。ばあやとして生きるのは、至上の喜びでした。あなたに最後までお仕えできること、誇りに思います」

そっと女王の背に手を回し、ヴェルマは付け足した。

「ようやくあなたの長い夜が明けるのですね。あと少し。凛として、お立ちください」

女王は、まばたきひとつすることなく、きびすを返したヴェルマを見送った。

＊　＊　＊

地下牢に来てからのミースは、ヨナシュが見たことがないほどきびきびしていた。おどおどして、はにかみ屋だった姿はどこへやら。ぴんと背すじを伸ばして胸を張り、小さな背中でヨナシュを守ろうと、異端審問官や近衛兵たちの目をさえぎるように立っている。

しかし、近衛兵のひとりがミースにせがまれるがまま暗がりに明かりを灯すと、独房の全容があらわになり、恐れおののく彼女は、あわあわと尻もちをついた。同時に、大きな悲鳴もとどろいた。ミースが連れてきた、女王によく似た女がさけびを上げたのだ。

「最悪だわ……最低よ！　繊細なわたくしはいまにも倒れてしまいそう。このおぞましいにおいすら耐えられないというのに、なによこれ、死骸がごろごろしているじゃないの！

──おまえ、わたくしとともに来なさい。こんな不浄なところにいられるものですか！」

女は近衛兵のひとりに命じると、ぎっ、とミースを睨んだ。

「もうあなたの脅しなどわたくしには一切通じないわ。首に小刀？　刺せばいい。あなたが死んでもわたくしの知ったことではないもの。いいこと？　金輪際話しかけないで」

立ち去る女を見送ったミースは、さみしそうにうつむいて、汚れるのも構わずヨナシュの隣にぴとりと寄り添いながら座った。服はすでにヨナシュの血や黒い水でどろどろになり台無しだ。それでも彼女はヨナシュと目があうと、あごを上げてにっこり笑う。

気合を入れたいのか、勢いよく首を横に振ったミースは、すっくと立ち上がった。

「なにをぼさぼさしているの？　早くわたしの夫の鎖を外しなさい」

ミースが命じた相手は、大きく頑丈そうな異端審問官だった。彼女は近衛兵には比較的丁寧に接するが、牢を管理している異端審問官には怒りを感じているようで、態度が悪い。

「それは……」と渋る男に、つんと胸を張ったミースは、自分の首に小刀をあててみせた。

「ぐさりと刺すわよ。早くこのいまいましい鎖を外して。本気よ？」

「ミースさま、無理なのです。陛下とエフベルトさま、おふたりの許可がないと」

「じゃあいますぐに許可を取ってきなさい。絶対外すの。早く走って。それからあなた」

ミースはその隣に立つ異端審問官を見た。

「いますぐに死体と骨を全部片づけなさい。ちゃんと弔うことも忘れずに。ここの床の泥もきれいにして。おかげでわたしの服がすごく汚れたわ。壁の蜘蛛の巣も取りなさい」

蜘蛛の巣は、長い年月をかけて張りめぐらされてきたのだろう。異常に分厚く、まるで布のように変貌している。「そんな無茶な……」とうろたえる男を無視し、ミースは少し離れた位置にいる異端審問官にあごをしゃくった。

「あなたは仲間を大勢連れてきなさい。みんなでここを協力して片づけるの。早くっ」

とまどいを見せる男たちが動こうとしないので、ミースは小刀をヨナシュの太ももに置くと、それぞれの手を自分の頬の高さにあげた。そして、くねくねと複雑に指を曲げてゆく。彼女は普段は不器用だが、花文字や、いまの指の動きだけは驚くほどに器用にこなす。

「お待ちください。まさかそれは……まさかとは思いますが、……呪詛の印ですか？」

「そうよ、なかなか鋭いわね。呪詛の印なの」

ミースが言い切った途端、異端審問官や近衛兵たちに動揺が走り、皆、蒼白になってゆく。

「あなたたちが言うことを聞かないから試してみようと思うの。楽園の扉が閉じると聞いたわ。片っぱしから閉じてあげる。わたし、いやなやつになると決めたの。でも、大人しく従うのなら祝福をしてあげてもいいわ。祝福は、みんなが望む割符なのでしょう？」

「え……？　待ってください。祝福を、授けていただけるのですか。本当に？」

うん、とミースが頷くやいなや、命じられていた異端審問官は、「皆を呼んで参ります！」と大慌てで走っていった。次に彼女が話しかけたのは、近衛兵たちだ。

「ねえあなた、お食事を持ってきて。おいしいものをよろしくね。お水とりんごも忘れずに。それからあなたはトゥーニスを連れてきて。隣のあなたはお湯と布をたくさん用意するの。そしてあなたは紙と羽ペンを。他のみんなは警護について。異端審問官たちからヨナシュを守るの。特にエフベルトが来たら危険よ。追い払って。わかった？」

てきぱきと指示を与えるミースに、近衛兵たちは困惑していたが、味をしめたミースが、「もちろん、働いたあとは祝福よ」と告げれば、皆、はつらつと動きだす。

ヨナシュは、やけに手際がいいミースに驚いていたが、彼女のひざが震えていることに気がついた。皆が動きはじめていなくなると、虚勢を張ることに疲れたのか、彼女はしょんぼりしながら、ヨナシュの隣にふたたび座った。

頭を撫でて抱き上げてやりたい衝動に駆られたが、できない自分にやるせなくなった。

「おまえ……。いつのまにか図太くなったな」

「あなたの妻ですもの。ヨナシュを守ってここから出るわ。……絶対に負けたりしない」

ヨナシュは胸が熱くなる思いがして顔を背ける。心を突き動かされたり、熱くなることなどこれまで無縁でいたのだ。憐れみなど受けたくないし、助けはいらない。野垂れ死ぬことを望んでいた。しかし、彼女と出会い、自分は変わった。

当初、聞き慣れた足音が聞こえた時には、朦朧とする頭が見せた都合のいい夢だと思った。だが、絶望と闇しか見えない独房内に、彼女がひょっこり現れて、頭を殴られたような気になった。二度と会えないとあきらめていた彼女に会えた。

目からしずくが垂れたが、手を拘束されていて拭えない。彼は、ひざを抱えて座る彼女が、上を向かないように願った。

ヨナシュの目に映る光景は異様なものだった。強面の厳めしい面々は、ちびのミースに指図され、かいがいしく働いた。まるでねずみに従う猛獣たちだ。おかげで独房内は、蜘蛛の巣や死骸が消え失せて、見違えるようにきれいになった。しかし、長年ぬめぬめと蓄積されたであろう石畳は処理しきれず、ミースは「まだ汚い」と唇を尖らせたが、代わりに毛皮のじゅうたんが敷かれたので、すまして妥協してみせた。

ミースは独房から人が消えると、じゅうたんにころりと転がった。大勢の男たちに祝福を与えて疲れ果てているのだろう。その汚れた姿は、彼女が背伸びをして戦った証だ。

「ねえヨナシュ。願いごとは、口にすると叶うの。本当よ」

ヨナシュの脚に腕を巻きつけながら、ミースは「願いごとはある？」と付け足した。

願いなど持ち合わせたことはなかった。しかし、いまは違う。明確に持っている。だが、彼女を守れず、明日をも知れない現状で、語ろうとは思わない。

「ミース、もう戻れ。ここは危険だ。なにがあるかわからない。これが俺の願いだ」

言ったとたん、ミースは「絶対にいや」と頬をぷっくりふくらませる。

「願いは口にすれば叶うのだろう？　叶えろ。おまえがここにいていいわけがない」

「そんなくそな願いなんて叶わない。わたし、近衛兵に紙と羽ペンを持ってきてもらったでしょう。ばあやに手紙を書いたの。二度と居室に戻らないって。離れたくないもの」

ヨナシュはその言葉をかみしめて、もうじゅうぶんだと思った。最後に、会えた。

「ミース、聞き分けてくれ。頼む」

彼女は「いや」と言いながら、しばしばと目をつむる。眠気に逆らえないのだろう。

「もう決めたの。わたしは、ヨナシュと一緒にお城を出て、旅に出る。だから……」

話の途中で、彼女は眠りに落ちていた。ミースの眠りは深く、ひとたび眠ればなかなか起きない。ヨナシュが足でつついても無理だった。

〈……ばかめ。頑固なやつ。……俺の妻は、愚かだな〉

だが愚かなのは自分のほうかもしれない。本当は、〝二度と離れるな〟と願いを口にしたかった。

彼女をずっと眺めていた。ろうそくの火は尽き、独房が闇に変わっても見つめていた。

規則正しい寝息を聞きながら、ヨナシュもまた、うとうとと眠りかけていた。

ふと、まどろみから覚めた彼が聞いたのは、新たな音だった。独房の外には、ミースに命じられた近衛兵が四人守備についているものの、彼らの音とは違うものだ。

ヨナシュは足で器用にミースを転がして、自身の側に近づける。彼女を左右の足で挟んで警戒していると、ゆらめく明かりが近づいた。

「失礼いたします。ミースさま、ヨナシュさま。ヴェルマです」

ミースの祖母の登場に、ヨナシュは息をはき出した。

「ミースなら眠っている」

「昨日、夜更かしなさいましたから。ミースさまはあなたのもとへ行きたくて方法を長く考えていらっしゃいました。まさか、地下牢にいらっしゃるとは思っていなかったようですが。私はなにもお伝えしておりません。ミースさまが、あなたを見つけられたのです」

話しながら、ヴェルマは尽きたろうそくを取り替えた。

「あなたが来たのは、ミースから手紙を受けたからか」

「はい。手紙にはあなたの顔の手入れをするようにと書かれていました。自分でしたいけれど、血まみれにしてしまいそうで自信がないと。これまで毎日ひげを剃られていたそうですね」

ヨナシュは思わず笑ってしまった。よりにもよって、ひげを気にするとは、よほど剃る姿がミースの印象に残っていたのだろう。

ヴェルマは許可を得てから小刀を取り出して、剃りながら言った。

「医師のトゥーニスさまは、右腕とあばらに損傷はあるけれど完治するとおっしゃいました。危惧していた臓腑の損傷もなさそうですね。ですが、ご無理はなさいませんように」

「異なことを。もう三日経つ。ぼくが生きるのは処刑のためだと思っていたが。にもかかわらず、あなたは完治すると言う。さも未来があるようだ」

ヨナシュの顔にすべらせていた刃を止めたヴェルマは、息をつく。

「あなたは時の感覚を失っておられることでしょう。いまは真夜中です。じきに夜が明けますが、闇はいまだに深くあります。夜が明ける前の闇が、もっとも濃いと聞きますが」

明らかに話題を変えたヴェルマの側には、大きな荷物が置かれている。その中身を問おうとした時、彼女が先に口にした。

「お顔の手入れは終わりました。あなたはひげがない方がすてきでいらっしゃいますね」

「目が赤いようだが。泣いていたのか」

ヴェルマは静かに認めると、ヨナシュの顔を布で拭って、今度は眠るミースの顔につく汚れを拭いた。いたわるような、いとおしむような、丁寧な手つきだ。

「ミースさまとの別れを思うと、やはり切ないのです。この十六年間、ほとんど片時も離れず愛してまいりました。私は旅立ちを見送ることはできません。これでお別れです」

別れ、の言葉に反応し、怪訝に眉をひそめるヨナシュに、ヴェルマは続ける。

「ヨナシュさま、内々にお耳に入れたいことがあります」

相槌を打つと、ヴェルマも頷いた。彼女は覚悟を決めたような顔つきだ。

「先日私は、ローザンネさまは女神の儀式を毛嫌いなさっていたとお話ししました。また、あなたは女王が子どもの生き血をすする理由を聞いておられましたね。……ローザンネさまは、週に二度儀式を行っております。贄となった子どもは、女王の胎内に取り入れられ、新たな命――国の要の子として蘇る。これが、女神の儀式の建前ですが、実際は、歴代の女王たちは、子どもの血により精製される妙薬を目当てとして儀式を行っていました。そして、二千年、変わらぬ古の薬を精製できるのは、神殿の、神官長のみです」

「その効果が若返りか」

女王ローザンネ＝サスキアは、子がいるとは思えないほど若々しい。ヨナシュよりも、少なくとも七つは上のはずだが、同じか、もしくは下にしか見えない。

「女王は、いずれの方も見目がよく、美と若さに執着していたようです。しかし、ローザンネさまは他の方とは違います。本来の効能……延命を目的として儀式をなさっていました。あの方は、三日に一度の儀式を行わなければ生を保つことはできません」

「身体が弱いのか？　夫のユステュスと同じように」

「ユステュスが毒を盛られて長く生きられなかったことは、お伝えしていましたね。ローザンネさまはユステュスが攫われる以前、ご自身のお側にユステュスを置かれていました。あの方のお食事は毒見の者が必ず確かめるのですが、ローザンネさまはそのお食事をユステュスのものと交換していらっしゃいました。少しでもユステュスが長く生きられるようにと。つまり、ローザンネさまはユステュスのものを食べた結果、毒に蝕まれています」

「大方女王は、ユステュスが大人になれないと知った時点で生を望んでいなかったのだろう。つまり……、女王が延命している理由はミースか。あいつはひとりで生きられない」

ヴェルマは「はい」と認めた。

「あの方はミースさまをおひとりにしないため、いま、生きていらっしゃいます。女王は神の化身ですが、神殿の者たちを自由にできるわけではありません。あれは独立した組織です。妙薬は、儀式に臨まねば口にすることは叶いません。何度も言いますが、女王は女神の儀式を毛嫌いなさっておられます。ですが、儀式をせねば生きられません。女王が儚くなれば、ミースさまに神殿の手が伸びるでしょう。女王は、代々神殿により作られます。ミースさまに学を与えられていないのは、次なる女王にしないため。素性を隠されていたのは同じ理由からです。すべては神殿より守るため。ローザンネさまは、ミースさまの寿命が尽きるその日まで生き、共に死ぬことを目的となさっていました。ですが、その必要はなくなった。あなたがいるからです」

ヨナシュの脳裏に、女王の言葉が浮かんだ。

〝おまえはわたくしだ。わたくしはおまえだ。同じ人間は、ふたりはいらない〟

「女王は、ぼくにミースを託して生を終えようとしているのか？　自分が没した後にアールデルスを消したいのは、国自体を恨んでいるのもあるが、神殿を消したいからか。必要以上に残酷で、強くあり続けていたのは、弱さを隠すため。弱みをにぎらせないためか」

「あの方は、あなたを高く買っていらっしゃいます。私はローザンネさまほど、死を望んでいる方を知りません。同時に、あの方ほど生を望んでいる方を知りません。あの方は、この十七年を血を流しながらも生きておられた。それはそれは、壮絶な日々でした」

「死を望み、生を同時に望む。矛盾している」

女王とヨナシュが似ているのはそこにあるのだろう。ヨナシュも矛盾を抱える人間だ。

「女王が死をお望みになられるのは、ユステュスのもとへ行きたいがため。生をお望みになられるのは、ミースさまとともにありたいがため。あなたをお知りになった女王は、ふたつのうち、ひとつの望みを手放されるのです。私もご一緒させていただく所存です」

「だからか。あなたがぼくに打ち明けているのは」

「どうかミースさまをお支えください。はじめは落ち込まれてしまうでしょう。ですが、時が癒やしてくれます。二千年のしきたりのあるこの国では、ミースさまは城で生まれ、城で死にゆくさだめです。旅立ちは、国をゆるがす事態とならねば叶いません。ミースさまの女王の素質を消すには異端となる必要があります。結果、追われる立場となられますが、いまの異端審問官の長はエフベルトさま。あの方は、ミースさまを討ちません」

「たしかに、異端となれば女王にはならない。祖母のように」

異端となった祖母は、アールデルス国からではなく、神殿から逃れたのだろう。

「おまえたちは、どのようにミースを異端とするつもりだ」

アールデルスの王族は、大半が女王によって狩られている。いまや、ミースが貴重な存在なのは想像に難くない。思いをめぐらせるヨナシュは、切れ長の瞳を見開いた。

「……いやな予感しかしない。女王は、ミースに自身を殺させるつもりではないか」

黙っているヴェルマに、ヨナシュは前のめりになる。同時に鎖の音が響いた。

「女王殺しで異端とするのか。そうだろう？　――ふざけるな、ミースに酷なことを」

「仕方がないのです。ミースさまの存在が神殿に公になったいま、あの方ほど女王の素質をお持ちの方はいらっしゃいません。そんなミースさまが異端となる唯一の方法は神殺し。つまり、神の化身たる女王の殺害です。また、ローザンネさまもミースさまの手による死を理想とされてきました。ミースさまを託すことができる相手を見届け、確固たる思いで死に向かう。ヨナシュさま、あなたがいてくださるからこそ、女王の悲願は叶います」

「黙れ。残されたミースはどうなる？　罪にまみれる」

納得がいかずに、歯をぎりぎりとかみしめていると、声がした。

〈おまえ、よいのか。あの子がわたくしを殺さねば、おまえはあの子を手に入れられぬ〉

女王の声だった。足音もなく、いつのまにか女王が立っていた。光を感じさせる堂々とした佇まい。独房の外には近衛兵たちがいるはずだが、彼女が人払いしたのだろう。気配はしない。

〈ヨナシュ、おまえは見ていることしかできない。あの子と絆を築けているか？　おまえが生きのびる道はマルレイン次第だ。あの子がわたくしを選べば、わたくしは生きておまえは死ぬ。あの子がおまえを選べばその逆だ。すべては、マルレインに委ねられる〉

女王は、ミースを手繰り寄せて抱き上げた。ヨナシュの目には、彼女が娘に別れを告げているとしか見えなかった。

計画を止めようにも、女王の生は過酷なものだ。彼女は地獄の只中にいる。

〈……ローザンネ＝サスキア。おまえは、楽になりたいのか〉

それは、地獄がわかる者だからこそ問いかけられる言葉だ。

〈ええ、とても。――してくれるか？〉

表情のない女王が、みるみるうちに穏やかな顔となり、聖母のようにミースを見つめる。

〈愛おしい、わたくしの娘。この子は身体が強い方ではない。気にしてあげてほしい。好奇心が旺盛で、すぐに転ぶ。助けてあげてほしい。大人にするのなら、少しずつ教えればよいだろう。この子は楽天的だが、じつのところ落ち込みやすい。手がかかる子だが、そのようにしたのはわたくしだ。この子に頼られ、甘えられ、構いたかったのだ。許せ〉

女王の視線は、ミースの首もとにあるようだった。貝殻のみすぼらしい首飾り。やがて目を閉じ、ミースの頬に頬ずりをして、最後に女王はそっと娘にくちづける。

小さく歌が聞こえた。いつか、ミースがヨナシュに歌っていた子守唄。

ヴェルマが息子に歌い、息子が妻に教えて、そして、妻が娘に歌う。

聞きながら、ヨナシュはこれでいいわけがないと思った。なにが正解なのかは見えないけれど、他に方法はあるはずだ。彼は、女王の腕のなかのミースを見つめた。

＊　＊　＊

眠るつもりはないのに眠ってしまったようだった。まぶたを開けたとたん、こちらを覗くヨナシュと目があった。はにかむミースが「傷は？　痛い？」と伝えれば、彼は首を振りつつ否定する。心なしか、心配されているような気がして不思議になった。

「おひげが無くなっているわ。ばあやが来てくれたのね。わたしが頼んだの」

「ああ。……ミース、客が来ている」

花の芳しい香りがした。母の香りだ。ヨナシュの視線をたどると、母とヴェルマが扉の側に立っていた。凛とした神々しさに圧倒される。地下牢にはふさわしくない人だ。

「お母さま。――あ、紹介するわ。お話ししたでしょう？　夫のヨナシュよ。お願い、ヨナシュの鎖を解いて。彼は悪いことなんてしていないわ。わたしを助けてくれただけ」

ほほえむ母は、ミースが抱きつきやすいように腕を広げる。近づきかけたミースだったが、次の言葉で固まった。

「そのような異端などは捨てて、こちらにいらっしゃい。マルレイン、迎えに来たのよ」

「……捨てる？　そんな」

ミースは慌てて小刀を拾い上げ、自身の首に切っ先をあてがった。

「お母さま。そ、そんなことを言わないで。……わたし、二度と離れるつもりはないの」

心臓は、壊れそうなほど早鐘を打っていた。気が動転して吐きそうだ。

そんなミースを眺めながら、母は、うっとりと見惚れるほどに美しく笑った。

「だったらその異端を選べないようにしてあげる。かわいいマルレイン、あなたはわたくし以外を選んではいけないの。二千年の掟を思い出すのよ。あなたは城から出られない」

ミースがこの上なく目を見開いたのは、母が剣を持っていたからだ。足音を立てずに母が近づいてくるものだから、ミースはヨナシュを庇い、立ちはだかった。息ができなくて苦しい。

「やめて……お母さま。よ、ヨナシュを、殺さないで。わたしの、命よりも大切なの」

ぶわりと目から涙があふれ出て、母の姿がにじんでゆく。だがいま目を離しては死んでしまう。ミースは手の甲でごしごし涙を拭い、両手を広げて首を振る。絶対に彼を死なせたりしない。

「ヨナシュが、し、死んでしまうのなら……、殺すのならば……、わ、わたしも死ぬ！」

「マルレイン。いい子だからどきなさい。それとも悪い子になるの？　許されないわ」

穏やかな声とは打って変わって、母の力は強かった。ミースはいきなり腕を掴まれて、引っ張られて飛ばされる。どす黒い壁にしたたかに身体を打ち据えて、ぬめぬめの床に転がった。痛みにうずくまる暇はない。すぐに顔を上げたけれど、間に合わない。母が、ヨナシュに向けて剣を振り上げようとしている。

ミースが声を上げたその刹那、いつもはのんびり動くヴェルマがすばやく飛び出した。それは地獄の光景だった。目を瞠るミースの前で、母が剣を下ろし、鮮血が飛び散った。ヴェルマがうめいてひざをつく。背中がざっくり切れている。悪夢だ。

「――ばあや！　いや……、い、いや！　ばあや。ば、ばあやが……！」

腰が立たない。ミースは石畳に爪を立て、必死に前に進もうとする。

「ヴェルマ、邪魔をするな。どきなさい。……背くのならば、死ぬがいい」

母の厳しい声。深々と、ばあやの身体に剣が刺さってゆくのを、ミースは見た。

ミースの叫び声が地下牢をつんざいた。

心のどこかで、母はヴェルマに危害を加えるわけがないと思っていた。だが、刺した。

「なんて……こと。ば、ばあや、ばあや……。ばあや！　お母さま、ど、どうして！」

これは、夢だ。大好きで、大切なばあやが倒れ伏すなんて。

「いや、ばあや……。ばあや。いや、し、……し、死なないで……。あ……、ばあや」

這いずったミースが、ばあやの身体に手をかけると、頭上から呻き声が聞こえた。

振り仰げば、母がヨナシュの肩に剣を刺し、血がぼたぼたとしたたり落ちている。

殺される。

頭のなかが、真っ白になっていた。

ミースは気づけばひざ立ちになり、小刀をにぎりしめていた。そして、赤く染まった衣が目についた。眼前には、母のおなかに刺さった刃。まぎれもなく、ミースが刺した。

「あ、…………あ……、あ。――……お母さま」

母は、刺されているとは感じさせない笑顔を見せる。

「こんなもので、止められると思うの？　ばかね、わたくしは止められないわ。甘くはないのよ。ねえ、マルレイン。あなたはいま選ばなくてはだめ。わたくしが生きていたら、あなたの夫を殺すわ。わたくしは、邪魔する者はヴェルマのように切り捨てる。それが、二千年の掟であるかぎり。わたくしは、女王なの。……夫を、殺されてもいいの？」

「い、いや……。あ……。ヨナシュを、こ、殺さないで。お母さま……」

母の顔が見えない。涙があふれて邪魔をする。

「だったら、わたくしを殺して止めないと。ね？　こんな貧弱な力では話にならない」

ミースの手に母の手が重なった。力など、入れたくない。しかし、その上から母が強い力で刃をめりこませる。抗おうと抵抗しても、母の方が力が強い。

「いやっ！　いやだいやだ！　お母さま！　いやっ、お願い、やめて。し、死なないで」

ミースが必死に首を横に振りたくっていると、けたたましい足音が聞こえた。

「ローザンネさま！」

エフベルトの声だった。気が抜けたミースは、なにも言えず、なにも見えず、なにも聞こえず、なにも、考えられなくなった。

＊　　＊　　＊

独房内に、しきりに鎖のこすれる音が響く。ヨナシュは、罪にまみれて縮こまっているミースを抱き起こしてやりたくて、拘束されているとわかっていても彼女のもとへ行こうとした。純真に生きてきた彼女にとって、身に降りかかった現実は、あまりに重すぎる。

〈ふざけるな……。こんな……〉

〈…………だが、マルレインはおまえを選んだ。おまえは、……勝った〉

エフベルトに抱えられた女王が苦しげに顔を歪めると、悲痛な彼の声が飛ぶ。

「ローザンネさま、すぐに……、いますぐ医師を呼んでまいります。お気をたしかに」

ただでさえ白いのに、さらに血の気を失った顔。震える身体。女王の息はすでに浅く

なっている。彼女はエフベルトに目もくれず、床に縮こまるミースをじっと見ていた。

「エフベルト……。よい。医師は、いらぬ。人は呼ぶな。それよりも、ヨナシュの枷を外せ。手当てを、してやれ。ヴェルマを……。わたくしは……よい。気分が、よいのだ」

女王のまなじりから、涙がひとすじ落ちてゆく。

ヨナシュの見立てでは、ヴェルマはすでに事切れている。女王は彼女を苦しませないように、二度めは急所を刺していた。女王も、もはや助かりようもない深手を負っている。ミースが刺した傷は浅かったが、女王は、自身で臓腑を傷つけた。死まで時を残しているのは、おそらくは、ヴェルマへの贖罪だ。苦しみ抜いて果てるつもりでいるのだろう。

エフベルトの指示を受けた異端審問官が、ヨナシュの枷を外す。自由を得た瞬間、彼はミースのもとへ行き屈みこんだ。呼吸が異常をきたしており、身体の角度を変えて処置をした。緑の目は、いつものきらきらした瞳ではなくうつろだ。苦悩とはほど遠いミースの顔に絶望が色濃くにじんでいる。彼女がこんな目にあうなんて、許せないと思った。

――くそが。こんな、心を殺されるような真似を。

「やはり医師を呼ばせてください。ローザンネさま、このままではあなたが」

切羽詰まった様子のエフベルトに、女王は途切れ途切れに言う。

「よい。……無駄なことはするな。おまえは、先がわかっているはずだ。……エフベルト、わたくしを、あの部屋へ連れて行け。……眠る、時が来た。永久に――」

〈ふざけるな、なにが永久だ。どこへも行かせない〉

女王の言葉をヨナシュはさえぎった。鋭い目で、汗を浮かせた彼女を睨む。

〈ミースをこのままにして去るな。こいつに罪を背負わせるな。なにが異端だ。おまえが一番こいつのことをわかっているはずだろう。それを……よくも異端にできたものだ。母親を殺して正気でいられるはずがない。一生の傷だ。ミースはおまえを愛している。そのくらいわかれ。それでも母殺しにするというのなら、ぼくはおまえを許さない〉

ヨナシュが女王の見事な金色の髪をわしづかみにすると、エフベルトは激昂したが、女王は「よせ」と彼を留めて、ヨナシュの言葉に耳をかたむける。

〈ずいぶんな殺気だ。……話を、聞かせろ〉

〈ローザンネ＝サスキア。おまえは望み通りに死ぬ。だが、ただでくたばるな。最後まで偽れ。ミースにいつまでも生きると装え。ヴェルマも生きていると言え。ミースを異端にするくらいなら、ぼくに攫わせろ。神殿など誰が恐れるか。ぼくが守る。——娘を愛しているのなら、ミースが目覚めるまで意地でも生きろ。生きて、旅立ちを見送ってやれ〉

いまだに女王の髪を摑むヨナシュに、敵意をむき出しにしたエフベルトが抗議しようとすると、女王が「よい」と彼を留めた。

「ですが、このような無礼を放っては」

「よいのだ……エフベルト。この男は、わたくしの娘婿。……権利が、ある」

壮絶な痛みに襲われているのか、声は震えていた。何度か苦しげに呼吸をくり返した女王は、言葉を続ける。

〈ヨナシュ。マルレインを、いま起こせ。わたくしはもうあまりもたぬ。息が……吸えるまでにあの子を、――は。聞かせろ。異端とすれば、この子は不幸になるか。おまえが攫えば、……マルレインは、幸せか。この子よりも、長く、おまえは生きて、やれるのか〉

〈異端となるより、ぼくに攫われたほうが百倍幸せに決まっている。罪を背負うのはぼくだけでじゅうぶんだ。おまえはあいつにとって、どれほど大きな存在かまったくわかっていない。誓ってやる。あいつよりも、必ず長く生きる。忘れたのか。ぼくはおまえだ〉

言い切ったヨナシュは、じゅうたんにうずくまるミースを抱き起こし、身体を揺すって、たゆたう彼女の思考を呼び覚ます。

「ミース、しっかりしろ。俺だ。わかるか？」

焦点の合わない緑の瞳は、まばたきのあと、徐々に光を戻したようだった。

「…………ヨナシュ、……わたし……」

聞き逃してしまいそうなほどか細い声だ。ヨナシュには彼女の思いがわかる。ぐずぐずの目を拭ってやりながら、ヴェルマの遺体を運ぶ異端審問官を見せないようにして言った。

「ばあやはいま、医師のトゥーニス、といったか。そいつに診てもらう。心配するな」

小刻みにわななくミースを抱きしめる。腕が激しく痛んでも、気にしてなどいられない。

「深い傷だが、すんでのところで助かった。ひと月もあれば回復する。おまえの母親は」

ヨナシュが女王に視線を移すと、彼女はエフベルトに支えられながらも背すじをのばして座っていた。瀕死であることなど微塵も感じさせない毅然とした姿だ。ヨナシュは、そのすさまじい気力に絶句する。

「お母さま……わ、わたし。……怪我をさせてしまって、ご、ごめんなさい。悪い子で」

「なにを言っているの。こんな傷、痛くもかゆくもない。ただ、血が出ているだけ。それよりもマルレイン、夜明けとともに城を出なさい。地下牢に入った異端は生きて出ることはないの。それが、我が国のしきたり。留まれば処刑をするわ。わたくしは、あなたに異端の烙印と、呪詛をしなければならないけれど、それは死んでもいやなの。だからあなたは、あなたの夫に攫われなさい。国はあなたを探し続けることになる。お逃げなさい」

涙をこぼし、ずるずると洟をすするミースを見ながら、女王は大きく息を吸いこんだ。

「ばあやには、心から謝るわ。許してくれると、いいのだけれど、悪いことをしたから怒られるわね。……マルレイン。駆けて、駆けて駆けて、お行きなさい。決して振り返ってはだめ。後ろではなく、前を向くの。先には、新しい世界が待っている。お父さまのぶんまで、わたくしのぶんまで、世界を見なさい。未知を、たくさん見つけるの。怒り、泣き、悩み、そして、笑うの。好きなように生きて。永久に、祈るわ。あなたの幸せを」

「お母さま。わたしも……永久にお母さまの幸せを、い、祈るわ。毎日祈る。……ばあやは、絶対に許してくれるわ。やさしいもの。わたしも、一緒に謝るから、だから」

熱に浮かされたように母を呼びながらよたよたと近づこうとしたミースを、女王は制した。

「近づいてはだめよ。一度でもあなたを抱きしめようものなら、わたくしの気は変わるわ。いいの？　どこへも行かせたくなくなる。二度と、離せなくなる。いまも迷っているのよ。

この先も、あなたとともにありたいと。……夫を、失いたくないでしょう？　旅をしたいのでしょう？　だったら行かないと。その貝のミースを連れて、手の届かないところへ行くの。ばあやが、荷物を用意してくれているわ。旅の仕度は、できている」

その言葉に、ヨナシュはヴェルマが置いた大きな荷物に目をとめた。

「なにをぐずぐずと泣いているの。あなたは、その異端の男を愛しているのでしょう？」

ミースが「愛してる」と言い切ると、女王はほほえんだ。

「答えは、出ているわ。……お行きなさい。その、異端とともに」

女王が異端審問官にあごをしゃくると、その男はヴェルマが置いた大きな荷物を手に持ち、ヨナシュに向けて頷いた。

泣きじゃくるミースを、ヨナシュは左腕ひとつで抱き上げる。右は折れて使えないが、ヴェルマが添え木をしてくれた。不便だけれど両利きだから抱くのに問題はなかった。

ヨナシュの肩をびしょびしょに濡らすミースの頭に、彼は頬をすりつけた。

「心配するな。女王の傷は致命傷ではない。ばあやと同じく治る。あの女はおまえが刺したへなちょこな浅い傷を自ら深手に変えたばかだ。痛いのは自業自得だと笑ってやれ。気が変わっておまえを追ってくるかもしれない。それは困る。俺は旅に出るが、おまえは？」

「…………一緒に行きたい。……は、離れたくない。ヨナシュ」

ミースはくしゃくしゃな顔を上げ、「離れない」と自分に言い聞かせるように言う。

「ああ。俺がおまえを攫ってやる。誰が離すか」

　ヨナシュが女王に目を移すと、彼女は口の端を持ち上げる。声を出すことはなく、唇は、〝行きなさい〟とバロシュの言葉でつむがれた。

　歩きだせば、ミースが母に向けて震える手をのばす。しかし、ヨナシュは容赦せずに足を踏み出した。彼は、女王の限界を悟っていたのだ。

＊　＊　＊

　娘がいなくなった独房で、目を閉じている女王の手が力なくすべり落ちると、エフベルトが慌てて覗き込んだ。屈強な男であるにもかかわらず、彼は肩を震わせ泣いていた。その涙がしずくとなって顔に落ちると、女王は、ゆっくりまぶたを持ち上げる。

「ローザンネさま」

「――……長が、泣くな。……連れてゆけ」

　エフベルトは言われるがまま、女王を抱き上げて歩きだす。先導するのは、緊張した面持ちの異端審問官ただひとり。地下牢を、彼らの足音がこだまする。

「お供させてください。しきたりに従い、異端審問官の長は生涯女王とともに」

「殉死か。……ならぬ。供は、……ヴェルマだ」

「ですが、私は」

「わたくしの……死は……、しばらく、伏せておけ。……おまえが、仕切れ」

歯をかみしめたエフベルトは、神殿への道ではなく、女王の居室へ続く隠し通路をたどった。先導する男のたいまつが、道をぼんやり照らし出す。

「ローザンネさま、お願いですから、私を拒絶なさらないでください。あなたのいない世界は耐えられない。生きていたくないのです。どうか、この望みを叶えてください」

「……おまえは生きよ。生きて……、次期女王を、娶れ」

瞠目するエフベルトが言葉を失っていると、女王が続ける。

「あれとの間に……、息子がいるだろう。……おまえは、何度も……あれを堕胎、させていたようだが、二度と……するな。わたくしに、背いてまで、……生かしたかったのだろう。あれは、わたくしが産んだ……最初の子。テイメンの…………おぞましい……。……愛してやれぬ。あれを生かしたおまえが代わりに、……愛してやれ」

青天の霹靂だった。まさか、知られているなど思わなかったのだ。

彼が愕然としている間に、鈍金色の扉の前にたどり着いていた。女王が目で合図を送れば、かしこまった異端審問官が扉を開ける。

たちまち流れてきた芳しい香のにおいは、いやでもおうでも物語る。女王はずいぶん前から死を決意して、香を焚き染め、仕度をしていたのだ。エフベルトはたまらなくなり、身体を震わせる。

「私は、……私はあなた以外は無理です。どうか、あなたとともに逝かせてください」

「……くどい。わたくしを……寝台へ」

目を固く閉じたエフベルトは、開いた時には覚悟を決めていた。足を踏み出せば、床に敷き詰められている乾燥しきった花々が、さく、さく、と音を立てて崩れてゆく。寝台までたどり着くと、彼は、小柄な遺骸を一瞥し、隣にそっと女王を横たえた。

つややかな金色の髪や血に濡れた衣装のひだを直していると、女王はかすかに笑んだ。

「ゆけ、エフベルト。……扉を永久に、閉じよ。…………長きにわたり、よく仕えた。今後は………おまえは、おまえの……生を、生きよ……」

側で跪いたエフベルトは、女王が遺骸の手に、必死に手を重ねるさまを見守った。

瞳を長いまつげで隠した女王は、細い息を吐いている。終わりが迫っているのは明白だ。

「ローザンネさま、さぞおつらいことでしょう。いま、あなたは耐えがたい死の苦しみの淵におられる。私は……このままじっとはしていられない。あなたを愛しているのです」

女王のまぶたはうっすら開かれる。その瞳に映されながら、エフベルトは顔を歪めた。

「あなたとともに死ぬことが叶わないいま、私にできることは、……これしかない」

彼は懐に手を入れると、出した瞬間、勢いよく振り下ろす。手に持つのは小刀だ。

刃は深々と女王の心臓を貫いた。その身体は、ぴく、とかすかに痙攣し、静かになった。

緑の瞳を見開いたまま、女王は動かない。しかし、見惚れるほどに美しい。

目撃していた異端審問官が、「陛下！」と駆け寄れば、エフベルトは腰の剣を抜きざま、容赦なく男を叩き切る。明かしてはならない真実を知った男は、はじめから生かしておく気はなかった。白い装束は、返り血を浴び、みるみるうちに真紅に染まる。

エフベルトはひざからくずおれた。這うようにして女王に近づいて、彼は、彼女の目に震える手をのせ、まぶたを閉じさせる。

長く夢見ていたくちづけは、生あたたかい死の味だ。

やがて、乾いた花が散る部屋に、慟哭が響いた。

＊　＊　＊

それは殺風景な部屋だった。おそらくは、異端審問官の控えの部屋だ。

着替えを終えたヨナシュは、ヴェルマが運んだ荷物を解いていた。ヨナシュとミース、ふたりの服はもちろんのこと、靴にローブ、薬、布、ふんだんな宝石と金貨がなかにしまわれていて、りんごやにんじんまであった。ミースの話を参考にしたことがうかがえる。

荷物の底を探っていると、硬いものに手が触れた。取り出して見てみると、それは見事な宝剣だった。柄にも鞘にもびっしりと花の模様が描かれていて、刃にも繊細な花が刻まれている徹底ぶりだ。おそらくは花文字なのだろう。ミースに見せようと思っていると、扉が二度叩かれた。

返事はせずに、顔を向けただけだった。相手は許可を得ようとしているわけではないと知っていた。

現れたのは、白い装束のエフベルトだった。身体を清めたのだろう、髪が濡れている。

だが、ヨナシュの鼻は、ほのかににおう血を逃さない。

――人を殺したか。おそらくそれは……。

「マルレインさまは侍女たちのもとにいるようです」

「ああ、別れを告げたいらしい。すぐに戻ると言っていたが」

「それは無理でしょう。召し使いが湯の仕度をしていました」

エフベルトの視線は、ヨナシュの手にある宝剣に移った。

「その剣はローザンネさまがご結婚時、王配殿下のために作らせた剣です。異端審問所を通る際に割符となります。それから、ベレンセという村に狩猟小屋を用意しました。傷を癒やされるといいでしょう。小屋のものは、なにをお持ちになっても構いません」

話しながら、彼はベレンセ村への地図と、腰につけた剣、それから小刀を机に置いた。

「あなたには武器が必要です。手入れはしてありますので、お持ちください。出立の時には、門にいる異端審問官が馬を渡す手はずになっています。では、私はこれで」

ヨナシュが去りかけたエフベルトを呼び止めると、その足が止まった。

「ローザンネ＝サスキアは」

エフベルトは微動だにしなかったが、ヨナシュはその悲しげな瞳で悟った。

「ひとつ、問いたいことがある。おまえはミースの父親、ユステュスをどう思う」

「どうとは」と、エフベルトは片眉をつり上げる。

「ユステュスはおまえの異母弟で、妾腹の子であり、身体が弱かった。対し、おまえは本妻の子であり、女王の二番目の婚約者。そして、異端審問官の長だ。女王に選ばれるべきおまえが選ばれず、日陰のユステュスが夫に選ばれた。思うところがあるだろう」

　黙っているエフベルトに、ヨナシュは続ける。

「おまえは十七年前、ユステュスを害した罪人を処断し、女王に報告した。結果、フェーヴルとカファロを殲滅する命を受け、実行している。だがぼくは懐疑的だ。フェーヴルとカファロにはユステュスを殺す動機が一切ない。アールデルスに援助を求めにきた国がなぜ王の伴侶を殺す必要がある。そして、これがもっとも腑に落ちない点だが、ぼくの祖父、フェーヴル王はカファロを滅ぼそうとしていた。祖父にとって仇敵と言える国がカファロ。共闘などありえない。それに、カファロにおいて王の地位は盤石なものではなかった。カファロ王は警戒心が強く疑心暗鬼で、亀のような男だ。他国と争うどころではなかった」

　ヨナシュは窓辺に歩いた。まだ夜は明けていないが、白みがかっている。

「言っておくが、罪を追求する気はない。ぼくはフェーヴルもカファロも滅ぼそうとしていた男だ。ただ、独房にいる間、望まずとも考える時間はかぎりなくあった。これは憶測にすぎないが、おまえは幼少のころから鍛錬を怠らず、鍛えてきたはずだ。伝え聞く異端審問官の長は人離れした強さを誇る。いくら才能があろうと、並外れた努力なしにはそうはならない。しかし、女王が選んだユステュスはおまえと対極だ。おまえが我慢ならないくらいに弱かった。十三の男は、当時のおまえにとってさぞかしガキだっただろう」

　窓に映りこむエフベルトは、ヨナシュに近づいた。金の髪をかき上げている。

「あなたは、私がユステュスを殺したと疑っているのか」

「そうだ。おまえが殺した。殺して取るに足らないふたつの小国に罪をなすりつけた。同時に女王に望まれるがまま手柄を立て、さらなる信頼を得ようとした。そうだろう？　おまえが目指すのは女王の王配だった。だが女王はユステュスとミース以外認めなかった」

彼は振り返り、エフベルトを見据えた。ふたりの表情はなく、互いに感情を読ませない。

「おまえはユステュスを恨んでいたわけではないだろう。ミースは父親に似ていると聞くが、おまえは彼女を恨むどころか世話を焼いている。それは罪の贖いなのかとも思ったが、違う。じつのところユステュスを好いていたのではないか。それが、なぜ殺した」

エフベルトは息をつく。

「断言するほど、自信を持っているようだ」

「ああ、確信している。だが安心しろ。ぼくはミースのようにしゃべる質《たち》ではない。彼女はなにも知らないまま生きてゆく」

「あなたが告げたとて、マルレインさまは私を恨まない。あの方はユステュスと同じように人を憎まないようにできている。守って差し上げなければならないほど弱いが、強い」

遠くを眺めたエフベルトは、懐かしそうに目を細める。

「ユステュスは虐待されていた。人を憎まないようにできている彼は、なにをされても歯向かわず、されるがままだった。私は彼の弱さを憎んでいたが、彼を憎んでいたわけではない。マルレインさまを見ればわかるだろう。どうしてあれを憎める」

彼の言葉に同意せざるを得なかった。ミースは弱く、わずらわしい存在だったが、非道を自負するヨナシュでさえも、見捨てようと思ったことがないうえ、守ってきた。

「すべてが狂いだしたのはローザンネさまとユステュスが出会ってからだ。感情を持たないあの方がユステュスだけには心を開いた。もとより毒に蝕まれていたユステュスは、大人になれる見込みはなかった。そんななか、ローザンネさまはユステュスと食事を取り換え、身体を張って守り続けた。結果、毒に蝕まれた。……このままでは、あの方は生きていられないと思った。ユステュスが生きているかぎり、あの方は命を削る。彼の弱さが憎かった。私は、原因を根絶するしかなかった。その後はあなたの推察通りだ。私は女王の伴侶でありたかった。それが叶わぬのなら、女王の死に殉じたいと願った。……これは罰だ。願いはどれひとつとして叶わず、私は、この先を生きてゆかねばならない」

地獄だ、とつぶやいて、エフベルトはきびすを返す。扉を開けて出ようとする彼に、ヨナシュは言った。

「最後に会ってやらないのか。あいつはおまえを好いている」

「無理だ。平静でいられなくなる。いまの私は立っているだけがせいぜいだ。無謀にも単身で異端審問所に乗りこみ、独房につながれ、闇を耐えたあなただ。マルレインさまの行く末に不安はない。あの方を託すには、あなた以上の人は、この世界にない」

背を向けたまま彼は語っていたが、最後にゆっくり振り向いた。頬に涙が伝っている。

「マルレインさまをよろしく頼む。あの方は、ローザンネさまが生きた証だ」

終章

淡い日差しを受けたアールデルスの王城は、照らされる光とも相まって、神々しくて壮麗だ。堂々とした佇まいは、王を失ったとしても見る者を威圧し、畏怖の念を起こさせる。女王ローザンネ＝サスキアの崩御は国が安定するまで隠されるという。それは、少なくとも五年はかかるとヨナシュは見ているが、彼女が蒔いた呪いの種は、ほどなく芽吹くだろう。その衰退する姿をミースに見せたくないため、遠くへ行こうと決めていた。

「……ヨナシュにお礼を言っていなかったわ。迎えにきてくれて、……ありがとう」

馬の背にミースを乗せて歩くヨナシュは、足を止め、彼女を見つめる。ミースはおずおずと、「うれしかった」と付け足した。

彼はミースに顔を寄せた。すると、彼女の小さな唇が、ふに、と口にくっついた。

「礼などいらない。夫が妻と離れるわけがない」

照れた様子で頷くミースに、今度は彼からくちづける。唇をすり合わせている途中で視線を感じて見上げれば、遠くの窓にエフベルトの姿が見えた。教えてやると、ミースはちぎれるほどに手を振りたくる。彼が手を振り返せば、彼女は顔をゆがませた。

「わたしね、エフベルトがどこにいるのかわからなくて、ちゃんとあいさつできなかったの。お母さまと、ばあやをよろしくねって、伝えたかったのだけれど」

「ふたりは寝ている。人は弱いが、存外強い。回復する生き物だ」

神を信じていないと言いながら、ミースは手を重ね、「早くよくなりますように」と祈りを捧げる。矛盾する行いだが、気持ちはわかる。

「母親に言われただろう。駆けて行け、振り返るな。後ろではなく前を向け」

「……うん。ヨナシュと一緒に、行くわ。振り返らずに……前を向く」

「ミース。アールデルスには二度と戻らない。城は見納めだ。目に焼きつけておけ」

こくんと彼女の頭が動く。

「とても不思議な気分なの。一度めの旅では、わたしの世界はなんて小さいのって思ったけれど、こうして見るお城は大きい。……ここが、わたしのすべてだったのねって」

ふたたびエフベルトに向け、手を振るミースの目には、涙が光った。

「ヨナシュ。わたしはしばらく泣いてしまうと思う。やっぱり、お別れはつらくて悲しい。でも、あなたとの旅を後悔しているわけじゃないの。だから、めそめそしても許してね。……わたしは、いま不安定だと思う。お母さまが心配だし、ばあやも心配。もう一度、お話ししてから行きたいって、強く願ってしまう。だから……カスペルを進めてくれる？」

カスペルとは、言うまでもなくミースが勝手につけた馬の名前だろう。ヨナシュは馬に跨がり、彼女の希望のとおりに駆けさせる。途中、嗚咽が聞こえたけれど、気づかないふりをした。

旅といってもヨナシュは手負いだ。いまはまだ、休み休み行かねばならない。おかげでミースを気遣えた。父も母も祖母も失い、天涯孤独だと知った時、彼女はどうなってしまうのか。ヨナシュは語るつもりはない。生涯、口を閉ざすと決めていた。

最初はミースのまつげはびしょ濡れだったが、時間とともに乾いてきた。ようやく笑顔になったのは、陽が高くなった時のこと。蹄鉄の音が響くなか、ミースは言った。

「ねえヨナシュ。もしあなたの怪我が治ったら……、その……傷が痛くなくなったら、また性交したい。愛しているから。あなたの妻がそう願っていること、覚えていてね。それから、今夜は接吻しながら眠りたいと思っているの。……どう思う？」

「怪我など問題ない。痛くもない。おまえがしたいことは、すぐに叶えてやる」

「本当？　うれしい。けれど……、大怪我だもの。性交は無理だと思う」

ヨナシュが反応する前にりんごをかじったミースは、ぱっと顔を持ち上げる。

「あ、見てヨナシュ……。すごいわ。ほら、晴れと雨の境目よ」

ミースが指差す先に視線を移せば、こちらは晴れているにもかかわらず、あちらは土砂降りになっていた。たしかに晴れと雨の境目と言えるが、雨が嫌いなヨナシュはぞっとして、進路を変えようとした。

「ねえ、あの境目に行ってみてくれる？　一体どんな感じなのかしら」

「どんな感じもなにも、雨に向かうばかがどこにいる」

「でも、ずっと探していたのだもの。なにかがわかるかもしれない」

「わかってたまるか、ずぶ濡れになるだけだ」

ヨナシュは、その後もうるさいミースを「くそちび」と無視していたが、いやだと思っていても、身体が勝手に雨のほうへと馬を進ませた。重症なのだと思い知る。

――面倒な……。どうかしている。

やはりというべきか、ほどなくヨナシュもミースも馬も濡れねずみになっていた。それでも頬にえくぼをつくってはしゃぐ彼女を見ていると、楽しくなっている自分がいる。

心なしか、陰気な土砂降りのなかでも、景色が美しく見える。

彼女がいればそれでいいし、ふたりなら、どこへ行ってもかまわない。この感情を、人は幸せと呼ぶのだろう。

彼は、ミースの頭上に唇をつけ、顔を上げると、馬をさらなる雨の先へと走らせた。

あとがき

こんにちは、荷鴣《にこ》と申します。このたびは、本書をお手に取ってくださいまして、どうもありがとうございます。

今回（いつもですが…）編集さまや関係者のみなさまにごめいわくをおかけしてしまい、できれば土下座三昧したいのですが、このあとがきを書き終わらなければなりません。めちゃぎりぎりでして……。土下座の仕度はできております。しばしおまちを……。

このお話は、いままで書いてきたなかでいちばんむずかしかった気がします。ヒーローは女嫌いで人嫌い。ヒロインは無垢なちび。恋愛に発展しそうもない組み合わせで、禿《は》げ散らかしたくなるほど、書いているあいだじゅうなされてきました。けれど、とうとうこのあとがきとともに作業が終わります。終わりそうないま、少しさみしい気がします。

yoco先生、うっとりするような、とてもすばらしいイラストをどうもありがとうございました！　お話の終了から五年後かな？　十年後かな？　と表紙を眺めながら想像しています。挿絵もお気に入りでして、すてきに仕上げてくださり、感謝でいっぱいです。

最後になりましたが、編集さま、わたしのような輩《やから》をお世話してくださいまして、とてつもなく感謝しています。本書に関わってくださいました皆々さまにも感謝しています。

そして読者さま、お読みくださりほんとうにどうもありがとうございました！

Sonya ソーニャ文庫

この本を読んでのご意見・ご感想をお待ちしております。

◆ あて先 ◆

〒101-0051
東京都千代田区神田神保町2-4-7 久月神田ビル
㈱イースト・プレス　ソーニャ文庫編集部
荷鴣先生／ yoco先生

楽園《らくえん》の略奪者《りゃくだつしゃ》

2022年1月8日　第1刷発行

著　　者　荷鴣《にこ》
イラスト　yoco《よこ》
装　　丁　imagejack.inc
発 行 人　永田和泉
発 行 所　株式会社イースト・プレス
〒101－0051
東京都千代田区神田神保町２－４－７ 久月神田ビル
TEL 03－5213－4700　　FAX 03－5213－4701
印 刷 所　中央精版印刷株式会社

ISBN 978-4-7816-9714-7
定価はカバーに表示してあります。